It has been three years since the dungeon had been made.
I've decided to quit job and enjoy laid-back lifestyle
since I've ranked at number one in the world all of a sudden.

「やかましいわ。
ちっ、これを見て驚け！」

「Dカードじゃないですか。
一体なんだって言うんで……
はいいいい？！！！！」
NAME: 芳村 圭吾
RANK: 1
AREA: 12
SKILL: メイキング

「ひゅー、ここが日本か」
「いや、基地内はアメリカじゃねーの？
サイモン」

「フジヤマ・ゲイシャ・テンプーラは？」
「お前古いぜ。いまはコウベビーフだろ。コウベは近いのか？」
「あなたたちね……フジヤマはもっと西。ゲイシャの京都も、ビーフの神戸も関西よ。だからずーっと西。ここは横田でしょ」

「公開できるようになったら、ちゃあんと教えて下さいね」
「マフディー戦争を題材にした映画の台詞よ。

私は御劔。あなたは？」
「あそこで普通男の人は、名刺とかくれません？」
「鳴瀬だ。
梓に手を出してないだろうな」

JDA
Japan Dungeon Association

D GENESIS
ダンジョンが出来て3年

WRITTEN BY Kono Tsuranori
ILLUSTRATION BY ttl

01

It has been three years since the dungeon had been made. I've decided to quit job and enjoy laid-back lifestyle since I've ranked at number one in the world all of a sudden.

CONTENTS

INFORMATION

CAUTION

この物語はフィクションです。
登場する人物・団体・イベント・商品その他の名称は架空であり、
それが、どんなにどんなにどんなに似ていたとしても、実在のものとは関係ありません。

This story is a fiction.
The names of individuals, groups, events, products and other indications are fictional,
and no matter how similar they are, there are no connection with actual things.

"Men at some time are masters of their fates:

The fault, dear Brutus, is not in our stars,

But in ourselves."

—— *Julius Caesar / William Shakespeare*

序章

プロローグ

It has been three years since the dungeon had been made.
I've decided to quit job and enjoy laid-back lifestyle
since I've ranked at number one in the world all of a sudden.

PROLOGUE

三年前

SECTION：

アメリカ合衆国　ネバダ州

この日、ネバダのグルーム・レイクでは、アメリカが威信をかけて建設した、グルーム・レイクとボールド山にまたがる周囲百二十キロメートルの大型加速器が、地下百五十メートルで、余剰次元の確認を行うべく出力を上げていた。

衝突エネルギーがＬＨＣ（大型ハロゲン衝突加速器）をはるかに超えたところで、数多くの粒子が衝突していることが、計測器を通してメモリーに記録され、結果がモニターに表示された。

「……マイクロブラックホールの生成を、確認しました！」

一斉に上がる歓声が、新しい理論が証明された瞬間を象徴していた。

「タイラー博士、やりましたね！」

この実験の責任者だった、セオドア＝ナナセ＝タイラー博士に、まわりの科学者が握手を求めて足早に近づいてくる。

「やったな！　テッド！」

「やめろよ、そのしゃべり出しそうなぬいぐるみみたいな呼び方は」

タイラーが笑いながら彼の手を握る。それは、栄光の瞬間だった。

：

：

それを尊敬の眼差《まなざ》しで見つめていた若い科学者は、ひとしきり興奮を共有した後、ふとモニターに映る違和感に気がついた。

そこでは、コンピューターが実験成功後も、自分に与えられた仕事を淡々とこなしていた。

フェムトセカンドで積み上がる情報は、プログラムに従って適切に処理され……信じがたい結果をモニターに映し出していた。

「な、タイラー博士！」

彼が思わず上げた、悲鳴に近い呼びかけは、まわりの注目を集めるのに充分だった。

「どうしました？」

若い研究者は、どんなときにでもちょっとしたミスをやらかすものだ。

タイラーは長いキャリアの中で、そのことをよく知っていた。そうしてそんなときに声を荒らげるのは、さらに問題を悪化させるだけだということもよく理解していた。

落ち着いて彼に近づいたタイラーは、彼の返事が理解できなかった。

「マ、マイクロブラックホールが……消滅していません！」

部屋の中を沈黙が支配した。

そんな馬鹿な。そこにいた誰もがそう思った。

理論が正しければ、ホーキング輻射《ふくしゃ》によって、それは一瞬で蒸発してなくなるはずだった。

生成に使われた質量は、たかだか陽子の質量にすぎない。

「空間でいくつかのマイクロブラックホールが高速に運動しています！　まるで……まるで、何かの力場に囚《とら》われているみたいだ……」

§

最初は量子レベルの空間の歪《ゆが》みにすぎなかった。

刹那《せつな》の時間の中で発生した歪みを、それは、望みを叶《かな》えるための千載《せんざい》一遇のチャンスだと認識した。

そうして、それは、その歪みをつかまえると、慎重にエネルギーを加え、拡大していった。

SECTION：
アメリカ合衆国ワシントンD.C.

『固定された力場に、なにか巨大な質量が……なんだ、これは?!』

スピーカーから、誰かの悲鳴のような声が上がると同時に、モニターが白い光に覆われ、映像は終了した。

「それで全部かね?」

チェスターバリーの見事なスリーピースに身を包んだ、神経質そうな男が、足を組み直してそう尋ねた。

「はっ。グルーム・レイク空軍基地で行われた加速器実験の地上コントロールで記録された映像はこれだけです」

「つまり地上コントロールは無事なんだな?　電力供給用に建設された原発も」

男の頭には、スリーマイル島の悪夢がよぎっていた。いかにネバダとはいえ、あれの二の舞は御免だ。

「地上に大きな影響は出ていません。連絡が取れなくなったのは、加速器が設置されていた地下のみで、原発は無事です」

「発生したマイクロブラックホールは？」

「分かりません。が、それがどうなっていようと、育ち続けて、地球を呑《の》み込むなどということは考えられません」

　男はそれを聞いて、安心するように頷《うなず》いた。

「救出作戦は？」

「最初は基地の隊員で行われました」

「エレベーター類は完全に停止して動かなかったため、ボールド山の西側にあるポイント3の非常階段を利用して侵入したのですが……」

　報告者は、モニターに静止画を映し出した。

「……なんだね、これは？　ハリウッドの新作か何かか？」

　そこには、青みがかった肌をした、恐ろしい顔の人型の何かが映っていた。

「身長は一〇フィート以上あります。突入した部隊が、最初に出会った生命体です」

　もしもそれがファンタジー映画だったら、きっとトロルやオーガと呼ばれていたに違いない。

「反射的に発砲した先頭の二名が犠牲になりました。GAU-5A ASDW(注1)では豆鉄砲のようなもので、まるで効果がなかったそうです」

「彼らは、フォボス(注2)とダイモスの間で瞬間移動装置の実験でも行っていたのか？」

唖《あ》然《ぜん》とした男は、若かりし頃、夢中で遊んでいたゲームの設定を思わず口走ったが、すぐに首を振って、今できるいくつかのことを指示した。

§

その有機体は、確かになにかの知的活動を行っているようだった。

微弱で複雑な電流を絶えず発生させていた器官は、それに、様々なことを示唆した。

刹那と永遠の間で、それは喜びにうちふるえると、莫大なリソースを解放した。

自らの望みを叶えるために。

この日、ネバダのグルーム・レイクの地下百五十メートルに、後に「ザ・リング」と呼ばれるようになる、最初のダンジョンが誕生した。

（注1） **GAU-5A ASDW**
アメリカ空軍のサバイバル用ライフル（Aircrew Self-Defense Weapon）。

（注2） **フォボスとダイモスの間で瞬間移動装置の実験でも行っていた**
1993年に発表され、一世を風靡したゲーム、『DOOM』の設定。

現在　二〇一八年　九月某日

SECTION :
ネバダ・エリア51ダンジョン研究所

九月の終わりのネバダの日中は、いまだに二五度を超えていて、暑く乾燥した風が吹いていた。

とある政府の研究所では、所長のアーロン＝エインズワースが大きな声を上げていた。


「ダンジョン＝パッセージ説が証明された？」


ダンジョン＝パッセージ説は、ダンジョンがどこかに通じる通路だという説だ。

地球空洞説などと並んで一種のトンデモ理論として、マスコミなどではおもしろおかしく取り上げられていたが、実際ダンジョン内が、隔絶した空間であることが分かると、それを真剣に研究する研究者まで現れた。

もっとも、それを最も支持したのは、怪しげな宗教団体や、マスコミ御用達の、胡乱《うろん》な自称研究者たちだった。

「いえ、証明と言いますか」

その、あまりの剣幕に、情報を携えてきた連絡官は、腰の引けた説明を行った。

：

丁度一カ月ほど前、ロシアのオビ川流域、スルグトとニジネヴァルトフスクの間にあるダンジョンで、ある特殊なスキルオーブが見つかった。

そのオーブに封じられたスキルの名前は〈異界言語理解〉だった。

オーブはさっそくモスクワの研究所宛に送られようとしたが、折悪《あ》しく、悪天候で飛行機が離陸できず、オーブは、その生存時間ギリギリで、たまたまそばにいたDカード保持者に使われた。

「それで、そのスキル取得者の名前は公開されているのか？　学術系だから隠すわけにもいかんだろう」

「はい。発表された論文によりますと、イグナート＝セヴェルニーということです」

アーロンの知る限り、ロシアのダンジョン研究者にそんな名前の男はいなかった。

「こちらが、その発表内容、『ダンジョンから発見された碑文の部分翻訳』になります」

連絡官が差し出したメモリーカードを、奪い取るようにして、手元のタブレットのスロットに挿入すると、自分のパスコードを入力して、すぐにファイルを開いた。

そこに書かれていた内容は衝撃的だった。

「ダンジョンが、テラフォーミングのツールだと？」

針のように地球に打ち込まれたダンジョンは、『魔素』と呼ばれる物質を作り出すための手段として使われる、とそこにはあった。

異界は『魔素』で満たされており、繋《つな》がった先にそれがないことを想定して、モンスターの形を取ったそれを、ダンジョンの中から送り出しているらしい。それが事実なら、その行為は、まさにテラフォーミングといえるだろう。

　そして百二十八層を越えるダンジョンは、繋がった世界へと渡る『通路』となるらしい。

「真実だとしたら、衝撃的どころの騒ぎではないな」

「はい」

　しかし、碑文の内容が理解できるのは、今のところ、イグナート＝セヴェルニーただ一人だ。

　翻訳したと彼が主張している内容は、今のところ誰にも検証することはできなかった。

　彼が自分の妄想を、紙の上に再現していないと証明することができるのは、現時点では天におわす神、その人くらいだろう。

「内容を検証するためには、同じスキルオーブをもうひとつ手に入れて、別の人間が読んでみるしかありません」

「それをドロップしたモンスターは、国内でも確認されているのか？」

「ドロップモンスターは公表されていません。が、発見されたダンジョンは、『キリヤス＝クリエガンダンジョン』と呼ばれる、リカ・クリエガンがオビ川に繋がる位置にあるダンジョンで、攻略された範囲のモンスターは、国際ダンジョン条約に基づいて公開されていますので、総当たりで調べれば」

　それを聞いたアーロンは、我知らずため息を漏らした。

「あまりに迂遠《うえん》だがやむを得んか」

　アーロンは、デスクの後ろにある窓から、日が薄れゆくネバダの風景を眺めた。

九月の終わりのネバダの夕暮れは、急激に降下していく気温と共に訪れる。
思わず身を震わせたのは、その冷気のせいだろうか。そうでなければ、足の下わずか百五十メートル先にある、何かの力のせいだったのかもしれない。

そうして夜が訪れた。

第01章

そうして俺たちは仕事を辞めた

It has been three years since the dungeon had been made,
I've decided to quit job and enjoy laid-back lifestyle
since I've ranked at number one in the world all of a sudden.

CHAPTER 01

二〇一八年　九月二十七日（木）

SECTION：
新国立競技場青山口付近

「ちっ、雨かよ」

路肩に止めた車の運転席に座って、フロントガラスを叩《たた》き始めた雨を見ながら、俺はそう呟《つぶや》いた。

秋も深まってきたというのに、車内の不快指数は急上昇中だ。

『それで、うまくやったのか？』

ハンズフリーの電話の向こうから、不快指数急上昇中の原因が、不機嫌そうな声で尋ねた。

声の主は、榎木義武《えのきよしたけ》。一応俺の上司にあたる。

今回も自分の差配のミスで怒らせたクライアントに、下っ端である俺に謝罪に向かわせるなんて……誠意を疑われても仕方がない。

「いえ。……取引は打ち切るそうです」

『なんだと?! お前、どんな謝り方したんだよ！』

重大なインシデントに、下っ端送りこんでりゃそうなるに決まってるだろ。お前アホか、と言ってやりたい。すんごく言ってやりたい。

「そうは仰《おっしゃ》いますが、今回の事態に私は直接関わっておりませんし」

俺は、いろんな部署で便利に使われているとはいえ、一応研究職なんだぞ。営業の仕事だろ、これ。しかも状況説明が不十分で、問題が、DGB-2473の間違った使い方による製品開発の失敗だとか、向こうに行って初めて知ったんだぞ？

『何言ってるんだ。お前らが作った素材だろ？』

はぁ？　勝手に保証範囲外の環境に営業しといて、何言ってくれちゃってんの。

「しかし、DGB-2473については、使用マニュアルに、きちんとした注釈が入れてあったでしょう？　使用保証環境を逸脱して使われれば、所定の数値が出ないのは当たり前――」

『それ、営業に説明したのかよ？』

いや、安易に『大丈夫、使えますよ』なんて請け合う前に、営業する物質の説明書きくらい読めよ。

「いえ、直接は」

『なら、お前らのミスだろ』

榎木は電話の向こうで、ホウレンソウがどうのとまくし立てていた。ああ、もう面倒くさい。

「申し訳ありません」

『申し訳ない？　つまりお前のミスってことだな。ほんと使えねぇ野郎だな。もういい。重要な取引先をなくしたんだから、減給は確実、ボーナスはゼロだと思ってろ』

はぁ？　そもそもこのミスに俺は無関係だろ？　あんたの差配じゃないのかよ！

さすがに文句を言おうとしたら、向こうから接続を切られた。

「……はぁ」

なんだかもう無茶苦茶だ。減給？　ボーナスなし？　意味分かんねえ。

成功したら俺の力で、失敗したらお前のミス。って、そんなヤツがなんで上の職にいるわけ？

「……って、そんなヤツだから出世するのか」

プロフィールだけ見れば凄《すご》い経歴が並ぶわけだもんな。

「はぁ。死にたい気分だ。社に戻りたくない……」

ルーフを叩く雨の音が強くなる。車のエンジンをかけると、ラジオからは、軽快な音楽が流れ出した。少しはましな気分になれるかもしれない。

ハンドルを握る左手の人さし指でリズムを取りながら、ワイパーのスイッチを入れると、その音楽が突然とぎれた。

「ん？」

『速報です。アメリカで、とうとう、中深度ダンジョンが攻略されたそうです』

『おおー』

そのニュースにスタジオがどよめいていた。どうやら、中深度ダンジョンの攻略と聞いてもピンと来なかったが速報が流れる程度には大事なのだろう。

「中深度ダンジョンか。きっとなにか凄いアイテムがあったんだろうな」

ダンジョンが世界に現れてから、すでに三年。当初の混乱は収まり、ダンジョン探索も、少し危険な場所に行く釣り程度には浸透していた。

魔物を倒すというと、なんだかヤバそうな感じがするが、行為そのものは、釣りや狩りと大差ない。多かれ少なかれ、どちらにも命の危険はあるだろう。

俺もダンジョンにでも潜って、冒険ってやつでストレスを発散してみるかな。なんて考えながら、俺は車を発進させた。

このあたり――明治神宮外苑《がいえん》周辺――は、オリンピック関連の建築物も多く、今も大きな建物がいくつか建てられ始めているところだった。

雨は、幾分勢いを増して、車のルーフを叩く水の音が車内に響く。

『ダンジョンが広がってから三年、ついにって感じですよね。本日はダンジョン研究家の吉田陽生《よしだはるき》さんをお迎えしています。吉田さん、よろしくお願いします』

吉田陽生ね。

最近よく聞く名前だけど、研究家ってところがうさんくさいよな。ダンジョンランクもはっきりしないし。ちゃんと潜ってんのかね。

『よろしくお願いします』

『場所なんですが、エリア36。コロラド州デンバーの、マウントエバンスにあるサミットレイクで発見された、通称エバンスダンジョンで、階層は三十一層だったそうです。いかがですか、吉田さん』

『二十層までの浅深度ダンジョンですら、踏破されたものは数えるほどしかありませんから、これは快挙と言えるでしょう』

『なるほどー。ところで、中深度ダンジョンというのは、どういったものなんですか？』

『はい。いままで発見されているダンジョンは、全世界で大体八十個くらいなんですが、それらを、便宜上、浅深度／中深度／深深度の三つに分類しています』

『大深度というのは聞いたことがありますが、そうではないんですね』

『はい。国土交通省用語の大深度地下は、それまでの地下利用に関する概念なので、ダンジョンの分類に向きませんでした。そのため、誤解の生じないよう新しい概念が作られたのです』

『なるほど』

『それらは階層数で定義されていて、二十一層未満を浅深度、八十層未満を中深度、それ以上を深深度ダンジョンと言っています』

噂《うわさ》では各国の軍が潜った結果、小火器が役に立たなくなる境界で決められた、なんて話もあるけどな。

『では、エバンスダンジョンは中深度と言っても、それほど深いものではないんですね』

『いえ、あくまでも便宜上の分類ですから、それもはっきりとしたことは言えないのです。そもそも定義通りの深深度ダンジョンは、まだ確認されていません』

『どういうことですか？』

『例えば東京ですと、自衛隊の対策部隊が、代々木《よよぎ》ダンジョンの二十一層に到達しています。ですから代々木が中深度以上なのは確実なのですが――』

『実際の階層数は、降りてみないことには分からない、と？』

『そうです。実際に降りてみて二十一層以上があれば中深度ということは分かりますが、そもそも、そこまで攻略が進んでいるダンジョンがそれほど多くありません。まして八十層ともなると、誰も到達したことがないため、その階層が存在するのかどうかも分かりません』

『なるほど。そうすると実はダンジョンは三十一層までしかないということも？』

『誰かが三十二層に到達するまで、可能性としてはあり得ます』

『しかし、国内のダンジョンは、浅深度が五、それ以上が四と発表されています。これはどうして分かるのです？』

『あくまでも推定です。現在ではダンジョンができるときに発生する、ダンジョン震と呼ばれる特殊な揺れを観測することで、そのダンジョンが占めている地下の深さ――ＪＤＡではダンジョン深度と呼んでメートルで表記されます――を推定することができるようになっています』

『それは凄い』

『地震大国だった日本では、ダンジョンが現れた当時からHi-netやGEONETがすでに整備されていましたから、それらの記録と突き合わせることで、既知のダンジョンでおおまかなところが推定されています』

『ただ、ダンジョンの中というのは不思議な空間になっているそうで、占有している深さと階層数の間に厳密な関連があるのかどうかも、実は分かっていません。占有されている領域が深ければ、階層も多いんじゃないか、程度の認識ですね』

『そうだったんですね』

『そこで得られたダンジョン深度と、国内で踏破されたふたつの浅深度ダンジョンの階層を比較して、他のダンジョンの階層数を類推したものが、先に仰った推定になっているわけです』

『よく分かりました。ところで、エバンスダンジョンの最下層では、なんでも、いくつかのスキルオーブがドロップしたそうですよ。内容は残念ながら発表されていませんが』

『ダンジョンから得られる産物の中では、一番分かり易い夢のアイテムですからね』

「スキルオーブか……」

§

ダンジョンが現れたとき、世界は大きな騒ぎになった。

何しろその中にはファンタジー世界さながらに、モンスターたちが徘徊《はいかい》していたからだ。

しかし、それだけなら、人間の社会にとって、危険な肉食獣が潜む、タイガや熱帯雨林のような場所がわずかに増えただけにすぎない。

真に世界を震撼《しんかん》させたのは、そこから得られた三つのアイテム——カードとポーションとスキルオーブだった。

最初に発見されたダンジョンカード——通称Ｄカードは、そのオーバーテクノロジーさで、科学者界隈《かいわい》を賑《にぎ》わした。

とはいえ、直接俺たちの生活に対して、大きなインパクトがあったわけではない。

魔物を初めて倒したとき、その人間の名前やいろいろな情報が書かれたカードがドロップした。現象としては、単にそれだけのことにすぎなかったからだ。

今でも、エクスプローラーのスキル確認程度にしか使われていないが、当時はさらに不思議なものだという印象しかなかった。

裏面上部に小さく刻まれた十四文字の文字列に使われている奇妙な文字が、文献学界隈で少しだけ話題になったが、解読などできるはずもなく文字の種類だけが収集された。

その文字列が、後に、「ザ・リング」から見つかった、表示が変化するタブレット状の板の表面に書かれていた文字列と一致することが分かったとき、再び世間の話題に上った程度だ。


だが次に発見されたポーションは違う。

初めてドロップしたポーションは、下半身を切断されて瀕死《ひんし》だった軍人の上にドロップし、偶然使われたことで世界にセンセーションを巻き起こした。

その効果は現代医学をあざ笑うかのように、彼の下半身を接続し、絶対に避けられないと思われた、「死」そのものから彼を生還させた。

その事実だけで、政府や軍はおろか、世界の名だたる企業が率先してダンジョンに人を送り込み始めることになる。そして、以降に発見された様々なアイテムによって、ダンジョンは特殊な資源の鉱山のような存在として認知されていった。

そんな中、最初のスキルオーブが発見される。

一言で言うとそれは、人類を次の位階に導くような、そんなアイテムだった。

それを使用した人物は、なんと、魔法が使えるようになったのだ。

空想の世界を現実にする。それがスキルオーブだった。

現在ではそれが遺伝するのかどうかが真剣に議論されている。

最先端にいる軍人などは、探索前に遺伝子マップを登録しているらしい。オーブ使用後と比較するためだろう。

もし、最初のオーブ使用者が、その後すぐに子供を作っていれば、そろそろその子が生まれるはずだが、そんなニュースは報じられていない。

あまり民主的ではない国では、人工授精で量産しているという噂もあった。

いずれにしろ、そんなアイテムが出回って、しかも犯罪などに利用されたりしたら、世界の秩序は崩壊しかねない。それを恐れた執政者たちは、迅速に世界ダンジョン協会（ＷＤＡ）を立ち上げて、ダンジョン産のアイテムを管理しようとした。

しかし、結局、スキルオーブ自体は、管理することができなかった。

最初に各地から集められたいくつかのスキルオーブが、厳重に保管されていたにもかかわらず、その倉庫から消え失せるという事件が発生したのだ。

職員の横流しや不正が疑われる中、数が少ないとはいえ、世界中で断続的に起こったそれは、全てを人為的な行為に帰するのは難しかった。

そうして厳重な観察の結果、スキルオーブはこの世に現れてから、きっかり二十三時間五十六分四秒という、地球の自転時間と同じ時間で消滅することが確認されることになる。

それは、スキルオーブの流通が、極めて難しいことを意味していた。


法的にもスキルオーブの取り扱いは紛糾した。

希少すぎて経済的価値がまるで定まっていない上、使用しなければ二十四時間後には必ず価値がゼロになる。そういうアイテムを、単体で財産と呼ぶかどうかは議論の分かれるところだったのだ。

さまざまな解釈が試みられたが、現在では、スキルオーブは支配可能性が不完全であるため動産にあたらず、その無償使用は贈与や譲渡とはみなされないというところに落ち着いている。

仮にスキルオーブを有体物とみなしたところで、全てのスキルオーブは天然物、つまり所有者のいない動産だ。

仮にAがそれを手に入れたとしても、Aがその所有を主張しなければ、所有者のない動産のままなのだ。それをBに渡したところで、所有者のない動産を渡しただけであって、Aは単なる動産を物理的に移動させるための手段にすぎない。どんなルートを通ったとしても、中間にいた人たちが全員所有を宣言しなければ、最終的に使用した者の所有と見なすしかないわけだ。

もちろんその中間で売買が発生した場合は、ダンジョン税が課せられる。

そうして世界はスキルオーブの管理に失敗したが、結局、世界の秩序は崩壊しなかった。

スキルオーブの数は極めて少なかったし、管理者が把握していないオーブの使用者はさらに少なかった。

もちろん、オーブの力を利用した犯罪が、犯罪として認識されず表に出てこなかっただけなのかもしれないが、そんな犯罪はオーブ出現以前から存在していただろうし、結果として何も変わっていないないように見えたのだ。

そんなオーブだが、カードを出現させていない人間には使用できなかった。オーブの恩恵を受けようと思えば、一度は魔物を倒す必要があるのだ。

その結果、弱い魔物を倒すツアーが頻繁に行われるようになった。

スキルオーブを得る確率がどんなに低かったとしても、チャンスが一日しかないのであれば、あらかじめ用意しておくに如《し》くはない。

そう考える人は存外多かった。特に先進国では。

ダンジョンができた当初は、どの政府も後手後手の対応で混乱していたが、一年も経《た》つうちには法や管理体制が整備され、各ダンジョンは政府とＷＤＡによって、なんとか管理できる状態になった。

§

「発見すれば一攫千金《いっかく》も夢じゃないとはいえ、あれは一般人には回ってこないよな」

ネットの中では、アイテムボックスが発見されたとか、転移魔法があるだとか、そんな噂が飛び交っていたが、オーブ使用者の情報は隠匿される傾向が強いし、信憑《しんぴょう》性は低かった。

もっとも、自分の情報を、本人が公開するのだとしたら、それは自由だ。その結果、自分の世界が少し不自由になったとしても、注目されることは確かだろう。

そうして、芸能界ではDg48なんてグループまでが生まれてきた。「推し」にスキルオーブを提供すると、そのスキルオーブが消える時間まで二人でデートまがいのことができるらしい。

節操がないといえばその通り、握手券商売もここまで来たかと揶揄《やゆ》されたが、これが図太く生きるということなのだろう。

「見習いたいね、まったく」

信号が青に変わり、アクセルを開けて車をスタートさせたそのとき、道路からタイヤが離れるような感覚が腰に伝わってきて、車が弾むような動きをした。

「な、なんだこりゃ?!」

交差点を渡っていた車が、あちこちでぶつかって事故を起こしている。

「や、やべっ！」

道路から逃げようと、無理やりハンドルを切って、何かの工事現場へと突っ込んだところで、前輪を取られてスピンした。深い地割れができていて、そこにタイヤを取られたようだ。

こうなってしまっては、アクセルを戻して止まるのを待つしかなかった。

くるんときれいに一回転した車の横に、何か小さな影が現れていたような気がしたが、すでに車の挙動は制御の外だ。車の腹にドンという大きな音が響いた瞬間、冷や汗が一気に噴き出した。

「今の、まさか……」

人じゃないよな？　だが、もしもそうなら、大きさからして子供だろう。

結構派手に当たっていたし、もしも巻き込んでいたとしたら、擦《かす》り傷程度ですむはずがない。

無事でいてくれと念じながら、回転する車の中から、必死で周囲をうかがった。

そうして、鉄筋を大量に積んだ大きなトレーラーにぶつかる寸前、車はようやく停止した。

俺は、いそいでドアを開けて、雨の中に飛び出すと、ぶつかったものを探した。

雨脚はさらに強まっていて、水煙の中よく見えなかったが、少し先にあるトレーラーのそばに黒い何かが倒れていた。

「おい、大丈夫か！」

慌てて、その影に駆け寄り、手をさしのべようとしたところで、それの異様さに気がついた。

映像では何度も見たことがあったが、生で見るのは初めてだ。それはどう見ても人ではなかった。

「ゴ、ゴブリン？」

そう呟いた俺の目の前で、ゴブリンらしきものは、黒い粒子に還元された。

そうしてそこには、くすんだ銀色をした、一枚のカードが残されていた。

NAME:
芳村 圭吾
AREA: 12
RANK: 99,726,438

ダンジョンカード――それは人が、初めて魔物を倒したとき、必ずドロップするカードだ。

どうやって所有者の名前や記載されている内容を取得するのか、分からないことだらけのカードで、一時は希少な金属ではとも噂されたが、結局ありふれた素材だったらしい。

エリアは、そのダンジョンカードが発現した場所を表している。

ダンジョンカードの情報から帰納的に推測された結果、西経一一〇度～一二〇度をエリア1として、以降、地球の自転方向に、経度一〇度の幅で、エリア番号が1ずつ増加していき、エリア36で一回りすると考えられていた。

ところが、近年カナダのポンド・インレットでイヌイットの男がエリア0のカードを取得したことにより、極圏がエリア0として設定されているのではないかと言われている。

いずれにしても東経一三九度台の東京は、エリア12の東の端っこにあたるわけだ。

「ランク99,726,438か」

ランクは倒した魔物から得た何か――便宜上、ゲームに模して「経験値」と呼ばれていたが――で全人類を並べた順位だと言われている。

俺は今初めてゴブリンを倒したから、世界中でゴブリン一匹よりも多く魔物を倒したことのある人が、九千九百万人以上いるってことだ。

人類の七十分の一がすでに魔物と接触しているってのは、多いんだか少ないんだかさっぱり分からない数字だ。

そんなことをぼんやり考えながら、俺は深く息を吐いて呟いた。

「なにはともあれ、子供じゃなくてよかった」

拾ったカードをポケットに入れると、俺は安心したように力を抜いて、後ろのトレーラーにもたれかかった。

交差点の辺りからは、混乱の声と煙が上がっていた。どうやら、今のは大きな地震だったようだ。

「うちのアパート、大丈夫だったかな」

なにしろ築五十年は経とうかという二階建てのボロアパートだ。大きな地震でつぶれたって全然おかしくなかった。

すでに全身はびしょ濡《ぬ》れだ。会社に戻っても着替えなんかないし、一旦家に戻って――

そう考えたとき、ずるりと後ろに体が滑り、俺は地面に尻餅をついた。

「いてっ！　何だ？」

　何事かと振り返った俺の目には、後ろに向かって下がっていく、鉄筋を満載したトレーラーの姿が映っていた。

「ええ?!」

　トレーラーが下がって行くその先には、大きく深い亀裂が広がっていた。

　どうやら、きわどいバランスで止まっていたトレーラーに、俺が最後の一押しを加えたようだ。

　幸いトレーラーは、地割れに半分呑まれたところで停止したが、積んであった大量の鉄筋――非常に太く長い――は、全てそのまま穴の中へと、すべり落ちていった。

「いや、これ、自然に地割れに呑まれたんだよね？　俺関係ないよね？　弁償とか絶対無理――」

　俺は冷や汗をかきながら、地割れに吸い込まれていく大量の鉄筋を見ていた。

　どうせ頭のてっぺんからつま先まで、降りしきる雨でぐしょぐしょなのだ。いまさら冷や汗くらいどうってことないさと我ながら訳の分からないことを考えていたが、いつまで経っても鉄筋が底にぶつかるような音は聞こえてこなかった。

　落ちたこと自体がなにかの間違いなんじゃ、と、地割れの脇をまわって近づいたとき、微《かす》かな衝突音とともに、地の底から不気味な声のようなものが響いてきて、ぐらりと揺り返しが襲ってきた。

「なっ！」

　そして、体の内側から、何かに突き上げられる感じとともに、目眩《めまい》のような感覚に襲われた。

　それが終わって目を開けたとき、俺の目の前に虹色の綺麗《きれい》なオーブが現れていた。

それを見た俺は、思わず頭の中で落下距離を計算して逃避した。

直径四センチ、長さが十メートルくらいの鉄筋が自由落下したとして、二十秒近く経っていたはずだから、落下距離は……千メートルを超えているな。

「鉄筋が縦に落ちたんじゃ、それでも終端速度には到達しそうにないか」

意味もなくそう呟いた俺の目の前には、それでもオーブが浮かんでいた。

SECTION：市ヶ谷　JDA本部

「まいったな……これ、何て報告すればいいんだろ？」

鳴瀬美晴《なるせみはる》は困っていた。

ここ、ＪＤＡ（日本ダンジョン協会）のダンジョン管理課監視セクションでは、日本におけるダンジョンの生成や攻略状況などを取り扱っている。

新しいダンジョンは、それほど頻繁ではないにしろ、エリアごとに年ひとつ程度の頻度で生まれると言われている。

もっとも、日本のように全国規模で高精度の地震計が設置されているような国はほとんどないため、まだ見つかっていないダンジョンは多数あるだろうと推測されていた。

先《さっき》もそれらしい反応があったのだが――

「起こったとおり、報告すればいいんだよ」

「ふ、風来《ふうらい》さん！」

顔を上げると、そこには若くして額が後退しかかっている、神経質そうな男が立っていた。

風来翔《かける》、二十九歳。ダンジョン管理課の係長で、美晴の上司だ。

「迷うようなことなら、なおさらだ。勝手な憶測を盛り込まれたりすると混乱するだろう?」

「はあ」

確かにそれはその通りなのだが、この結果は――

そのまま報告したら正気を疑われそうなその内容に、美晴は躊躇《ちゅうちょ》していた。

「なんだ、もったいをつけるな。一体何がどうしたっていうんだ?」

「いえ、あの……じゃあ、計測通りに報告します!」

「だから、最初からそうしろと言ってるだろ」

もう、知るか。後のことは上司に押しつけよう。

そう決めた美晴は、立て板に水のごとくしゃべり始めた。

「先ほど十四時三十二分に、新国立競技場付近でダンジョンが発生したと思われる揺れをキャッチしました」

「代々木のすぐそばか?!」

代々木ダンジョンは、三年前、NHK放送センターと、代々木競技場の第二体育館の間にできたダンジョンだ。

「直線で一キロメートルくらい、ですかね?」

「そんな近くに? 規模は?」

「あー、えーっと……深深度です」

「なんだと?」

「計測が確かなら、深度は千四百メートル以上あります」

「千四百メートル?!」

代々木ダンジョンのダンジョン深度は二百八十メートルだ。そのざっと五倍。世界でも屈指の深度であることは間違いないだろう。

「まて、それなら大江戸《おおえど》線が大変なことになっているんじゃ……すぐに、関係各所に連絡を！」

都心部に発生するダンジョンは、地下のインフラを破壊する。

三年前、代々木ダンジョンが生まれたときは、千代田《ちよだ》線の代々木公園〜原宿《はらじゅく》間が切断されて、大事故になりかけた。

今は平日午後の早い時間だ、そんな時間に地下鉄の線路が突然なくなったりしたら、それは大惨事になるだろう。しかし——

「あ、いえ、青山門付近なので、おそらく大丈夫でしょう」

ダンジョンが実際に占有している空間は、直径数メートルから、せいぜいが十数メートルの円柱状をしていることは、研究の結果明らかになっていた。

ダンジョン震は、その針が打ち込まれたときの衝撃で、消滅震は、針が抜けたときの衝撃であることも分かっている。

青山門からなら、大江戸線のルートまで二百メートル弱はある。

計測が正しければ、どこにも被害は出ていないはずだ。

「とはいえ、報告は必要だ。入り口の封鎖も行わなければならないし、建設中の競技場への影響は避けられないな。オリンピック委員会へも――」

「待ってください」

「なんだ？」

このクソ忙しい事態に、という苛《いら》つきを隠しもせずに、そう聞き返した。

「それが、その……もう、ないんです」

「なにが？」

「ですからダンジョンが」

上司は鳩《ハト》が豆鉄砲を食ったような顔をしていた。

さっきデータを見たときの自分の顔もこんなんだったんだろうな、と思いながら、美晴は次に来る嵐に身構えていた。

「都内に現れた深深度ダンジョンが……」

上司はちらりと自分の腕時計を見た。

「一時間で消滅？　って、何かの冗談か？」

冗談なら許さないぞという意志のこもった薄い笑いを浮かべながら、そう言う上司を見ながら、やっぱりこうなったかと、美晴は肩を落とした。

「ですから報告を迷っていたわけです。とにかく、十四時三十二分に新国立競技場青山門付近に発生した深深度ダンジョンは、十五時二十分現在、すでに消滅しました。デンバーと非常によく似た消滅震も記録されています。発生のわずか数分後ですが」

デンバーでも、最後のモンスターだと思われる個体を倒したあと、全員が地上に帰還してしばらくすると消滅震が記録された。

以降、そこには崩れた穴の痕跡のようなものだけが残されていたと報告されていた。また、踏破された浅深度ダンジョンでも類似の現象が報告されている。

「誰かが、深深度ダンジョンを、現れて数分で攻略したって、そう言いたいのか?」

「分かりません。分かりませんけど、都民の平和もオリンピックへのスケジュールも守られた。それでいいんじゃないでしょうか」

唖然《あぜん》とする上司に向かって、美晴はそれっぽい台詞《せりふ》をでっち上げ、それ以上話せることはないと頭を下げた。

報告を聞いた上司は、美晴に向かってまじめな顔をして聞いた。

「それで、課長になんて報告したらいいと思う?」

SECTION :

代々木八幡

オーブを摑《つか》んでバッグに入れると、俺はすぐにその場を立ち去った。

なにしろトレーラーが斜めになって、半分土に埋まっているのだ。穴はいつの間にかなくなっていたが、亀裂はトレーラーを呑み込んだまま残っていた。

すでに全身ぐしょぐしょだったし、スキルオーブをあちこち持ち歩くのも嫌だったから、すぐに会社に早退の連絡を入れた。

電話の向こうで、榎木課長が俺を罵倒していたが、はい、はい、と機械的に相づちを打って電話を切った。

そうして一時間後。

俺は自宅のシャワーから出ると、年中ベッドの横に置いてあるコタツの前に腰掛けていた。

「さてさて、これって、いくらくらいになるんだろうな」

オーブに触れると、その名称が分かる。

その下にある謎の数字——オーブカウントと呼ばれていた——は、どうやら発見からの経過時間を表しているらしく、数値が一四三六になったあたりで消滅することがすでに知られていた。

「メイキング／〇〇七四ね。五月の王ってのは、なんか凄そうだな。農業関係かな？」

俺はノートPCを立ち上げると、ＪＤＡのオーブ購入リストにアクセスして、メイキングと入力してみた。が、結果は「なし」だった。

オーブ購入リストは、さまざまな会社や組織や個人が、特定のオーブをいくらで買い上げますという希望を記したリストで、オーブ発見者は購入リスト番号をＪＤＡに連絡することで、ＪＤＡを介して、希望者との取引を行うことができた。

なにしろ発見から一日しか猶予がない。

普通の店のように並んでいる商品を選んで購入する、などということは不可能だったし、オークションを開く時間もまたなかった。結局、購入希望者との直接対話による売買が普通だった。

「仕方ない。じゃ、どんな機能かだけでもチェックして――」

俺は、ＪＤＡのスキルデータベースにアクセスして、メイキングを検索した。

が、検索結果はやはり「なし」だった。

「おいおいおい、未知スキルなのか？　これ」

ＪＤＡのデータベースは当然ＷＤＡに繋がっている。つまりこいつは、世界中で今まで見つかったことがないスキルだってことだ。

機能がはっきり分からない未知スキルは、販売チャンネルがほぼない。何しろ値段が付けられないからだ。調べている時間や交渉する時間も当然、ない。

「まいったな……夢のオーブで一攫千金。会社も辞められると思っていたのに」

俺はがっくりと肩を落として、明日の出社後に巻き込まれる面倒事を想像した。

あまりの鬱《うつ》な想像に、思わず頭を左右に振って、お湯を沸かすために台所へと立った。

コンロにヤカンをかけながら、気分を変えようと、少し良いお茶を戸棚から取り出した。

「星野《ほしの》村の玉露は、最高ですってね」

星野村は、福岡と大分の県境近くにある村で、日本を代表する玉露の産地だ。一般的には八女《やめ》茶の玉露として販売されている。

少し沸騰させた後、コンロから下ろして、お湯の温度が下がるのを待っている間に、もう一度机の上のオーブに目をやった。

「やっぱり自分で使うしか、ないか」

丁寧に温度管理をして淹《い》れた八女の玉露をカップに注いで、コタツに座り直したところで、まずはそれを一口飲んだ。

「ん？　なんだかいつもより旨味《うまみ》が強く感じるな……なにかしたっけ？」

ま、美味《うま》いのならいいか、と特に深く考えもせず、俺はオーブを手にとった。

「やっぱりここはお約束だよな」

俺は目を閉じると、近所迷惑にならない程度に叫びながら、そのオーブを使用した。

「俺は人間を辞めるぞ！」

それは不思議な感覚だった。

何かが体にしみ通ってくるような、体が一度バラバラにされて再構成されていくような――

気味は悪かったが気分は悪くなかった。

「ん……」

目を開いた俺は、右手を握ったり開いたりしながら、その感触を確かめた。

特に何かが変わった、といった感じはなかった。

世界が劇的に変わって見えるかもと考えていた俺は、少し拍子抜けした。

「ま、Hと同じで、経験してしまえば、どってことないのかもしれないな。……しかし、スキルってどうやって使うんだ？」

困ったときのインターネットだ。

俺は、スキルを使ったヤツの体験談を検索した。もちろんそれが、嘘《うそ》か本当かは判断のしようがないのだが。

「なんだかなぁ。どれを読んでも、要約すれば『なんとなく分かる』だよ。なんとなく。なんとなくねぇ……」

目を閉じてみたり、腕を組んでみたり、残った茶を飲んでみたりしたが、結果は――

「……さっぱり分からん」

だった。

もしかして、取得に失敗した？　そう考えた俺は、Dカードのことを思い出した。

確か、Dカードには、取得スキルが記載されるはずだ。

「って、カードどこに置いたっけな。確か、穿《は》いていたズボンのポケットに……」

脱衣場のカゴから、脱ぎ捨てたスラックスを取り出すと、ポケットをあさって、くすんだ銀色のカードを取り出した。

「お、あった、あった。さて、スキルはっと……」

NAME:	
芳村 圭吾	
AREA: 12	RANK: 1
SKILL: [メイキング]	

「お、ちゃんと追加されて……」

俺はあまりのことに、カードを二回見直した。

「は？」

目に異常が生じているのだろうか。俺は、自分の目頭を、右手の親指と人さし指で強くもみほぐした後、もう一度カードを見直してみた。しかし、結果は変わらなかった。

「ら、らんく、いち？」

そこにはRank 1の文字が燦然《さんぜん》と輝いていた。

「待て待て待て待て、九千九百万くらいだったろ、確か?!」

しかし何度見直したところで、一位は一位だ。

仮定通り、モンスターを倒して得た経験値による順位だとすると……

「鉄筋を落とした後、しばらくして聞こえてきた、あの不気味な声、か？」

それ以外に適当な心当たりはなかった。

帰りの車で、いつの間にか、何かを轢《ひ》いたりしていない限り。

しばらく呆然《ぼうぜん》としていたが、俺はふと気がついて顔を上げた。

「一位って強いよな？」

ダンジョンがこの世界に登場してから、すでに三年。軍の連中なら、最初からそこに潜らされていたはずだ。今は一般の探索者もいるけれど、おそらく上位の連中は大抵軍か警察関係だろう。

三年の経験をごぼう抜き？　とはいえ実感はまるでなかった。

「強くなったって感じは全然しないんだよな。別段、ドアノブをひねりつぶせるわけでもないし」

力いっぱい玄関のノブを握りしめてみたが、別になにも起こりはしなかった。

「なら、魔法か？　――って、あれはスキルだから関係ないよな……」

その日、俺は、いつまでもＰＣに向かって無駄な検索を繰り返していた。

同時通訳チャットWDARL（世界ダンジョン協会ランキングリスト）

Rank	Area	CC	Name
1	12		*
2	22	RU	Dmitrij
3	1	US	Simon
4	14	CN	Huang
5	1	US	Mason
6	26	GB	William
7	1	US	Joshua
8	1	US	Sophia
9	2		*
10	25	FR	Victor
11	24	DE	Edgar
12	26	GB	Tobias
13	25	FR	Thierry
14	24	IT	Ettore
15	25	FR	Quentin
16	24	DE	Heinz
17	11		*
18	13	JP	Iori
19	24	DE	Gordon

…

US「WRL（ワールドランクリスト）を見たか？」

RU「ああ、ロシアの英雄、ドミトリー＝ネルニコフが２位になってた。WRL公開以来初めてじゃないか？」

GB「で、トップのヤツは？」

US「それが、未登録らしい」

RU「は？　キングサーモンか、キャンベルの魔女が首位？」

US「いや、エリア２の匿名が９位に、11の匿名が17位にいるから、それは違うはず」

DE「俺、１位が変わる前の順位と比べてみたんだけどさ」

GB「GJ」

DE「少なくとも200位までには、該当しそうなヤツがいないんだ」

GB「は？」

FR「報告！　トリプルまでに該当者なし」

US「おま、それどうやって調べたんだよ」
FR「いや、エリア12って、日本を除くとロシアにもインドネシアにも、大きな都市がないんだよ。せいぜいがオーストラリアのアデレードくらいでさ」
FR「日本だけは福岡から東京まで含まれているから人数も多いんだけど、早期に管理体制が確立した国だから、初期エクスプローラーのほぼ全員が自衛隊関係で登録されているのさ」
FR「だから、エリア12の匿名エクスプローラーって、トリプルまでにはほとんどいないんだよ。その人数を拾って追いかけたけど、変化がなかった」
US「まてまてまて。それじゃ、このMr.Xは、フォース以降の順位から突然現れたってことか？」
JP「まさにフォースの覚醒か？」
US「誰がうまいこと言えと。フィフス以降かもしれないだろ」
JP「いや、さすがにそれは……」
FR「とりあえず、キャッシュが残っている範囲でずっと後ろまで追いかけてみるぜ」
GB「頑張れ」
DE「なにか大きなダンジョンの攻略でもあったのか？」
GB「最近じゃデンバーだろ」
US「あれは、サイモンチームの仕事だろ」
GB「じゃ、それについていった誰か」
US「バカ言え、そいつがフォース以降の領域から、一緒に行ったサイモンたちを抜き去るのか？　無理があるにも程がある」
GB「じゃあ、こいつは何をやって、一気に首位に？」
US「…………」
DE「…………」
JP「…………」
RU「……誰にも知られてない、深い階層があるダンジョンを一人で攻略した、とか？」
GB「WDAの管理が行き渡っている現在じゃそんなこと不可能だろ。大体１日で踏破したのでもない限り、順位は徐々に上がることになるし」
US「きっとクリプトン星の出身なんだよ」
DE「いや、M78星雲かもしれないぞ」
GB「ブルーウォーターを使うのか？　それとも３分しか戦えない体なのか？」
JP「うちの国の文化に詳しいようで、涙が出るよ」

...

...　略

...

FR「Hi.シクススまで調べてみたよ」
US「乙」

…　略

GB「乙」

DE「結果は？」

FR「該当しそうな人物は……いなかった」

GB「100万人以内に、いない？」

FR「シクススになると急激に民間人が増えるから、最後の方はエリア12の未登録者の人数比較が主体になるんだ。だから絶対とは言えないけれど、これ以上詰めるのは無理」

DE「ミステリー？」

US「３年も経ってから突然彗星《すいせい》のごとく現れた無名の男、ってちょっと格好いいな」

GB「ポリコレ！」

FR「ポリコレ！」

US「ああ、はいはい。男→人物」

…

二〇一八年　九月二十八日（金）

SECTION：
都内

「や、やべぇ……」

俺は駅から会社のビルまでの、短い距離を、必死で走っていた。

夕べ遅くまでネットの情報を漁っていたものだから、つい寝坊してしまったのだ。

「はぁはぁはぁ……」

どうにかこうにかギリギリでタイムカードを押した時、後ろから声をかけられた。

「芳村君」

「あ、榎木さん、おはようございます」

クール、クールだ。何事もなかったかのようにスルーだ。

「キミ、ちょっと会議室まで来てくれるかな」

「あ、はい」

デスヨネー。

「先輩、なにかあったんですか？」

隣の席の三好《みよし》が、心配そうに小声で聞いてきた。

三好梓《あずさ》、二十二歳。

こいつは、うちの会社の新人で、俺が教育係をやった関係で、結構懐《なつ》いてくれている。

ナチュラルなグラデーションボブにまとめた小柄な可愛《かわい》らしい系美人で、くるくる動く小動物がそばにいる感じだ。数学、特に数値解析方面が優秀で、開発部のホープ的な位置づけだが、ワインマニアなところだけが玉に瑕《きず》だ。

「榎木さん、昨日からぴりぴりしてて、誰も近づけない感じだったんですよ」

「昨日、誰かがミスった取引先へ、どういうわけか謝りに行かされたあげく、何が何だか分からないうちに取引を打ち切られたと思ったら、いつの間にか俺のせいにされた」

「はい？　意味が分からないんですけど……」

「心配するな、俺にも分からん」

「……先輩。大丈夫なんですか？」

「さあ。それも分からん」

「おい、芳村！」

会議室から呼ぶ声が聞こえる。すでに「君」がとれてるくらいイラってるのか。

「おっと、呼んでるから行ってくる」

「あ、はい。なんていうか、頑張ってくださいね」

なんだか微妙な応援をされて、俺は会議室へと向かって行った。

§

「はぁ～」

どさりと自分の席に腰掛けると、俺は深いため息をついた。

いつまでもいつまでも、ねちねちねちねちと、お前暇なのかよと思わず言いそうになったくらい午前中いっぱい陰険に罵倒された。

同じ事を何度も何度も繰り返しているくらいなら、さっさと仕事させたほうが会社的にはお得なんじゃないの？　と何度言いそうになったことか。

もう、やってらんねー。ホント辞めてやる。

「お疲れさまです」

「まったくだよ。大体俺は、本来研究・開発職だぞ。なんで営業みたいな真似《まね》までやらされてるんだよ」

「まあまあ、先輩。ご飯に行きましょうよ」

「何はなくとも腹は減るってか。……そうだな、行くか」

数分後、俺たちは、少し離れた場所にある、イタリアンに座っていた。

この店は、毎日使うには高いが、その分会社の人間に会うことはまずない。

聞かれたくない話をするときは丁度いいのだ。

「辞めるって……先輩、気が短すぎるんじゃないですか？　今回だって部長に嘆願してもよかったんじゃ……」

三好が、ストロッツアプレティをフォークで刺しながらそう言った。白ワインで煮た山羊《ヤギ》のラグーソースだ。

「いや、もう榎木のケツをふく仕事はいやだ。限界だ」

「ケツをふくとか言わないでくださいよ」

三好が顔をしかめてそう言った。

確かにラグーソースはなんというか、そういうものに似ていると言えば、言えなくもない気がしないでもない。

「わりっ」

俺は、カチョエペペをくるくるとフォークで巻き取りながら、そう言った。

「でも、もしもそれで辞めたら自己都合退職になっちゃいますから、失業保険が下りるの三カ月後ですよ？」

「いや、おまえ、二十八の社会人に、三カ月分くらいの貯金は……あれ？　あったかな？」

「知りませんよ」三好が呆《あき》れたように言った。

「それより午後はどうするんです？」

「なんかもう面倒になっちゃったし、どうせ金曜だし、辞めるつもりだし、このまま帰っちゃおうかな」

「私物、どうするんです？」

「うーん。三好、まとめて俺んちまで持ってきてくれない？」

「ええ？　どれが私物か分かりませんよ！」

「それもそうか。じゃあ、週明けにまとめて有給とって、退職届を叩きつけたら、ささっとまとめるか」

「先輩、本当に辞めちゃうつもりですか？」

三好がフォークを置いて上目遣いにそう言った。

ショートボブの片方がはらりと落ちて、ちょっとドキっとした。

「う。三好、そういう攻撃、どこで覚えたわけ？」

「ふっふっふ、女のたしなみですよ、たしなみ。でも先輩が辞めちゃうと、今のプロジェクトどうなるんですかねぇ……」

窓の外には、微かに葉が色づきかけた街路樹が、風に吹かれてひっそりと秋の気配を漂わせ始めていた。

「さあ。榎木がなんとかするんじゃね？」

「絶対無理だと思います。ああ、無茶振りが来たら、私も辞めちゃおうかなぁ」

「おいおい、辞めるって、あてはあるのか？」

「大学の時の先輩が、ガッコの産学連携本部で医療計測系のベンチャーを作ってまして。何度かそこに誘われたことがあるんです」

「……おまえ、なんでうちの会社にきたのさ」

今どき、総合化学メーカーは割とじり貧だ。利益率もいまいちよろしくない。

そうこうしているうちに、ナイフがペルスヴァルの９・４７に交換された。

近年では肉の皿の前に、こういう、まさに刃物といった切れ味のカトラリーに交換してくれる店が増えてきた。力もいらず、肉汁も無駄にせず、まさに良いことずくめだ。

続いて、セコンドの皿が運ばれてくる。今日は仔羊《コヒツジ》らしい。

ピンク色の肉がとても美味《おい》しそうだ。今の季節らしく、トランペットやジロールが添えてあった。

「私のことより先輩ですよ。会社を辞めて、どうされるんですか？」

「うーん。とりあえずダンジョンに潜ろうと思ってる」

「は？」

なんだよそのアホの子顔は。だがまあ、驚くよな。俺だって驚くと思う。

「知らない？　ダンジョン」

「いや、知ってますけど……なんですかいきなり？　素材研究をやめて、素材をとりに行くってことですか？　そんな人でしたっけ？」

まあ、ずっとコンピューター使う系の仕事ばっかりだったし、アクティブな感じはしないよな。

あ、でも三好にはちょっと自慢したい気がする。こいつなら黙っていてくれそうだし。

「失礼だな。三好、ダンジョンカードって知ってるか？」

「持ってますよ」

「へ？」

「大学の時に誘われて、何度か代々木に行きました。最初はカード取得ツアーでしたけど」

「なんで？」

「オーブのこともありますけど。まあファッションみたいなものですかね？」

ファッションでダンジョンとは、イマドキの大学生はどうなってんだ。

「ランクは？」

「さあ。よく覚えていませんけど。九千万台だったと思います」

「ふっふっふ。実は俺も持っている」

「まあ、そうでしょうね。でないとダンジョンへ行くなんて発想にならないでしょうし」

三好の持つナイフが、抵抗なく仔羊の肉に沈んでいく。

肉汁がいっぱいに詰まっているように見える、ピンク色をした切断面は、それを一滴もこぼすことなく、口元へと運ばれた。

「三好、ここから先は誰にも内緒だぞ？　喋《しゃべ》らないと誓え」

「何に誓うんです？」

「ん？　そう言われればそうだな。あれ？　神さま？」

「そんなもんいませんし」

「まあいいか。とにかく内緒だ」

三好は、自分のナイフで皿の上を指して言った。

「じゃ、このアニョーに誓います。食べかけの」

「なんだかいきなり安っぽくなった気がする」

「え、このランチセット結構しますよ。センパイノオゴリデスヨネ?」

「ああ、失業しようかって男にタカるとは、なんと心ない後輩だろう」

「ゴチニナリマース。で、なんなんですか?」

「アニェッロの誓いを忘れるなよ。因《ちな》みにイタリア料理だからイタリア語にしてみました」

三好は少し頬を膨らませて言った。

「先輩は、そういうところが女性にもてない原因だと思います」

「やかましいわ。ちっ、これを見て驚け!」

そう言って俺は、三好の前に、自分のダンジョンカードをぱちりと音を立てて置いた。

「Dカードじゃないですか。一体なんだって言うんで……はいいいい?!!!」

三好が思わず上げた声に反応して、いくつかの席からこちらへと視線が飛んできたが、特に何も起こっていない様子に、すぐに興味をなくして、それぞれ食事へと戻っていった。

「こ、これ、なんですか?　偽造カード?」

三好は、ぐっと体を乗り出して、小声で囁《ささや》いた。

「あほか。そんなもの作ってどうすんだよ」

「えーっと、後輩を驚かせる?」

「だってこれ、Rank 1って書いてありますよ？」

「凄かろ？」

「確かに先輩の名前が書いてありますし、カードも本物っぽいです……ちょっと待ってください」

三好はスマホを取り出して、どこかにアクセスした。

「ほんとだ。WDARLの一位が、エリア12の匿名探索者になってる……」

そう言って、表示されたリストを見せてくれた。

「おいおい、偽物だと思ったのかよ」

「いや、そりゃそうでしょ。だってブラックの星みたいな先輩の、勤務スケジュールのどこにダンジョンへ行く暇があるって言うんですか？」

「ブラックの星ってな……まあ、そんな時間がなかったのは確かだけど」

「どんな卑怯《ひきょう》なワザを……」

「いや、お前、俺をなんだと思ってるんだ」

「三年前から毎日仕事で潜っている、軍のトップエンドを差し置いて一位ですよ？　卑怯なワザでも使わないと、絶対に無理だと思うんですけど」

「まあ、いろいろな。てか黙ってろよ」

「言ったって誰も信じてくれませんって」

「……そりゃそうか」

「しょぼい」

俺たちの目の前に、ドルチェが運ばれてきた。

ここのスペシャリテになっている、モンブラン、いや、モンテ・ビアンコか。もちろん栗だ。

甘さはガッツリあるが、べたつかない。やはりスイーツにはある程度の甘さが必要だと思う。

「しかもスキルまでありますよ！　まあ、一位なら当然ですか……で、メイキング？　って、なんだかジャガイモっぽい名称ですけど。一体どんなスキルなんです？」

「知らん」

「は？」

三好は本日二度目のアホの子顔を晒《さら》した。

「三好、スキルってどうやって使うのか知ってるか？」

「持ってないから知りませんよ」

「で、あるか」

「どこの信長ですか。でも、使った人のブログは見たことがあります。えーっと確か……カードのスキル名を押さえて、その名前を吟じる、だったかな。慣れるまではそうやって発動の練習をするんだそうです」

「へえ。そうなのか。分かった。やってみる」

「やってみる？　って、使ったことないんですか？」

「ん？　ああ、まあ。黙ってろよ」

俺はスキルについても念を押した。

三好は、それで一位って、一位って……とぶつぶつ言っていたが、まあいい。

「スキル名を押さえて吟じる、ね」

俺はDカードのスキルを名を押さえると、小さな声で言われたとおりにやってみた。

「メイキング」

「………………」

これ、なんだか厨二《ちゅう》病みたいで、結構恥ずかしいな。

「なんだか十四歳の病みたいで、ちょっと照れますね」

「だー！　お前が言うな!!　黙ってろ！」

「いや、先輩。効果が分からないスキルをこんなところで発動させて、攻撃魔法だったりしたらどうするつもりですか」

む、それはそうか。

とにかく試したくなるのは、研究職のよくないクセだな。いや、俺だけかもしれないが。

「確かに」

「でも、先輩が『メイキング』って呟くのったら……ぷぷっ」

「う、うるさいやい」

お前が教えてくれたんだろうが。

「でも、だからダンジョンだったんですね。まあ一位なら、べらぼうに稼げるでしょうけど」

「そうなの？」

「エリア2のキングサーモンさんなんて、自家用ジェットで世界中飛び回ってますよ」

「誰、それ？」

「先輩が一位になるまで、唯一のシングル匿名探索者だった人です。現在ランク九位ですね」

「匿名なのに名前バレしてるのか？」

「このくらい上位になると、有名人ばかりですから。ランキングリストのエリア情報から身バレするんですよ」

「なるほど。この場合だとエリア2のトップエクスプローラーだってことで、ばれるわけか」

「ですね」

ダンジョン産の流通可能な最重要アイテムはポーションだ。

しかし、軍産はほとんどが自家消費か、国家の戦略物資になるから一般に出回らない。

だから流通しているものは、大抵民間の探索者が提供したもので、彼らにはかなりの高額が支払われているらしかった。俺もワンチャンあるかな？

「先輩、先輩。いまちょっとコメント欄を見てたんですが、突然現れた一位なのに、エリア12には該当者がいないから、ネットの中は大騒ぎになってますよ」

「マジで？　エリア12って有名人がいないの？」

「日本はJDAの管理下に置かれた時期が早かったですから、勝手にダンジョンに突撃した人たちがほぼいないんですよ。だからトップグループは全て自衛隊で占められていて、民間の探索者は、ずーっと下がって、上位グループでもフォースくらいみたいです」

「一〇〇〇位台？」

「そうです。トリプル後半に時々ランクインするかどうかってところですね」

「ロシアやインドネシア、あとオーストラリアもあるだろ？」

「エリア12の日本以外の国は、場所的にあんまり人口がいないので」

「ははぁ……」

「先輩」

三好が突然改まって背筋を伸ばした。

「どうした？」

「私が会社辞めたら、雇ってください」

「はい？」

「だって、先輩はこれから、ダンジョンに潜って生計を立ててるんですよね？」

「まあ、たぶん。他にあてもないしな」

「だけど、有名になりたくないんでしょう？」

三好が薄く笑ってそう言った。こいつは俺のことを意外とよく見てるからなぁ。

「……まあ、そうだな」

「じゃあ、エージェントがいるじゃないですか」

「エージェント？」

「ダンジョンの取得物を自分で売るためには、ＪＤＡ発行の商業ライセンスがいるんですよ」

「へー」

「で、それで売買すると、商業ライセンスから身バレします。これは避けられません」

「ああ、特定商取引に関する法律とかあるもんな」

「だから、私が商業ライセンスをとって、先輩の取得物を販売すれば――」

「ライセンスからたどれるのは、三好までってことか」

「ですです。敏腕マネージャ兼エージェント。而《しか》してその実態は！」

「実態は？」

「先輩に寄生してピンハネする気満々の近江《おうみ》商人です！」

「お前な……」

呆れたところで、ミニャルディーズが饗《きょう》された。

可愛らしくデザインされた、小さなチョコレートと焼き菓子、それにマカロンだ。

カフェはダブルのエスプレッソ。

「もっとも、最終的にＪＤＡに知られることは仕方がありません」

三好が、焼き菓子をつまみながらそう言った。

ダンジョン産アイテムの売買は、ダンジョン税のこともあって、ＷＤＡが厳密に管理している。

だから、売買の代金が流れる先は、捜査機関が本気になればたどれるわけだ。

ただし、たどったところで、それがアイテムを取得している本人かどうかは分からない。常識的に考えて疑わしいというだけだ。

「まあ、矢面に立たなくてすむだけでもありがたいが……」

そうだな。こいつなら秘密は守ってくれそうだし、結構付き合いやすいし、良いアイデアかも知れないな。

「分かった。考えとく」

「先輩！」

「まだどうなるのか分からないから、我慢できる間は退職するな。俺もすぐに活動できるってわけじゃないし。講習も受けなきゃいけないみたいだしな」

ダンジョンに出入りするには、探索者登録をして講習を受ける必要があるらしい。

そこで管理用の探索者カードが発行され、そのカードが探索者証となるということだった。

それってDカードの意味はなんなんだ？

「……ちょっと待ってください」

三好がエスプレッソのカップに指をかけたまま、不思議そうな顔をしてそう言った。

「ん？」

「なんでDカードを持っているのに、探索者登録がまだなんです？」

「……あー、野良ゴブリンを倒した、とか？」

「とかってなんですか、とかって。大体、野良ゴブリンってなんですか。そこらの路地裏をゴブリンが歩いていたら怖いですよ！　怪しい……」

「まあ、いいじゃん。そのうち話すよ。ほら、昼休みが終わっちまう」

：

「……約束ですからね」

「ああ」

「じゃ、ごちそうさまでした！」

三好はそう言って、最後のマカロン――いや、バーチ・ディ・ダーマか――をぱくんと口に入れると、エスプレッソを飲み干した。

SECTION：

市ケ谷　ＪＤＡ本部

「メイキング？」

ライディングウェアと言うには細すぎるレザーパンツを穿いて、グリーンのハイネックニットを着たやせた男が、度の入っていないメガネのブリッジを右手の中指で上げながらそう言った。

「はい」

ＪＤＡのスキルデータベースの管理チームは、常に検索ワードを収集していた。

誰かが、新たなスキルオーブを日本で入手した場合、通常はＪＤＡのデータベースへ照合するからだ。

「また、適当な名前で検索しただけなんじゃないの？」

「だと思うんですが、その一件しか検索されていないんです。そういう好奇心による検索だと普通はいくつか検索しませんか？」

「まあそうだな」

「やっぱ、会員制にして、エクスプローラーＩＤでログインさせた方がいいんじゃないですかね。ＩＰアドレスと時間だけじゃ個人の特定も大変ですし」

「おいおい、怖いことを言うなぁ。個人の特定は法律的に微妙なところだからね」

「おっと、そうでした」

「一応、対象スキルリストに掲載しておいてくれる？　もしも所有者がいたとしたら、Dカードのチェックで分かるでしょ。未知スキルの情報はできるだけ集めておく必要があるから」

「了解」

そうして、メイキングは、一般公開はされていない、監視対象スキルリストに掲載された。

SECTION：都内　公園

三好と昼食を取った後、しばらくしてから早退した俺は、近くの公園のベンチに座って、ずっとスキル名を吟じていた。

「メイキング」

それを言う度に、なんだか向こうを歩く人たちが、こっちを見てくすくすと笑ってるような気がしてしょうがない。自意識過剰と言われそうだが、厨二病みたいで恥ずかしいってことに変わりはなかった。

「くっそー……メイキング」

あー、うさんくさいって思われているだろうなー。

子供でも遊んでいたりしたら、もう立派な不審者じゃないかな。幸い夜だし誰もいないけど。

「め、メイキング」

もう夜は寒いし、不届きなカップルもいない……と思いたい。

ぬぬぬ。雑音を払いたまへ、清めたまへ……

「メイキング」

雑音をシャットアウトしたつもりで、延々とそれを繰り返しているうちに、だんだんと言葉の意味が飽和して、世界の形が失われていった。そうしてついに、その言葉がただの音として発せられたと感じた瞬間、目の前に半透明のタブレットが展開していた。

「ええ?!」

突然声を上げて立ち上がる、どう見ても不審者然とした俺に、近くを歩いていた女性がこちらを振り向いた後、早足で駆け出した。

「うっ、失礼な……とはいえ、これは……」

その画面を展開したまま、俺は公園を出て、一ブロック先の繁華街へと向かった。

画面を開いたまま歩いていても、誰もがそれを気にするようなそぶりを見せなかった。

それどころか、その画面は、すれ違う人の体をすり抜けたのだ。どうやら他人からは見えていないし、物理的に空間を占有してもいないようだった。

俺はもう一度公園のベンチに戻ると、その表示を細かく調べ始めた、それは、まさに古いＲＰＧのキャラ作成画面によく似ていた。

NAME	芳村 圭吾	
RANK	1	
SP	1200.03	
HP	23.80	
MP	23.80	
STR	9	+
VIT	10	+
INT	13	+
AGI	8	+
DEX	11	+
LUC	9	+

メイキングって、もしかして、makingだったのか！

てか、国語審議会様の基準なら、メーキングだろ！　誰だよこのカタカナ表記を決めたヤツは。とはいえ、メーンなんて、どうにも違和感があるわけで、それをメインだというのなら、メイキングと書かれても仕方がないと思えなくもなくもないかもしれない。

閑話休題。

ＵＩ（ユーザー・インターフェース）自体は、一般的なゲーム然としていて、それほど難解なところはなさそうだった。

試しにＳＴＲ（強さ）のプラスボタンを一回押してみる。

NAME	芳村 圭吾	
RANK	1	
SP	1200.03	
HP	23.80	
MP	23.80	
STR	9	+
VIT	10	+
INT	13	+
AGI	8	+
DEX	11	+
LUC	9	+

▼

NAME	芳村 圭吾	
RANK	1	
SP	1199.03 (-1.0)	
HP	24.80 (+1.0)	
MP	23.80	
STR	10 (+1)	+
VIT	10	+
INT	13	+
AGI	8	+
DEX	11	+
LUC	9	+

まあ、そうなるよな。

要はSP（ステータス・ポイント）を各ステータスに割り振って、結果としてHP（ヒット・ポイント）とMP（マジック・ポイント）が、何らかの計算式に基づいて増えていく、と、そういうわけだ。おそらくSPは、魔物を倒すことで手に入れるポイントで、ランキングの基準はこの値なんじゃないだろうか。

プラスボタンしかないってことは、一度割り振ったら最後、やり直しはきかないってことか。

これで強くなるという理屈は分かるけれど、じゃあ、メイキングのない人たちは一体どうなっているんだろう？　全員にこの画面があるとは思えない。

もしそうだとしたら、ステータス画面自体がよく知られているはずだし、各パラメーターの検証が出回っているはずだ。

ま、考えても結論が出ないことはとりあえず横に置いて、後は、各値の関係がどうなっているのかの検証だな。特に危険なスキルってわけでもなさそうだし、あとはうちに帰ってからだ。

俺は、ちょっと楽しくなってきていた。

SECTION :

代々木八幡

思考するときは手書き派だ。

俺は自宅に戻って、シャワーを浴びると、途中で買った明太子《めんたいこ》のおにぎりを齧《かじ》りながら、さっそく検証を始めた。

そうして今、無意識にシャーペンでソニックを決めながら、自分の書いた表を眺めていた。

鼻息荒く検証に臨んだ割に、それはものすごく単純な構造をしていた。

パラメーターごとに、ＨＰ・ＭＰに加えるための値を算出する係数が存在していて、それを掛けてＨＰやＭＰに加えるだけだ。

実験から帰納的に得られた係数は次の通りだった。表の左側がＨＰ係数で、右側がＭＰ係数だ。

	HP	MP
STR	1.0	0.0
VIT	1.4	0.0
INT	0.0	1.6
AGI	0.1	0.1
DEX	0.0	0.2
LUC	0.0	0.0

調査終了後、俺のステータスはこうなった。

NAME	芳村 圭吾
RANK	1
SP	1173.03
HP	36.00
MP	33.00
STR	14
VIT	15
INT	18
AGI	10
DEX	16
LUC	14

AGI（敏捷《びんしょう》さ）以外は、変化がない部分があったので、ついつい五回も押してしまった。

「しかし、これって、人間の能力の数値化だよな……」

：

もし、元のＳＴＲが９の俺が、ＳＴＲを90にしたら、力は十倍になるのか？

うわー、パンチ力とか測定しながらＳＴＲを１ずつ上げていきてぇ！（↑研究者の性《さが》）

もしも、生理学的な計測までやったら、その数値から逆に、ダンジョンによって強化されるステータスが計れたりしないかな？　しかし、そんな設備……まてよ？　そういえば三好が……

『大学の時の先輩が、ガッコの産学連携本部で医療計測系のベンチャー作ってまして。一度そこに誘われたことがあるんです』

丁度明日は土曜日だった。時間はまだ二十二時前だ。俺はその場で三好に電話していた。

二〇一八年　九月二十九日（土）

SECTION：代々木八幡

「こんちはー」

「おう。よく来たな」

　翌朝九時に三好が俺の家のドアを叩いた。会社ではあまり見ない、可愛らしい格好だ。

「先輩、いいところにお住まいですね」

「場所だけはな。建物は、築五十年オーバーのボロアパートだ」

「むしろこの場所にそんなアパートが残っていたことのほうが驚きです」

　このアパートは、代々木八幡《よよぎはちまん》よりの元代々木に立っている。確かに場所だけは悪くなかった。

「今日はどうした？　可愛い格好じゃん」

「え？　だって、『モリーユ』でご馳走《ちそう》してくれるんでしょう？」

「そんなこと言ったか?!」

「『モリーユ』でご馳走してくれるなら行きますって言ったら、どこでもいいからすぐに来いって言いましたー。一応星付きだし、ちゃんとした格好をしてきました」

「おう。そんなことを……俺のバカ」

「モリーユ」は近所にあるフレンチで、フランスで修行してきたシェフが八幡で開いた、キノコ大好きなお店だ。

そういえば、そろそろキノコのブイヨンが美味しくなる季節だ。乾燥ものの独特の風味も悪くはないが、生のものはまた格別なのだ。もっとも、そんなに頻繁には行けないわけだが。

「分かったよ……」

俺は仕方なく当日予約のメールを書いた。満席であることを祈りつつ。

「やったー。それで、メイキングの謎が解けたんですって？」

「ああ、まあな。で、これなんだけどな」

寝室のコタツの上に散らばっているメモ書きを集めて三好に渡すと、彼女はそれを真剣な顔をして眺めていた。床に座ると、スカートがしわになるぞ。

「先輩。これってもしかして、人間の能力の数値化ですか？」

「まあ、そうなのかな。ダンジョンで強化されるパラメーターの値」

「メイキングって、いろんなステータスを視覚化するスキルなんですか?!」

驚いたように顔を上げた三好が、詰めよってくる。何をそんなに興奮してるんだ？

「ま、まあ。本来そういう使い方をするものじゃなさそうだけどな。ちょっと面白そうだろ？」

「面白そうって……先輩、これって国家機密レベルの話じゃないですか？」

「なんだよ大げさな。計算式自体は凄く単純だぞ？　中学生レベルだ」

はぁ……とわざとらしく三好がため息をついた。

「先輩。それは数値を測れるスキルがあってこそ、でしょ？」

それは確かにそのとおりだ。

数値化されていない状態で調べようとしても、まったく分からなかった自信がある。

「それに、この係数系の概念は、スキルオーブ界に変革を起こしますよ」

「なにそれ？」

「昨日連絡を貰《もら》ってから、オーブについて詳しく調べてみたんですよ」

そう言って、三好は持ってきたバッグからモバイルノートを取り出すと、ＪＤＡのデータベースを呼び出した。

世の中はタブレットだが、俺たちの仕事はノートのほうが圧倒的に効率がいい。二人ともモバイルノートの愛好者だ。三好はタブレットもバリバリ使うようだが。

で、どうやら、オーブの中には、効果のよく分からないものが結構あるらしい。

実際に使ってみても、いまひとつ実感がわかなくて、スキルも増えたりしないものだ。

それらはハズレオーブと言われていた。

その中のひとつに、xH+系と呼ばれるオーブ群があった。

「でもこの概念があれば分かるんです。例えばこの――」

三好がデータベースの検索結果を指さした。

「AGxH+1とか、AGxH+2ってのは――」

「ＡＧＩのＨＰ補正係数を増加させるのか」

「検証してみなければわかりませんけど、もし+1で先輩の言う係数が0・1増えるとしたら――」

「普通の人のAGIでは、HPが1か2増えるだけだから実感として気がつかない」

「そういうことです。数値化って凄いですよね」

いや、でもこれって、ステータスが伸びてきたら全然違うことになるんじゃないか？

「それでですね。重要なポイントは、このハズレオーブ群って、安いんですよ」

表示を見ると、大体が数十万円ってところだった。

それでも充分高いのは、オーブの希少性というやつだろう。

将来に備えて、今のうちに独占使用しておくって手はあるか。お金があれば、だけどな。

「もちろん、どのみち保存はできませんから、在庫があるわけでもありませんし。単に知られると価値が上がるってだけなんですけどね」

そう言って、三好はデータベースからログオフした。そうして俺の書いたメモを指さしながら、ぼそりと呟いた。

「それにこれ、計測できるようになったら、ものすごくお金になりますよ」

俺もそう思う。

各国の政府機関や民間の法人は確実に、フリーのダンジョンエクスプローラーだって、かなりの人数が購入するだろう。

「さすがは近江商人。実は三好を呼んだのはそのことなんだ」

「ほほう。詳しくお聞きしましょう」

「お前さ、昨日、大学のベンチャーで、医療計測系の会社の偉い人に知り合いがいるとか言ってたろ？」

「はい、鳴瀬翠《みどり》さんっていう、研究室で可愛がっていただいた先輩が作った会社なんです」

「で、だな。俺のメイキングは、ステータスに値を割り振ることができる、というのが本来の能力なんだ」

「え？　キャラメイクできるってことですか?!」

「まあそうだ」

「信じられませんが、それなら一個人の情報とはいえ、すでに計測対象は存在しているわけですよね？　後はそれに合わせてセンサーを選んだり、数値を調整するだけで計測の基盤が出揃《そろ》う？」

「まあな。だが、そもそも何を測定すればいいのかすら分かってない。そこでだ」

「翠先輩のところの計測機器で総合的に計測して、各パラメーターを後付けで推論するってことですか」

「どうだ」

「どうだって言われても。確かに面白そうですけど、生理的な値は体調や個人差で結構な幅がありますよ？」

「そこらへんの補正は、三好の専門だろ」

　こいつは、数値解析の専門家だ。

「それはそうですけど……結局、先輩のパラメーターを1上げるごとに、いろんな検査をやって数値を集めて、後で付き合わせて何が違うか確認しようってことでしょう？」

「まあそうだな」

「例えば、本当にステータスの変化に伴って生理的な変化が起こると仮定しますと、例えば、STRが1上がることで、計測可能なレベルで血中の何かの濃度が変化したりしたら、一〇〇も上がるとホメオスタシスがブッ壊れて死んじゃいませんか？」

ダンジョン探索の最先端にいる軍人たちが、異常に筋肉ムキムキになったりしていないことは確かだ。もし筋肉量や密度がそれほど変化していないのに力が倍になったりするというのなら、何かの生理的な変化が起こっている可能性は充分にある。

だから、三好が心配しているような問題が起きる可能性は確かにあった。

「そこは少しずつやるからさ。あまりに変化が激しいなら、時間をおいてもいいしな」

「まあそれなら、連絡はしてみますが……先輩、スキルのことは内緒ですよね？」

「できれば」

「断続的に総合的な検査をするなんて、何て説明しましょうか」

「うーん。新開発のクスリの検査とか」

「治験の許可も取らずに、いきなり臨床試験なんかやったら、手が後ろに回りますよ」

「なにか特殊なアイテムの検査で、人体への影響を把握したい、とかかな？」

「それだと相手先に大きなメリットがないですから、検査費は取られると思いますよ。例えば計測器の共同開発なんてところまで行けば別でしょうけど」

「今の段階でそれをするとスキルの説明が必要になる、か」

そもそも、まだ計測できるかどうかすら分からないから、共同開発もくそもないんだけどな。

「ま、それは先の話だ。何にも変わらないなんて結果が出るかもしれないし」

「まあそうですね。一応翠先輩には連絡してみます」

そう言って、三好は、メールを書いて送信していた。相変わらずフットワークの軽いヤツだ。

「――それで、もしうまくいったらな」

「はい？」

「いや、その計測器とかがものになりそうだったらさ、三好が売りに出せばいいさ。特許を取得すれば結構稼げそうだろ」

「そうですね。そのときは先輩と一緒に登録しておきます。でもこれ、検証はそうとうもめると思いますよ。なにしろベースになる理論がオープンにできませんから」

「外部から見たら、あくまでも帰納的な結果として存在する製品だもんなぁ」

「温度計なんかもそんな感じですし、自然科学はほとんどが観察の結果帰納的に作られたようなものですから、最終的には受け入れられると思いますけど」

「だといいな」

「それより先輩！　もうお昼ですよ、お昼！　どっか行きましょう」

「お、お手柔らかにな。『モリーユ』当日予約通っちゃったし」

俺の端末には、予約ＯＫのメールが到着していて、財布のピンチを象徴するかのように赤く点滅

：

していた。

二〇一八年　九月三十日(日)

SECTION：

市ヶ谷

翌、日曜日の朝は、俺の財布を暗示するかのように、冷たい雨が降っていた。

傘を開いて市ヶ谷《いちがや》駅を出ようとすると、誰かが俺の肩を叩いた。

「先輩！」

そこには三好が、にっこり笑って立っていた。

「で、お前は何でここにいるわけ？」

「だって、先輩が、今日講習を受けるって言うから、私も一応受け直しておこうかなって」

「なんでだよ」

「先輩のエージェントを拝命したからには、昨日のトランペットとシャントレルとジロールくらいのお返しはしなくちゃと」

「キノコだけに奮起《フンギ》するって？」

「うわー、オヤジっぽいですね！　あ、痛っ。叩かないでくださいよー。じゃあメヒカリの分も頑張ります！　ほくほくで美味しかったですよね。フレンチのシェフって、なんでみんなフライが巧《うま》いんですかね？」

「そういえばそうだな。なんでだろ？」

なんてテキトーなことを言い合いながら市ヶ谷橋を渡って左折すると、遠目にＪＤＡ本部が見えてくる。

「いつ見ても変なビルですよね、あれ」

三好が、透明な傘ごしにＪＤＡの本部を見上げながら、小首をかしげて失礼なことを言った。

ＪＤＡは、市ヶ谷にある防衛省との連係を考えて、住友市ヶ谷ビルを買い上げ、本部として利用していた。

いろいろとリフォームはされたらしいが、あの変な、もとへ、個性的な形はそのままだった。

市ヶ谷駅から靖国《やすくに》通り沿いに歩いて見上げるその勇姿は、あたかもメカデザイナーがやっつけでデザインした、船か何かに変形するロボットの艦橋部分といった様相を呈している。

「そういえば、あれから翠先輩の返事が来たんです」

「へぇ、なんだって？」

「一応、全検査医療カプセルの開発は一段落していて、実働させること自体はできるそうなんですけど」

「ど？」

「検査概要を提出したら、検査一回で二百万くらいかかるって」

「高っ！　パラメーター六種に対して、各２ずつアップで五回計測したら……六千万かよっ！」

「そんなお金、逆さに振っても出ませんよ」

「銀行は……って、貸してくれるわけないか」

「共同開発にはしたくないんですよね？」

「いや、別にそんなことはないけれど、今の状態じゃ、測ってみるまでは、それがものになるかどうかすら分からないだろ？　そんな状況で共同開発とか言われても、相手は納得しないだろう」

「それもそうですね」

「無理にそういったリスクを引き受けてもらった場合は、相手もそれなりのリターンを要求するだろうし、最悪、単に俺の能力が相手の開発に使われるだけになっちゃうかもしれないしな。近江商人としても、せめて対等になるために、ソフトウェアの利権くらいは握りたいだろ？」

「まあそうですよね。はぁ……儲《もう》かりそうな予感がしたんだけどなー」

確かに能力の数値化は儲かると思う。

ステータスオープンとか叫んでみたいヤツは、いっぱいいるに違いないし。しかし、カネ、カネか……

「どうしました？」

「あ、いや、その話は一応保留にしておいてくれ」

「それは大丈夫だと思いますが」

三好はきょとんとしていた。

「いや、三好も言ってたろ？　もしかして、ダンジョンで稼げるかもしれないじゃないか」

「短期間で六千万も稼げるんだったら、余計なことをせずに、それに集中した方がいいと思いますけど」

「そこはそれ、研究者にとってのロマンってやつがあるだろ?」

「そこは分かるんですけどね」

ロマンじゃ飯は食えませんからねぇと苦笑しあった俺たちは、そのままロボットに乗り込むと、すぐに受付へと向かった。


「すみません。ダンジョンライセンスの申し込みに来たんですが」

「はい。もうすぐ午前の部が始まりますので、この申込書に記入した後、そのまま二階の大会議室で講習を受けていただくことが可能です」

「それでライセンスが発行されるんですか?」

「民間の方でしたら、講習の後、書類上の審査がありますが、問題なければ後日WDAライセンスカードが郵送されます」

「審査というのは?」

「オーブのことがありますから、犯罪歴があると審査に通らない可能性があります。あとは年齢や持病の有無ですが、特になにもなければ大丈夫ですよ」

「Dカードの提示はなしですか?」

「はい。通常、申し込み時点では、Dカードをお持ちでない方のほうが多いですから」

「なるほど」

それは大変好都合。

「もしも国外等《とう》ですでにDカードを取得されている場合は、提示することで上位ランクのカードを発行することができます」

ＷＤＡライセンスは、設立過程で担当者の誰かが暴走したらしく、Dカードのランキングとは別に、貢献度に応じたランク分けが行われていた。

初心者はGからスタートで、Aの上にSがあるらしい。ゲームで育った世代が現場の上にも下にも行き渡った現代ならではだ。

このランクは、武器や防具の購入制限や、特殊なダンジョンの入場制限、それに企業がエクスプローラーを雇う場合の、支払いの目安などに使われている。

「後は取得したライセンスカードの提示で、各地のパブリックなダンジョンへは出入りできます」

「Dカードは？」

「実力を測るためには便利ですが、人の管理という意味ではあまり役には立ちません。なにしろ成り立ちも動作もよく分かっていませんから」

「ではDカードを提示する必要があることって、あまりないんですか？」

「そうですね。パーティ募集で、ランキングやスキルの証明に使うくらいでしょうか」

「よく分かりました。ありがとうございます」

行われていた講習は、各種手続きや、ダンジョンに入る方法、それに装備などの概要を実際に即して分かりやすく解説するものだった。

一通り解説が終わった後、配られた探索者ガイドを見ながらの、質問タイムが取られていた。

「ダンジョンって、入るのにお金っていらないんだ」

俺たちの前に座っていた、現代風の可愛い系美人が、ガイドを見ながらそう言った。

「その代わり、売買時に10％のＪＤＡ管理費がかかるみたいだよ。後、ダンジョン税が10％」

もう一人のボーイッシュな、すらっとした正統派美人が実際にかかるお金について話していた。

どうやら二人で来ているようだ。

「二割も持ってく〜？」

「何言ってんの、公営ギャンブルだと思えば、少しはお得でしょ」

うんまあ、競輪・競艇は25％。競馬も平均すればそのくらいだしね。テラ銭。

「ギャンブル扱いなわけ？　まあ、あんま変わらないか」

「そうね。掛け金は自分の命だけど」

それを聞いて、三好が思わず吹き出した。

それを聞いて、前の二人が怪訝《けげん》な顔で振り返った。

「ごめんなさい。あんまり格好よかったから」

二人は顔を見合わせると、もう一度三好の方を見た。

「ばかにしてる？」

「とんでもない。思わず『命は誰もが持っている武器だが、惜しがれば武器にはならんよ』なんて突っ込みそうになって、我慢したら吹き出しちゃったの」

ボーイッシュな方が、ふと顔を緩めると「チャールズ・ゴードン？」と聞いた。

「まあね。だけどそれじゃみんな死んじゃうか」

三好と彼女は笑顔を見せたが、俺と可愛い方はちんぷんかんぷんだ。

「なになに？　全然分かんないんだけど？」

「はいはーい。俺も分かりません」

「マフディー戦争を題材にした映画の台詞よ。私は御劔《みつるぎ》。あなたは？」

「うわ。名前までカッコイイし。私は三好。で、こっちの男性が芳村。よろしくね」

「斎藤《さいとう》でーす。日曜日の講習に二人で来てるんですか？　デートにダンジョンって、センス酷《ひど》くない？」

可愛い方が興味津々で俺たちを見比べる。

「いや、会社の同僚だし。別にダンジョンデートの準備じゃないから」

キミらの関係の方がよっぽど聞きたいよ、と思いながら俺は顔の前で手を振った。

「会社って。じゃあ、どこか大手のダンジョン関連部署の尖兵《せんぺい》さん？」

尖兵？

「いや、ただの研究職」

「なーんだ」

「なんだってことないでしょ。研究職の人ならダンジョンについても、きっと詳しいよ？」

斎藤さんがつまらなそうにそう言うと、御剱さんがフォローしてくれた。

「そっか。じゃあ、今度ダンジョンについて教えてくださいね！」

「はいはい」

あざとく小首をかしげる斎藤さんに適当な返事をすると、そのまましばらく笑顔で固まった。

「…………」

「？」

「はるちゃん。私、魅力なかった？」

斎藤さんが御剱さんに問いかける。はるナントカって名前なのか。

御剱さんは額に手を当てて首を横に振った。

「いや、今のは相手が悪いかな」

え？　悪いって、俺？

「えーっと、何の話？」

「あそこで普通男の人は、名刺とかくれません？」

斎藤さんがぷくっとふくれて、そう言った。

ええ？　そういうもんなの？　そんなルールがあるわけ??

助けを求めるように三好に視線を送ると、曖昧な顔で返された。

あれは「知らんがな」のサインだ。

「まあまあ、そういう朴念仁《ぼくねんじん》もいるんだって。昔はＫＹと呼んでたって、うちの爺《じい》ちゃんが言ってた」

「誰がＫＹだ、誰が。てか朴念仁の方が古いだろ」

「流行はすぐに劣化して、ものすごく過去に見えるようになるから」

「はあ」

お、そろそろフリーな質問タイムも終了かな。

講師が立ち上がって、シメの挨拶を始めた。

前の席の二人も、目で挨拶した後、前を向いて座り直した。

そうして、雨の講習会は終了した。

§

「先輩、お昼食べて帰ります？」

びくっ。デンジャラスタイムがやってきた、のか？

「そうだな。でも昨日の今日だからなぁ……」

「じゃあ、あっさりと、ラーメンなんかいかがです？」

「ラーメンのどこらへんがあっさりなのかいまいち理解できんが、それだと塩か？　この辺で塩って言ったら、『ドゥエイタ』か？」

「ドゥエイタ」は、ラーメンの形をしたイタリアンを食べさせるお店で、モッァレラチーズが浮いていたり、トマトで埋まっていたりする変なお店だ。

「いえ、もっと中華なそばーって感じ、キボーです」

「じゃ、ニボシでスッキリ、『大《オオ》ヨシ』か」

「大ヨシ」は、市ヶ谷田町にある、ふつーの中華そば屋さん（ラーメン屋ではない）だ。

人気ラーメン店のセカンドブランドだけれど、ストレートな煮干し醤油《しょうゆ》がシンプルな美味しさだ。

「そうですね。あんまチャーシューいっぱいって気分じゃないし、味玉中華にしようっと。昼間っから、ワンタン皿でビールもいいですよね！」

「おまえな……」

その後「大ヨシ」で、三好は本当にビールを注文しやがった。

しかも中瓶って、おっさんか、お前は。ま、だから気楽につきあえるとも言えるのだが……

「だけど、えらく容姿の整ったペアだったな。名刺がどうとか言ってから……お水方面かな？」

ぞぞぞーっと昔ながらの中華そばっぽい麺をすすりながら、さっきの二人の話を振った。

「ダンジョンですからね。そっち方面にインセンティブはないと思いますよ。あまりスレてなかったから、芸能かファッション方面てところじゃないですか？　まわりの視線もちらちらとあったみたいですし」

「俺たちそっち方面はとんと疎《うと》いからなぁ。有名な人なら悪いことしたな」

「先輩と一緒にしないでください。私は人並みですー」

　お前が知っている芸能人は、ちょっと古い映画俳優くらいだろうがと突っ込みたかったが、ここはぐっと我慢した。余計なことは言わないのが、人と上手《うま》く付き合うコツなのだ。

「芸能やファッション方面だって、ダンジョンとはあんまり関係ないだろ？」

「そうですか？　最近では、ほら、ダンジョンアイドルなんてのもいるじゃないですか」

「あー、あれな。オーブ一個で一日デートってやつ。なんというボッタク商法」

　やらせでなく、貢《みつ》いだヤツがいるのかどうかは知らないが。

「まったく、見習いたいですね」

「ええ？」

「だって、払う方はそれで満足なんでしょう？」

「まあ、そうかも」

「で、貰う方はボッタクで、うはうは」

「うん」

「両方大満足で、ＷＩＮ‐ＷＩＮですよ！」

「まあ、そう言われれば」

「ってぐあいに納得させられちゃうから気をつけてくださいね。先輩、詭弁《きべん》と広告に激弱ですから」

「ぶほっ……」

　思わず麺を吹き出してむせた俺は、心当たりがありまくるだけに、反論ひとつできなかった。

『なにも足さない。なにも引かない』の古いポスターひとつでウィスキーを買っちゃうくらいには広告に弱い。いや、カッコイイでしょ、このコピー。

「趣味と依存症を同じレベルで語ってどうするんですか。それが通るんなら、ヤクの売人だってWIN-WINってことですよ」

そらそうだな。

しかし、その発言はいろいろと物議を醸《かも》すからやめとけと言いたい。

「例えば素早い動きってのは、行動の最適化なしでは語れないと思うんです」

「そうだな」

「つまり、昨日のステータスで言うと、AGIが上がるってことは、反射神経なんかと同時に、行動も最適化されていくってことじゃないかと思うんです」

「それはそうだろうな」

「DEX（器用さ）だと、体の可動範囲が広がったり、体の制御の精度が上がったりすると思いません？」

いろんなワザを繰り出すためには、当然その必要が生まれるだろう。

「その可能性はあるな」

ステータスが上がることで、体そのものの能力が上がっていくという現象は、冷静に考えれば不思議だ。それに筋力なんかが直接関わっていないと思われることは、昨日考察したとおりだ。

「それにステータスを見てると、ダンジョン探索で得られる強化って、筋力がどうとかって言うより、その上に積み上げる別の何かの強化って感じですよね。今じゃ、スポーツ選手のダンジョン合宿みたいなのも普通にあるらしいですよ」

「マジかよ」

筋肉を鍛えて上限に近づけば、さらに上に行くことはより難しくなる。しかし、筋力なんかじゃない、別の何かが強化されるなら話は別だ。限界だと思われていた位置を、簡単に突破できてもおかしくはなかった。

「まあ、イメージは高地キャンプみたいなものなのかもしれないな」

そうですね、と言いながら、三好は味玉を割った。

「だから、芸能やファッションモデル方面にも、ダンジョンのご利益はあるんじゃないかと思うわけです」

一流の俳優は、関節の可動域をめいっぱい広げた後、演じる年齢に応じて、その動く範囲を制御しているなんて話を聞いたことがある。もし本当にそうだとしたら、ダンジョンで得られるステータスは、確かに助けになるだろう。

「そういや、俺、週明けには一度潜ってみようと思ってるんだけど、三好はどうする？」

「会社サボってですか？　まあ、有休を取ってもいいですけど……二人で同じ日に有休を取ると、なにか誤解されそうですよね」

おま、なに赤くなってるんだよ。

「お、俺は退職するし、まあ大丈夫だろ」

「でも明日は無理でしょう？　ライセンスカードとか届くんですか？」

「あ、そうか。二営業日とか言ってたような気がしたから――」

「なら、念のために、木曜日にしませんか？」

「オッケー。で、武器とか防具とかどうする？」

「一応カタログも見たんですけど……」

うん。気持ちはよく分かるぞ。武器も防具も非常に高額だ。最低でもン十万円から、上は億なんて商品も存在していた。

「高いだろ」

「そう！　高すぎますよねっ！　なんであんな値段なんですか！　大体、剣道でもやってるならともかく、剣なんか使えませんよ！」

「一応ＪＤＡ預かりで、ダンジョンの中だけで使用が許可される銃が、資格を取れば使えるらしいぞ。高いし下層では役に立たないから、意外と人気がないけどな」

「銃なんて、訓練してもいないのに当たりませんて」

「お前、学生の時はどうしてたの？」

「レンタルです」

「……そんなものまであるのか」

「まあ、ツアーみたいなものでしたから」

「実際のところ、ハンマーかナタ、あとは斧《おの》あたりが無難だろうな」

「そうですね。片手の使いやすいハンマーがいいですよ」

「お？　何かプランがあるのか？　やっぱり初心者御用達、二層のゴブリン？」

「実は、一層のスライムで試してみたいことがあるんです」

「はあ？」

代々木一層の主たるモンスターはスライムだ。

ところがこのモンスター、すこぶる人気がない。倒しづらい、経験値が低い、ドロップが出ない、いいところがないのだ。

しかもだだっ広い代々木ダンジョンの二層への階段は、一層へ降りた階段のすぐ近くにある。

結局、ほとんどの探索者は、そのまま二層を目指すことになるのだ。

予想外の対象モンスターに少し驚いていた俺が我に返ったときにはすでに、皿に残った最後のワンタン争奪戦に敗れた後だった。

二〇一八年　十月四日（木）

翌週の前半は散々だった。

会社に退職届を出そうとすると、次々と偉い人が出てきて引き留めようとするのだ。しかも、残されたプロジェクトの面々のことを考えないのか、だと。アホか。

大体辞めようとされてから引き留めるくらいなら、最初から待遇をまともにしておけばいいのだ。

「今回の君のミスについては聞いているが、特にそれを咎《とが》めるつもりはない」

人事の人がそう言ったが、俺は唖然とするしかなかった
「私は何もミスなどしておりません。営業が起こしたトラブルに、なぜか謝りに行かされて、先方が取引を打ち切っただけです。謝罪に来たのが無関係な下っ端では誠意を疑われても当然だとは思いますが」

「……そんな話は聞いていていない」

「聞いていないと言われましても。それはそちらの問題では」

要約すると『そもそも、俺はもう榎木のケツを拭きたくないんだよ』という内容を、これでもかと婉曲《えんきょく》に訴えた。

結果、辞職願は一旦留保されたが、給与締め日までの有給は認められた。

SECTION :

代々木ダンジョン

そうして訪れた木曜日。

昨夜届けられたライセンス一式を手に、俺は大手を振って、代々木ダンジョンへ向かおうとしていた。

「おー、光り輝くライセンス。押しも押されぬＧランク。なんだか無駄に格好いいな、これ」

「なんでドベのＧランクが、押しも押されもしないんですか？」

「後ろに誰もいないから」

「はあ……」

普通のラノベじゃ、ランクに応じて違う素材のカードだったりすることが多いが、ＷＤＡのライセンスは、ありふれたプラスチックのＩＣカードだった。

ただ、偽造防止にホログラムが埋め込まれていたり、ランク表示のデザインが凝っていたりで、やたらカッコイイのだ。

「漫画・アニメが文化の国は、カード一枚とっても凝ってるねぇ」

三好は同封されていた、エクスプローラーガイドを懐《なつ》かしそうにめくっている。

これまたなにかのゲームの説明書のような作りで、ファンタジーな雰囲気満載だ。もっと役所っぽい無味乾燥のドキュメントかと思ってた。

もっとも、コラムページの案内役キャラクターが、ダンとジョンだったり、びみょーに勘違いしたお役所っぽいところがあったりもする。もちろん書いてあることは、常識的な内容ばかりだ。

「んじゃまあ、行きますか」

「了解」

俺たちは、早朝のアパートを出て、一路代々木ダンジョンへと足を向けた。

§

代々木はかなり広いダンジョンだが、攻略済みの二十一層を降りたところまでは、割と詳細な情報が出揃っている。

詳細なマップがちゃんと公式サイトに載っているし、ダンジョンビューで内部を見ることができる場所まである。ストリートビューのダンジョン版だ。

全方位カメラを被《かぶ》って歩いている探索者を見かけることも多いらしい。

「道路の上と違って、上下する徒歩だし、障害物を避けるときなんかは画角もかわるだろうに、うまくトレースして重ねてるよな、あれ」

「ドローンとか使ってるんじゃないんですね」

「モンスターに壊されるフロアがあるんだってさ」

公式サイトの、ダンジョン物語のページに書いてあった。

それに対処するために、追いかけて走っていくんじゃ被って歩いても変わらないのだそうだ。

「いっそのこと、カメラをあちこちに配置して、リアルタイム監視とかやればどうですかね？」

「なにか空間的な断絶があって、電波届かないんだってさ」

「断絶？」

バラバラになるのを想像したのか、三好が自分の体を抱きしめて身震いした。

「通過する物体に影響はないんだと」

「はあ、ダンジョンが不思議なのはいまさらですけど。なら、体が通り抜けられるんですから、有線なら使えるんじゃないですか？」

「モンスターの餌になるんだってさ」

特にスライムによる被害が凄いらしい。

最初に持ち込んだケーブルは一日と持たなかったそうだ。

そんな話をしながら、俺たちは、入り口で受付をすませると、代々木ダンジョンの一層へと降り立った。

大抵の探索者たちは、二層への下り階段に向かう最短ルートを進んでいく。

一層はスライムと、希にゴブリンといった感じで、まるで美味しくないからだ。

二層への下り階段が、ダンジョン入り口のすぐそばにあるのも一層不人気の原因だった。

そんな人の流れを横目に見ながら、俺たちは一層の奥へと向かおうとしていた。

「とりあえず初回だし、倒すことに慣れるところからかな」

「ねえねえ、先輩。スライムの経験値チェックをしましょう」

「なんで?」

「そりゃあもう、今の私たちのトレンドは数値化だからです。あとで情報として売りましょう!」

「なんのトレンドだよ。大体それって、どうやって計測したのか聞かれないか?」

「新技術で、計測器を開発した、とか」

「詐欺じゃん!　それにそれなら計測器を売れって言われるだろ」

「人身売買はちょっと難しいですね」

「計測器って、俺?!」

「スキルを使った商売だって世の中にはそれなりの数があるんですから、全然詐欺じゃありませんよ。測定方法の公開はできませんが、情報の正しさは世界中の研究者が証明してくれますって」

なんという他力本願。

しかし、同ジャンルの研究者たるもの、他人の理論の後追い検証をするのは性ってものだからな。

「お、いたいた」

そうこうしているうちに、第一村人ならぬ、第一モンスターが、通路の隅でぷるぷるしているのを発見した。スライムだ。

「動きも遅いし、フィクションみたいに、いきなり飛びかかってきたり、何かを噴出したりすることもないらしいけど、武器があまり通用しないらしいぞ」

俺たちに魔法はないしなぁ。

スライム主体なら、火炎放射器でも持ってくればよかったか？　そんなもん持ってないけど。

そういや、スプレー缶に火をつけて噴出して燃やしてる動画があったっけ。

大して効果はなさそうだったが。

「スライムって、ほとんど全部水のようなものでできていて、切っても叩いても効果が薄いんだそうです」

三好は小型のバックパックを下ろすと、なにかボトルのようなものをいくつか取り出した。

「体のどこかにあるコアを壊せば死ぬそうなんですけど、一センチくらいの球がどこにあるのか見つけるのは大変ですし、面倒な割にドロップはないそうですし、倒しても倒しても、ちっとも強くなった気がしないそうですよ」

「いいところないじゃん」

「ですね。それで、みんな心折れて他へ行くわけです」

「いや、それ、俺たちも途中で心折れるんじゃないの？」

「そこで秘密兵器の登場です」

「ほう」

三好はすくっと立ち上がると、左手を腰に当て、右手で、エアメガネのブリッジをくいっと押し上げて言った。

「いいですか？　ほとんど液体のスライムが形を保ってるってことは、スライムの内と外では界面自由エネルギーが不安定化して、表面積の最小化が起こっていると思われます」

そう言って、彼女は、すぐ先にいるスライムを指さした。

「おお？　三好先生？」

表面積の最小化が起こると球に近づく。たしかにスライムはぷるぷるっとしているな。

とはいえ――

「ファンタジーの世界に、俺たちの科学をそのまま持ち込むのは危険じゃないか？」

実際、銃を始めとする小火器程度の兵器は、十層あたりまでしか効果がないらしい。以降は、徐々に通用しなくなり、二十層ではほとんど通用しないと聞いた。中深度攻略が難しい理由だ。

火薬兵器の場合、モンスターを倒して得られる人間の成長分が、攻撃力に反映されないからだと、もっともらしく説明されたりもしていた。

「物理特性は適用できると思いますよ。で、そういう状態で形を保っているのなら、界面自由エネルギーを下げてやれば形を保てなくなるはずです」

界面活性剤か。

「石けん水でもかけてみるのか？」

「そうですね。とりあえず、陰イオンタイプと陽イオンタイプ、両性タイプに非イオンタイプを用意しました」

　そう言って三好は、ヘルメットに付いたカメラのスイッチを入れた。

　どうやら映像も記録するらしい。

「何か起こったら、防御のほう、よろしくお願いします」

「ああ。しかしこれでか？」

　俺は取り出した三十センチのフライパンを、ブンと振った。

「先輩、武器防具は高いんですから。それにそれ総チタンですよ？　硬いし軽いし、腐食にも強い。熱伝導率も低いから、少しの炎でも平気。中華鍋型だから、丸みで攻撃も逸《そ》らせますし、そこらへんの盾よりずっと優秀だと思いませんか？」

「熱伝導率が悪いチタンでフライパンを作る意味が分かんねーよ」

「保温性ですかね？」

　三好も頭をひねっている。

「まあいいや。準備はできたぞ」

　俺はフライパンを持って、スライムの前で身構えた。

「じゃいきまーす。まずは陰イオンタイプですね。ドデシルベンゼンスルホン酸ナトリウム、発射！」

「魔法の呪文と大差ないな」

　三好が握ったボトルは、陰イオンタイプらしい界面活性剤を噴射した。

それが命中したスライムは、表面を波打たせてフルフルと震えただけだった。

「あんまり効果はなさそうだな」

「そうですね。Ｇには結構効くみたいなんですけどね、ママレモン」

三好は残念そうにタブレットにメモをした。

「では続きまして、陽イオンタイプです！」

「陰イオンタイプと混ぜて使うと、界面活性効果が落ちるんじゃなかったか？」

「いいんです、いいんです。洗うわけにはいきませんし、どうせ適当な実験ですし」

「適当なのかよ⁉」

しかし効果は劇的だった。

三好が噴射した、陽イオンタイプの界面活性剤がスライムに掛かったとたん、スライムは音もなくはじけ飛んだのだ。

「は？　なんだこれ？　エイリアンのよだれか何かか？」

「主成分は、塩化ベンゼトニウムです」

「おお、なんか強そう」

「ですよね？　でも一般に売られるときは、マキロンって呼ばれます」

「消毒液の？」

「はい」

「スライムって、マキロンに弱いわけ？」

「みたいですね」

「あー、第一三共の株買っとこうか？」

「世に知られても、大した需要はないと思いますよ」

そう言いながら三好は、大きめの先切り金づちを取り出すと、転がっていたコアを叩いた。

砕けたコアは、すぐに黒い粒子に還元された。

「これで、スライムは敵じゃなくなりました！」

「無視していれば、最初から敵じゃないけどな」

「だから先輩は、そういうところが女性にもてない原因だと思います」

三好は俺にハンマーと、マキロンもどき入りのボトルを渡してきた。

「先輩のスキルって、経験値も数値化するんですよね？」

「経験値っていうか、各ステータスに加える値みたいなのが数値化される」

「じゃ、それが経験値と便宜上呼ばれているものであると仮定しましょう」

「分かった」


俺たちは、スライムの経験値を測定するべく、てくてくと歩いていく。

現在ダンジョン内に罠《わな》は確認されていないから、モンスターにさえ気をつけておけば、移動そのものは気楽なものだった。

少し行ったところで、三好が次の獲物を発見した。

「第二モンスター発見」

「メイキング」

俺はそう呟くと、いつもの画面を表示した。

NAME	芳村 圭吾	
RANK	1	
SP	1173.03	
HP	36.00	
MP	33.00	
STR	14	+
VIT	15	+
INT	18	+
AGI	10	+
DEX	16	+
LUC	14	+

「よし、それじゃ、やるぞ？」

「はい」

「ほとばしれ！　塩化ナントカニウム！」

「先輩……それいります？」

ブシュっと音を立てて、マキロンもどきが噴出し、スライムが破裂する。

「ワザの名前を叫ぶのは、我が国の伝統だ」

後は、転がった球を叩くだけの簡単なお仕事です。

ゴンっ。

NAME	芳村 圭吾	
RANK	1	
SP	1173.03	
HP	36.00	
MP	33.00	
STR	14	+
VIT	15	+
INT	18	+
AGI	10	+
DEX	16	+
LUC	14	+

▼

NAME	芳村 圭吾	
RANK	1	
SP	1173.05 (+0.02)	
HP	36.00	
MP	33.00	
STR	14	+
VIT	15	+
INT	18	+
AGI	10	+
DEX	16	+
LUC	14	+

「どうです？」

：

「うーんとな、増分は、０・０２だな」

「０・０２っと……」

三好がタブレットの表計算ソフトに入力した。

「じゃ、次行きましょう！」

そうして俺たちは、タブレットの電池がやばくなるまでひたすらスライムを叩き続けた。

SECTION：

代々木八幡

俺と三好は、そのまま俺のアパートに戻ってきていた。

三好は早速、持って帰ったデータをノートPCへと転送して統計処理しようと……してないな。

「どした？」

「統計処理なんかするまでもないんです。見れば分かりますよ」

そう言って三好がタブレットを渡してきた。

1	0.020
2	0.010
3	0.007
4	0.005
5	0.004
6	0.003
7	0.003
8	0.003
9	0.002
10	0.002
11	0.002
12	0.002
	⋮
70	0.002
71	0.001
72	0.002
	0.182

結局七十二匹もスライムを倒したのか。で、取得したSPが……0・182？

「って、いくらスライムとはいえ七十二匹も倒してこれかよ」

「みんながスルーするわけです」

三好は、先日買って用意しておいた五リットルのポリタンクで、何か作業をしながら答えた。

「でも最初は……って、ん？　これ、最初の十匹は、倒した数で割られてないか？」

「そうなんです。どうも倒せば倒すほど経験値が倒した数で割られていって、十匹目からはずっと十分の一みたいです」

「ずっと0・02のままなら、七十二匹で1・44のSPが入るはずなのにな」

「ん？　SPってなんですか？」

「ああ、言ってなかったっけ？　今俺たちが便宜上『経験値』と呼んでいるものは、SPって表示されるんだ」

「んー。ステータスポイント、とかですかね？」

「かもな」

「じゃ、今後はSPで」

「了解。しかし、本来なら1・44ポイント入るはずなのに、0・182はいくらなんでも格差がありすぎだろ」

「ゲームって強くなると経験値効率が落ちるものなんじゃないですか？」

「レベルが上がっていくと、次のレベルになるまでの必要経験値が大きくなっていくだけで、同じモンスターを倒したときの経験値は同じだろう、普通」

「まあ、その方が自然ですよね。じゃあ今のところ――」

三好はふたつの仮説を示した。

仮説１。連続して倒すと減る。

仮説２。本来のＳＰは十匹以上倒したときの値で、最初の十匹はボーナス。


「１は途中で他のモンスターが出ないと検証できないな」

「一層でもゴブリンが出ますよ？」

「ポップするのは、二層へ降りる階段の周辺だけみたいだぞ。で、出たら誰かにすぐ狩られる」

「じゃあ、可能ならチェックしておいてください」

「ん？　三好は、行かないのか？」

「明日は、先日申し込んでおいた、商業ライセンスの取得講習会があるんです。月一なので、ここを逃すと面倒なんですよ。めざせ近江商人！　ですから」

「あざーす。でも仕事は？」

「ふっふっふ。有給を全然消化してませんでしたから。木金連休で」

「よく通ったな」

「先輩のおかげでプロジェクトが止まってますからね。今なら下っ端の有給は取り放題ですよ」

「いや、俺のおかげって……」

榎木のおかげだと思うんだけどなぁ。

ま、それはいい。俺はこういうコツコツした作業は嫌いじゃないし、しばらく代々木に通って
……あれ？

「なあ、七十一番目って、なんで少ないんだ？」

「ああ、それですね。ほら、偶然私が蹴飛ばした石が当たったやつじゃないかと思うんです」

「なるほど。二人で攻撃したから半分になってるのか。均等とは凄いな」

「凄いんですか？」

「だって、戦闘への貢献度とは無関係に、参加者数で単純に頭割りされるってことだろ？　横殴りし放題だな」

他人の戦闘中に、偶然のフリをして、ちょっとその辺の小石をぶつけるだけでいいのだ。

「……それって、あれですね」

「ん？」

「発表されたら大騒ぎになりますね」

そうか。今は数値化されていないから、誰もそんなことになってるなんて思いもしないわけだ。

このことが公開されたら、そこらのＭＭＯ（多人数参加型）系のネットゲームよりも、はるかに殺伐とした狩り場が生まれそうだ。

「三好ー」

「はい」

「発表しないほうがいいことが相当ありそうだから、公開するときは相談しようぜ」

「分かりました」

しかし、最初期の探索者たちがほとんど毎日潜っているとすると、すでに千百日くらいは冒険してることになる。もしも一日で平均1ポイント以上のSPを得ていたとしたら、すでに結構なポイントが貯まってるわけで、俺が首位なのはおかしいよな。

ってことは、0・182でも普通なのか？　スライムだしな。

「で、お前、さっきからなにやってんの？」

「私はしばらく会社とかありますから、『エイリアンのよだれ』を作り置きしてるんです。五リットル容器で五つありますから、しばらくは大丈夫でしょう？」

「お、助かる」

そのとき俺は、スライムといえど、一日に七十二匹も一人で倒すのは異常だということを知らなかった。さらに、普通は大勢でパーティを組んで潜っているということも、今ひとつ分かっていなかったのだ。

二〇一八年　十月五日（金）

SECTION：

代々木ダンジョン

「さて、今日も元気にスライムを倒しますか」

俺は、人の流れを無視して、一層の奥へと向かっていった。

特に防具も身につけず、リュックだけを背負って、すたすたと一層の奥へと向かう俺を、二層へ向かう連中が奇異な目で見ていたことには、まるで気がつかなかった。


少し階段から離れれば、誰もいないだけあって、スライムは豊富にいる。

「なんとかビーム！」

すでにニウムがビームになっていたが、どうせ誰も気にしない。

「ハンマーアタック！」

ひねりもクソもないが、どうせ誰も……あれ？

倒したスライムのＳＰは、０・０２だった。

んん？　不思議に思いながらも、次のスライムを倒すと、取得したＳＰは０・０１だった。

仮説1　毎日リセットされる
仮説2　ダンジョンに入るたびにリセットされる。

すぐに仮説を検証するために、俺は急いで外へ出た。そして、再び入ダン手続きをとると、もう一度ダンジョンへと戻った。そうして倒したスライムの経験値は、０・０２だった。

興奮した俺は、そのまま二層へ降りる階段付近まで走っていった。間に別のモンスターを挟んだらどうなるのかが知りたかったのだ。

しかし、スライム以外は見つからなかった。仕方がないのでそのまま二層へと降りていこうとして、はたと気がついた。

「ちょっと待て、ナントカビームはスライム以外に通用しないだろ、俺」

防具もなければ、武器もハンマーをひとつ持っているだけだ。今日のところは、スライムだけで可能な検証に注力しておくべきだろう。

「ふ、戦場《ここ》じゃ、冷静さをなくしたヤツからいなくなるのさ」

そう呟きながら、またまた一層の奥を目指して歩き始める俺を、二層に降りていく連中が奇妙なものを見る目で見ていたような気がしたが、たぶん気のせいに違いない。


それから十四回、出たり入ったりを繰り返したが、うち一回は０・０１だった。

そのときは、ダンジョンの入り口を出てすぐのところから、ダンジョン内に引き返したのだ。

ダンジョンの入り口を出ても、それはダンジョン内とみなされるのかもしれない。考えてみれば、最初のゴブリンも、ダンジョンの入り口らしい割れ目の付近をウロウロしていたわけだしな。

だが、もしかしたら、問題なのはダンジョン外にいる時間なのかもしれない。ううむ。

それからの五回は、それらの仮説の検証だ。

出てしばらく時間を空けてみたり、少しずつ入り口からの距離を離していったり……

結果、どうやらダンジョンが影響を及ぼす範囲から出なければならないってことが判明した。

ダンジョンの入り口から、入ダン受付までの通路の丁度半分くらいの位置に、その境界があるようだった。また、特に時間は関係なさそうだった。

検証に満足した俺が、もう一度ダンジョンに入ろうとしたとき、知らない声に呼び止められた。

「あの……失礼ですが」

そこには、すらりとした整った顔立ちの女性が、ＪＤＡの制服を着て立っていた。

§

「は？　自殺？」

「ええ、そうなんです」

ＪＤＡの鳴瀬と名乗った女性に連れて行かれた、ＹＤカフェ（もちろん代々木ダンジョンカフェ

だ）で、俺は予想もしなかった話を聞かされた。

「なんの装備も身につけずにダンジョンに入り、すぐに出てきては、また入るを繰り返している男性がいると通報がありまして」

「はあ」

「もしかしたら、ダンジョン内で自殺しようとしていて、でも思い切れず、を繰り返しているのではないかと」

彼女は、ライセンスカードを俺に返しながらそう言った。

街中にいるような普段着で、ダンジョンの入り口付近を行ったり来たりしていれば、確かにそう見えてもおかしくないかもしれない。

「それはまた、なんというか……お手数をおかけしました」

俺は素直に頭を下げた。

「いえ、そうでなければいいんです」

鳴瀬さんは笑って、カフェオレを一口飲むと、まっすぐに俺を見た。

「それで、芳村さんは一体なにを？」

自殺じゃないなら、一体何をしていたのかは、確かに興味があるだろう。

「あ、いえ。ちょっとした検証でして」

「何を検証されているんです？」

「あ、あー。そのあたりはまだ公開できないもので。すみません」

「公開できない？　どこかの企業の方ですか？」

「いえ。研究職なのは確かですけれども……なにか公開や報告をする義務があるんでしょうか？」

「いえ、そんなことはありません。ただ、何も知らない人が見ると誤解を招きますので、簡単な装備は身につけられた方がいいかもしれませんね。一応受付には伝えておきますけど」

「ありがとうございます。気をつけます」

ここで、装備って高いんですよね、とは言えないよな。

「代々木ダンジョンには、アウトレット商品を取り扱っているショップもありますから、よろしければどうぞ」

「あ、分かりました。ありがとうございます」

「では私はこれで」

そう言って立ち上がった鳴瀬さんは、ぐぐっと俺に近寄ってくると、いい笑顔で「公開できるようになったら、ちゃあんと教えてくださいね」と念を押してから、ＹＤカフェから出て行った。

「鳴瀬さんか。なんか時々迫力のある人だったな」

せっかくだから、今日の記録メモを整理しようと手帳を開いてみると、昨日と合わせてどうやら九十九匹目を倒したところだったらしい。

時計を見ると、十五時にもなっていなかった。

なんだか切りが悪く感じたので、もう少しだけ潜って帰ろう。そう思って席を立ったことが、次の騒動への引き金だった。

§

「ほい。百匹目！」

俺は百匹目——たぶんＳＰ０・０２を取得する——のスライムコアに向かってハンマーを振り下ろした。その瞬間、視界の隅に何かの一覧が表示された。

「は？」

スキルには固有の機能がいくつか存在していて、その機能を解放するためには、何らかの条件を満たさなければならないということは今でも知られていた。主に魔法系のスキルは、それによって、より強力な魔法を使えるようになるらしい。

メイキングの初期機能はステータスの割り振りだったが、ここにきてスライムを百匹倒したことで、新たな機能の解放が起こったようだった。

そこには、百匹目のスライムを倒したから、スキルを選べといった内容が表示されていたのだ。

「なんだ、これ」

► スキルオーブ：物理耐性	1/	100,000,000
► スキルオーブ：水魔法	1/	600,000,000
► スキルオーブ：超回復	1/	1,000,000,000
► スキルオーブ：収納庫	1/	7,000,000,000
► スキルオーブ：保管庫	1/100,000,000,000	

そこには、いかにもスライムが持っていそうな能力が羅列されていた。

もしかして、スライムが落とす可能性があるスキルオーブのリスト、なのか？

俺は必死になってその内容をメモした。

おそらく右の数字は出現確率だろう。

そうだとすると、ものすごく希少なのは、どう見ても最後の〈保管庫〉だ。文字通り桁がまるで違う。

数字を信じるなら、スライムを一千億匹倒して、一度発生するかどうかってところだ。

収納と保管の何が違うのかはよく分からない。

レアリティが高ければ有用と言えるかどうかも分からない。

それはおそらく、スライムがその機能を持っていることがレアっていう意味だろうからだ。

「ま、それでもレアリティの高いのを選んじゃうのが、欲深いゲーマーの性ってもんだよな」

そう呟いて、俺は〈保管庫〉をタップした。

目の前にオーブが出現する。それは、最初にメイキングを得たときと同じ現象だった。

俺は急いで、それをバックパックにしまい込んだ。誰にも見られてはいないと思うが、念のためにあたりにも気を配った。

問題はこの機能の発生条件だ。

すぐに百一匹目のスライムを探して倒してみたが、単にSP０・０１を得ただけだった。

仮説を立てようにも可能性がありすぎる。

俺はすぐに撤収して三好にメールを送信しておいた。

SECTION : 代々木八幡

夕方、自宅のドアが激しくノックされた。

急いで玄関に出ると、そこには三好が息を切らせながら立っていて、開口一番こう言った。

「で、本当にスキルオーブが出たんですか？」

「まあ、落ち着けよ。とにかく入れ」

三好はいつものコタツに座ると、瞳をキラキラさせながらこちらを見ていた。

俺は苦笑しながら、黙ってオーブを取り出した。

「へー、これがスキルオーブなんですね」

三好がそれをおそるおそるつついた。

「わっ、オーブってこんな風に認識されるんですね！　これが発見してからの時間の表示かぁ。便利だけど地味に焦《あせ》らせるみたいで趣味が悪いですよね」

ついでに説明も書いておいてくれればいいのになぁ、なんてぼやいている彼女を尻目に、俺はお茶を淹れに台所へと移動した。

▶ スキルオーブ：物理耐性	1/	100,000,000
▶ スキルオーブ：水魔法	1/	600,000,000
▶ スキルオーブ：超回復	1/	1,000,000,000
▶ スキルオーブ：収納庫	1/	7,000,000,000
▶ スキルオーブ：保管庫	1/	100,000,000,000

三好は、すぐにノートPCを開くと、JDAのデータベースに接続した。

どうやら「保管庫」を検索してみたらしい。

「やっぱり未登録ですね」

「ドロップ確率が一千億分の一じゃなぁ」

「いっせんおくぶんのいち？　なんですそれ」

「ほら」

俺は昨日メモしたオーブ一覧を三好に渡して、新しく発現したメイキングの機能について説明した。呆然とそれを聞いていた彼女は、ため息をついて言った。

「はぁ。場合によってはこれだけで世界がひっくり返りますね」

「可能性がありすぎて、はっきりしないことが多すぎる。まだまだ検証はこれからだよ」

「スキルの発生条件が、同一種の数なのか、連続の数なのか、単に討伐したモンスターの数なのか。マジックナンバーにしたって、今後も百匹単位なのか、なにか別の数列なのか、もしかしたら百匹目だけの特典なのか……確かに分からないことだらけです」

「マジックナンバーの調査なんて、あまりに漠然としすぎていて、論理的な検証のしようもないしな。とりあえずあと百匹連続でスライムを倒してみる」

「そうですね。その後はゴブリンを連続で百匹狩ってみるとかですか？」

「まあ、その辺だな。うまくすれば例の検査の資金も出るだろ？」

「この中でしたら、〈水魔法〉に値段が付きそうですよ。他は全部登録されていません」

すばやく他のオーブを検索した三好がそう言った。

「へー、〈物理耐性〉が見つかっていないって、ちょっと意外だな」

「えーっと〈水魔法〉のオーブは……八千万くらいですね」

「八千万⁉」

「それも買い手の言い値ですから。時間さえあればどこまで上がるか……軍が絡《から》めば安い戦闘機一機分くらいになってもおかしくないですよ。費用対効果を考えれば」

そのスキルの機能に、どんなものがあるのかは分からないが、場合によってはミサイルディフェンス網なんかを骨抜きにするようなスキルがあるかもしれないわけだ。

軍事用って名前が付くだけで、どんな金額になってもおかしくはないか。

「税金は？」

「WDA商業ライセンスによる売買は、ダンジョン税に統一されていますから10％ですね」

「え、なにそれ、税率低くないか？」

「他にもJDA管理費が10％かかりますし。累進になってないのは振興策の一環でしょうね。それに株と違って繰越控除みたいなのもありませんし」

「ダンジョンの繰り越しって、損失は――」

「命じゃないですか」

「――そりゃ、繰り越しようがないな」

そんな話をしながら、三好は、コタツの上のオーブをつついていた。

「ねえ、先輩」

「ん？」

「ずっと考えていたんですけど、これって、やっぱり……」

そう。実は俺もそう思っていた。

「ああ、フィクションの定番。絶対の存在。アイテムボックスだろ。たぶん」

三好がため息をついて、ベッドに背をもたせかけ、俺の書いたメモをもう一度眺めた。

「同じリストに〈収納庫〉ってのがありますから、どちらかがそれなのは間違いなさそうですよね。だけどこのリスト……公開されたら、スライムの乱獲が起こるんじゃないですか？」

それまでゴミだと思われていたスライムが、幻のアイテムボックスを含む、五種類のオーブをドロップすることが分かったのだ。

「とはいえ、一番確率が高い〈物理耐性〉でも一億分の一だからなぁ……」

「だから乱獲されるんじゃないですか」

「だけどスライムは、倒すのが面倒だから放置されているんだろ？」

「代々木の一層なら、ダンジョン中にガソリンをまいて火をつけるような輩《やから》が出ても驚きませんけど」

「な、なるほど……」

ダンジョンモンスターは、倒されるとリポップする。

だから基本的に数が変わらないように思えるが、全くなにもしないで放置していても少しずつ増えるらしい。逆に、リポップする速度以上の速さで狩り続けると減るのではないかと言われているが、明確にそれを確認した研究者はいなかった。

代々木の一層は、三年間放置され続けた結果、圧倒的な密度のスライムを誇っていた。

何しろ誰も積極的には狩らないのだ。特に天敵っぽいものもいそうにないし、言ってみればスライム天国だ。範囲攻撃の魔法でも持っていた日には、一度に数百匹を狩れる場所があってもおかしくない。

「しばらく公開するのはやめとこう」

「賛成です。どうやって調べたのかも説明できませんし。『エイリアンのよだれ』はどうします？」

「この情報が公開されたらバカ売れするだろうけど、そうでなきゃスライムを狩るヤツなんていないし。それもしばらくは様子を見ようぜ」

「分かりました」

「で、これ、どうする？」

俺は、テーブルの上のスキルオーブを指さした。

「どうする、といいますと？」

「三好、使うか？　フィクションの世界じゃ商人御用達だろ？」

「でも、もしも想像通りのスキルだとしたら、ダンジョンに行く先輩のほうが必要ですよね？」

「かもしれないが……って、お前ダンジョンに行かないつもりなのかよ」

「行くとしても、先輩と一緒じゃないですか」

「そりゃそうか」

そこで、俺はオーブを見ながら、ひとつの懸念を口にした。

「なあ、スキルって複数取得できるのか？　前のが消えたりしないか？」

「できないって報告はありませんけど、できるって報告もありませんからなんとも……」

軍のトップエンドには、ふたつ以上のスキルを持っているヤツがいるかもしれないが、そういう情報は基本的に公開されていない。特別なスキルを持った特別な隊員の情報がわずかに漏れてくるだけだ。

もしもスキルの取得数に制限があったら、メイキングのオーブ取得機能も宝の持ち腐れってことになる。それ以前に、複数取得が不可能だったら、メイキングが消えてなくなることだってあり得るのだ。オーブが選べる以上、上書きを確認するＵＩくらいはついていると思いたいが。

「しかし冷静に考えてみれば、ラノベみたいな中世レベルの文明世界ならともかく、現代日本じゃアイテムボックスなんて、大して必要ない気もするな」

「ダンジョン探索ならともかく、実生活ならそうかもしれません。持てないような荷物は、大抵誰かが運んでくれますし。災害対策もすぐ自衛隊が来てくれます。便利に使いそうなのは強盗か、そうでなきゃ密……輪？」

「おい。なんだか、これ、凄くヤバイスキルって気がしてきたぞ」

「ちょっと前に話題になった、消費税目当ての金密輪なんかやりたい放題じゃないですか？　一回八百万円どころじゃない利益が上がるのでは……」

しかもスキルを持っていることが知られたら最後、あらゆるところで疑われるわけか？

「このまま放置で、闇に葬《ほうむ》るとか？」

「先輩、いくらなんでもそれは……ダンジョン探索には圧倒的に便利ですし」

実際の効果も確かめていないというのに、俺たちは二人してテーブルの上のオーブを挟んで呻《うな》り続けていた。

掲示板【広すぎて】代々ダン 1296【迷いそう】

431：名もない探索者
今日さ、昼すぎ頃、なんだか変なオッサン見なかったか？

432：名もない探索者
いたいた。まるっきり街中のカッコしたヤツだろ？　結構若かったぜ？　大学生くらいか？

433：名もない探索者
ああ、あの自殺騒ぎの

434：名もない探索者
自殺ぅ？　そんなことになってたのか？

435：名もない探索者
なんか、普段着で、ダンジョンにちょっと入っちゃ、すぐに出てを繰り返してたから、
自殺で死にきれない男じゃないかって通報されたみたいだぞ？
JDAの本部から人が来てた。

436：名もない探索者
あ、鳴《メイ》タンそれで来てたのか。

437：名もない探索者
鳴タンってだれだよw

438：名もない探索者
JDAダンジョン管理課の人気職員、鳴瀬《なるせ》美晴《みはる》。慶應《けいおう》の２回生のときミスになって、女子アナか？　と噂されていたが、まさかのJDA入り。

439：名もない探索者
何でそんなに詳しい。ストーカーか？

440：名もない探索者
当時有名だったし。経歴はJDAダンジョン管理課の職員紹介コーナーに書いてあるぞ。

441：名もない探索者
そいつかな？　YDカフェで親しそうに話してた。もしかして知り合いだったんじゃないの？

442：名もない探索者
まじかよ。でも鳴タンはフレンドリーだから、優しく諭してたのかも。

443：名もない探索者
俺、明日、普段着で出たり入ったりしよう！

444：名もない探索者
迷惑だからやめろ（w

445：名もない探索者
そういや、WDARLの１位、突然エリア12になってたろ。

446：名もない探索者
俺じゃないことだけは確かだな。

447：名もない探索者
俺も違うな。

448：名もない探索者
残念ながら俺も違う。

449：名もない探索者
今、代々ダンのトップって誰よ？

450：名もない探索者
朝霞《あさか》か、市ヶ谷か、船橋《ふなばし》の連中だろ。

451：名もない探索者
ランク１の話なんだから、自衛隊以外でだろJK。

452：名もない探索者
そうそう。
大体自衛隊のトップは伊織《いおり》ちゃんだっての。

453：名もない探索者
カゲロウの連中は？　19層あたりをうろうろしてるって聞いたけど。

454：名もない探索者
渋チーが20層に行ったとか聞いたが。

455：名もない探索者
こういっちゃなんだが、全然ランク１って感じがしないな。

456：名もない探索者
エリア12はロシアもオーストラリアも有名プレイヤーはいないしなぁ。

457：名もない探索者
WDARLのコメント欄みてると、シクススにも当該者がいないとか言ってたぞ、フランスのヤツが。

458：名もない探索者
こういっちゃなんだが日本にもいない。

459：名もない探索者
つまりいきなり出てきたわけで、誰も知らないのに関係者と親しいヤツとか怪しいよな。

460：名もない探索者
つまり自殺野郎が！

461：名もない探索者
おお！

462：名もない探索者
ランク１なら普段着で入っても平気ってか？

463：名もない探索者
いや、おまえら。ニュービーが見たら信じるからヤメロ。タイムリーな話題だしな。

464：名もない探索者
アイアイ

二〇一八年　十月六日（土）

SECTION :

代々木ダンジョン

今日も今日とて代々木ダンジョン一層だ。相も変わらず誰もいない。

日本一の参加者数を誇る代々木ダンジョンだけれど、一層は本当に過疎地だった。

もちろん今の俺にとって、それはとても都合がよかったのだが。

ぽよよんとした可愛いやつを見つけては、シュッと吹いてバンと叩く。今日の作業もそれの繰り返しだ。

「ぽよん♪　シュッ♪　バン♪」

「ぽよん♪　シュッ♪　バン♪」

こないだYouTubeでみた、薬師丸《やくしまる》ひろ子の、ちゃんとリンスするシャンプーの古いＣＭと同じメロディーなのは、単に語呂が良かったからだ。どうしてそんな昔のアイドルを知っているかというと、父が薬師丸ひろ子のファンだったそうで、うちに古いＣＤ（！）があったのだ。

不思議な声質と音域の狭さに作曲家が七転八倒している様が見える、淡々としたメロディーラインがクセになるとかなんとか、よく分からないことを言っていた気がする。

ゲシュタルト崩壊を起こしそうなくらいその歌を口ずさみながら、賽《さい》の河原に石を積む気分で、倒した数だけを記録していった。

ＳＰは確認だけして記録はしていない。初日の予想通りだったからだ。

「はぁ、これで五十七匹目っと」

手帳に正の字を書き加えながら、腰を伸ばした。

スライムは天井を這《は》っていることがある。

下を獲物が通ると、降ってきて捕食するらしい。まさにスライムボムだな。張り付くと剥《は》がれず、叩いても切っても効果が薄い。火であぶれば多少は効果があるが、くっつかれた人間も大火傷《やけど》する。時折そんな事故が起こるそうだ。

そう聞いて、なるべくライトが届かないほど天井の高い場所は避けるようにしていた。

「まあ、襲われても、ナントカビーム一発で外れるとは思うんだけど……」

自分の体で実験するのは、さすがに御免被りたい。

そのとき、通路の先から、微かな叫び声が聞こえたような気がした。

「なんだ？」

静かに耳を澄ませると、通路の奥から確かに誰かが叫んでいるような声が聞こえた。

俺は、その声に向かって走りだした。

§

「は、早く、早くとって！　やだ、何、これ!!」

「やってる！　やってるけど！　なんで外れないの?!」

少し先にあった小さな広場のような空間で、初心者防具セットを身につけた二人組のパーティが、上から降ってきたスライムに絡まれていた。

代々木一層のスライムは、頭をすっぽり覆われて窒息死でもさせられない限り、取り込まれたからといって、目に見えるような速度で溶けていくわけではない。

とはいえ、長時間くっつかれていたら危険だった。

小さい方の女の子が首筋から胸のあたりまで包まれていて、大きい方の女の子がそれを掴んで取り除こうとしているけれど、自分の手もスライムに埋まって、うまくいかないようだった。

因みに、残念ながら服だけ溶けたりはしない。

「大丈夫か?!」

俺はそう叫んで駆け寄った。

「あ、助けて！　助けてください!!」

背の高い方の女の子が必死にこちらを見て叫んだ。

俺は、腰のベルトからボトルを引き抜いて、くっついていたスライム向かって、その液体を噴出した。ワザの名前を叫びながら。

「くらえ！　塩化なんとかニウム！」

一応お約束だからな。

相変わらずその効果は劇的だった。マキロンもどきを吹き付けられたスライムは、瞬時にはじけて消えたように見えただろう。

「え?!」

スライムを外そうと奮闘していた女の子は、あまりのことに驚いたように固まった。

「ほら、大丈夫か？」

俺はそう言って、泣きじゃくっている小さい方の女の子に、バックパックから未使用の綺麗なタオルを取り出して渡した。

「あ、ありがとう、ごじゃいます」

彼女はそれを受け取ると、顔と、くっつかれていたところを拭きながら、ふとこちらを見て言った。

「あ、あれ？　研究職の人？」

「あん？」

よく見ると、その顔には見覚えがあった。

「えーっと……斎藤さん？　だっけ？　奇遇だね」

そう言うと、背の高い方の、なんだったかカッコイイ名字だった女の子が、俺の顔を見て、驚いたように言った。

「本当だ！　三好さんにくっついていた、えーっと、なんてったっけかな」

「……芳村だよ。御劔さん、だっけ？」

「はい。助けてくれてありがとうございます。だけど、その液体、人にかかっても大丈夫なんですか？」

なにしろあれだけ何もできなかったスライムがはじけ飛んだんだから、人体に影響があってもおかしくないと思うだろう。

「目に入ったり、飲んだりしなければ大丈夫。消毒液みたいなものだから。心配なら水で洗う？」

そう言って、俺はバックパックから二リットルのペットボトルを取り出した。

「ありがとうございます。一応それで拭かせてください」

彼女はタオルを水で湿らせると、斎藤さんの首筋にあてて、

「あの、ちょっと向こうを向いておいていただければ……」と恥ずかしそうに言った。

「あ、すみません。気が利かなくて」

俺は慌てて、広場の方に向いて、一応スライムの警戒をした。

後ろで衣擦《きぬず》れの音がして、小さく「ちょっと赤くなってるだけだし、大丈夫」とか、「つめたーい」とかいろんな声が聞こえてくる。

ぬう。意外と破壊力あるな、これ。

§

講習で一緒だった女性二人組は、ボーイッシュで背が高く正統派美人なほうが、御劔遥《はるか》。

ガーリーで、モテそうな方が、斎藤涼子《りょうこ》だと名乗った。

「子だよ？　今どき、子！　んもう。結婚しても変わらないんだよ?!」

と妙な部分に憤慨しながらだったけれど。

二人は、一応新人のモデルと俳優で、事務所が同じなんだとか。

三好のプロファイリング、侮《あなど》りがたし。

「でも、さすが研究職の人だね」

すっかり立ち直った斎藤さんが、感心したようにそう言った。

「引っ張っても叩いても、全然倒せなかったのに、霧吹き一発でやっつけちゃうなんて。それ、秘密兵器？」

「まあ、そんなもん」

俺は苦笑しながら、そう言った。

「それって市販されているんですか？　調べたときはそんなもの見つからなかったんですが」

御劔さんは、助けて以降、丁寧語で接してくる。

「いや、うちで何日か前に作ったものだから、まだ市販はされていないよ」

「そうですか」

御劔さんは残念そうにうつむいた。

そういう顔につい絆《ほだ》されちゃうところが、広告に弱いと突っ込まれる所以《ゆえん》なのだが、まあ性分だしなぁ。

「えーっと、何か事情があるなら、わけてあげてもいいけど」

「ほんとうですか？」

ぱっと上げた顔は、熱を帯びていて、酷く子供っぽく、そうして真剣な眼差《まなざ》しだった。

「もう、はるちゃんのほうが女優に向いてるんじゃない？」

私は名刺ももらえなかったのにーと、斎藤さんがふくれている。

なるほど、斎藤さんのほうが女優で、御劔さんのほうがモデルだったのか。

まあ、どちらかというと御劔さんの方が好みなのは確かだ。

中性的で二度お得そうとかじゃないぞ。正統派の美人のほうが好きなだけだ。

昔、三好にそう言ったら、空集合の元を選ぶのに好みもクソもありませんよと、鼻で笑われたけどな。

「ダンジョンで経験を積んだら、オーラが出るってほんとうですか？」

突然御劔さんに、真顔でそんな事を言われた俺は、面食らった。

「は？」

オーラ？　磁力線に沿って降下したプラズマが、酸素や窒素の原子を励起することで光ると言われている、あれ？　って、それはオーロラや。

彼女の瞳は真剣だ。ここは、何か……何か答えなくては。

「はるちゃんはさ、今、境界にいるんだよ」

「境界？」

岩に腰掛けて、まじめな顔でそんな話を切り出してきた斎藤さんは、逆に急に大人びて見えた。

「そう。境界っていいよね。あいまいで。私は好き」

「大人と子供の境目も、宇宙と地球の境目も。モラトリアムな場所は、一見何かを決めなくちゃいけないように見えるけれど、それが終わるまでは何も決めなくても許される。だから居心地がいいのかな」

こいつ、こっちが本性か。

「だけどそうじゃない人もいるんだな、これが」

御劔さんは、グラビアモデルだそうだ。

一応、昔からグラビアに力を入れているＫ談社の少年誌や青年誌に登場できるところまでは行ったらしいけれど、読者投票ではどうしても後れをとってしまう。

スレンダーで中性的な容姿は、グラビアには不向きだよな。

「御劔さんのプロポーションや容姿、それに身長なら、異性より同性にアピールする、ファッション方面の方が向いてるんじゃないの？」

「そうそう。研究職さん、分かってるじゃん。それで転向しようとしているわけなんだけど、いきなりは難しいでしょ？」

「まあ、簡単じゃないんだろうね」

　よく知らない世界だけどな。

「ちょっと前から、モグラ女子なんて言葉もあるくらいだから、一応事務所にもコネはあるわけ」

　斎藤さんは足元の石をこつんと蹴飛ばした。

「それで営業するとさ。コンポジットにもブックにも問題はないんだけれど、最後の面接で、なにかが少し足りないって、落とされることが多いんだ」

「コンポジットとかブックとかって？」

「コンポジットは、名刺みたいな資料ね。仕事履歴とか体のサイズとか。ブックは……まあ自分写真集みたいなものよ」

「へー」

「で、『少し足りない』って言われ続けたら、一体何が？　って思うよね」

「まあな」

「で、はるちゃんはクソまじめだから、どこかのバカなやつが言った、ちょっとオーラが、みたいな軽口を真に受けちゃったわけ」

「オーラなんて、風格が出てから、身についたような気になるものじゃないの？」

「でしょー？　大体そんなもんが体から出てるわけないじゃん」

　それはそうだ。どんな凄い俳優だろうと、体から人の心を虜《とりこ》にする電磁波みたいなのが出ていたりしたら大変だ。

もっとも、もしかしたらダンジョンには、「魅了」とか「カリスマ」とかいうスキルオーブが存在しているかもしれないってことは否定できないが。

「俺たちの立場で言えば、例えば動作の最適化ができているかどうか、なんてことがオーラに関係するのかな、なんて思うけど」

「どういうことです？」

斎藤さんと俺の話をただ聞いていた御劔さんが突然食いついてきた。

「つまり、体を使って何かを表現する時――」

「ポーズとかですか？」

「そうだね。他にも、女優なら感情を表す目線とか、表情とか、モデルなら服のシルエットをもっとも美しく見せる歩き方とか」

「ふんふん」

「まあ、そういうことを考えていると思うんだ」

「はい」

「ただ、その意図した通りに体が動くかというと、そう簡単にはいかない」

「人間は、机の上のコップひとつを取るためにも、体のセンサーから得られる情報をフィードバックしながら目的を達成するよう、体を制御するわけだ」

「はい」

「動作の最適化っていうのは、この場合なら、常に最も美しい動作が行われるように、体がそれを記憶していること、かな。だから、その原点は、美しいと自分が考えたとおりに、少しのズレもなく体を動かせるってことだね。自然にそれができるようになれば、それが最適化された動作ということになる」

「ズレ……」

「人間の感覚は、細かいところに対してとても鋭敏にできているから、そういったわずかなズレが気になるのかもしれないね」

「……動作の最適化」

「モンスターを倒して得られる不思議な効果には、力を強くしたりする以外に、素早さや体のコントロール力を伸ばす効果もあるんだ」

「つまりモンスターを倒せば、その力を得られるということですか？」

「普通の訓練でもいいと思うけどね」

「それじゃ届かない場所があるんです」

そうだ。掛け金が自分の命だって言ってたのは、この娘だったっけ。あれ、本気だったのか。

「ま、そういうわけで、ちょっと大きいオーディションが二カ月弱くらい先にあるのよ」

斎藤さんが事情の説明を追加した。

「それを目指して特訓するって言うから、何かと思ったら、まさかダンジョンでモンスター退治とはね」

顔に傷でも付いたら、オーディションどころじゃなくて、仕事生命自体が終了じゃない。なんてぶつぶつ言っている。それでも付き合う斎藤さんは、実はちょっといいヤツなのかもと思った。

二カ月か……

袖すり合うも多生の縁。俺はちょっとだけ協力してあげたい気分になっていた。

「これから俺が言うことは、バカみたいな話に聞こえるかもしれないけれど、試してみる？」

「はい！」

その後、ダンジョンを出ると、まずダンジョンの入り口にある境界の場所を教えた。

ああ、これも境界だな、なんて考えながら、もう一度ダンジョンへと入った。

「ダンジョンに入ったらすぐ、近くに人がいない、スライムの多そうな場所へ行く」

「はい」

そう説明して、二層へと向かう人の流れとは逆の、すぐに広間があるルートを進んだ。スライムはすぐに見つかった。

「で、しゅっと吹いたら……」

俺は実際にスライムに液を噴射して、コアの状態にすると、それを素早く軽く叩いて破壊した。

「こんな感じでコアを叩いて壊す」

「はい」

「ここで重要なのは、叩き方だ。力を入れず、なるべく素早く正確に叩くことを心がけて」

行動が適切なステータスを作り上げるなら、そうすることでＡＧＩやＤＥＸに優先的に割り振られるんじゃないかな、なんて漠然と考えたわけだ。

御劔さんは、それを真剣に聞きながら頷《うなず》いた。

「それから、最後に――これが一番重要なことなんだけど」

御劔さんは、なんだろうと、不思議そうな顔で俺を見た。

「一匹倒したら、すぐにダンジョンを出て、さっきの場所の一歩先くらいまで引き返し、それから戻ってきて、次のスライムを同じように倒すんだ。近くにいても、連続して倒さないように」

二人は「?」な顔をしている。

そうだよなぁ。俺だってこんなことを言われたらそうなるよ。でも二カ月で効果が出るようにするためにはこれしかないんだよ。

「時間の無駄にしか思えないんだけど、それ、なんか意味あるの?」

横から斎藤さんが突っ込んできた。

あるよ！　連続して十四倒したら、たった０・０５９にすぎないＳＰが、これをやることで０・２になるんだよ！　効率は三倍以上なんだよ！

しかしそんなことを言うわけにもいかず、俺は言葉を継げなかった。

「でも、それが必要なんですね?」

御劔さんは、俺を信頼したようにそう言った。俺はただ頷くことしかできなかった。

斎藤さんはしばらく俺を睨《にら》んでいたけれど、ふと目を逸らすと、

「はるちゃん、この男、ちょー鈍いけど、研究職としては優秀そう……な、気がする」

「大丈夫。言われたとおりにやるよ」

そう言われてほっとした俺は、いくつかの注意事項を彼女たちに伝えた。

そして、このことは、いろいろと守秘義務に抵触するから、誰にも言っちゃダメだよ、と口止めをして、満タンのなんとかニウム入りのボトルを二本と、予備のハンマーをふたつ渡した。

「なんで二セット？」斎藤さんが不思議そうにそう言った。

「どうせ、斎藤さんも付き合うんでしょ」

そう言うと、彼女は悔しそうに、少し頬を赤らめた。

「ただ、お互いの倒すスライムに、石のかけらひとつとばしちゃダメだから。必ず一人で倒すように」

「わかった」

「それと、ボトルが空になったら、電話くれれば渡せるようにしておくから」

そう言って携帯の番号が書いてあるプライベートな名刺を、斎藤さんに渡した。

彼女は、「やっと名刺を貰えたよ」と言って悪戯《いたずら》っぽく笑った。


その後はしばらく、数匹分の討伐に付き合った。

「いや〜、これ、楽」

斎藤さんが、嬉《うれ》しそうにボトルを掲げてそう言った。

「くれぐれも人に見られないように」

「分かってるって。でも移動がメンドいね、これ」

一匹倒す度に、入り口を出てダンジョン境界まで移動するのだ。短距離とはいえ、確かに面倒だろう。だがこれが重要なのだ。

「くれぐれも、手抜きをしないで、さっきの所まで戻るように」

「分かってますって。でも、これで効果がなかったら、後でたっぷりクレームをつけに行くから」

「うはっ」

なんという恐ろしいことを。

「だ、大丈夫そうだね。じゃ、あとはその繰り返しだから」

「ありがとうございました」

御劔さんが、丁寧にお辞儀した。基本的に所作は綺麗なんだよな、この子。

「あ、そうだ。倒したスライムの数だけは控えておいてくれるかな」

「？　はい、分かりました」

「ま、それくらいならね」

そうして俺は、彼女たちの健闘を祈りながら引き上げた。

予備のハンマーも渡してしまったため、装備がなくなってしまったのだ。

二〇一八年　十月七日（日）

SECTION：

代々木ダンジョン

今日も今日とて代々木ダンジョン一層だ。相も変わらず誰もいない。

三好は土日も商業ライセンスの講習だ。ほんと、お疲れさまと言いたい。

俺はといえば、いつもよりずっと奥へと移動していた。もしかしたら、あの二人が入り口付近で頑張ってるかもしれないからだ。

「邪魔しちゃ悪いし、ぽよん♪　シュッ♪　バン♪　っと。三十一匹目！」

四十一匹目で、丁度トータルが、二百匹になる。そこで何かが起こるといいなぁ、と期待しているわけだ。

次のスライムを、ぽよん♪　シュッ♪　バン♪　しながら、

「しかし、ほんと代々木ダンジョンって広いよな」と、代々木の広さに思いを馳《は》せた。

自衛隊の初期調査で、大まかなマップが作られたときは、大体半径五キロメートルくらいの円状だったらしい。五キロっていうと、北は馬場の手前だし、南は武蔵小山《むさしこやま》くらいか。

西だと永福町《えいふく》あたりで、東は……そういや山の手のこの辺って五キロちょっとしかないはずだから。新橋《しんばし》くらいまであるってことだ。

もしも、実際に東京の地下を占有していたら、地下鉄崩壊どころじゃないよな、これは。

黙々と、ぽよん♪　シュッ♪　バン♪　を繰り返しながらそんなことを考えていると、突然先日と同じメニューが開いた。手元の正の字を見ると、ちゃんと四十一匹目だった。

「来た！」

► スキルオーブ：物理耐性	1/　100,000,000
► スキルオーブ：水魔法	1/　600,000,000
► スキルオーブ：超回復	1/　1,000,000,000
► スキルオーブ：収納庫	1/　7,000,000,000
► スキルオーブ：保管庫	1/100,000,000,000
	85,998,741

そこに表示された内容は、昨日とほとんど同じだったが、〈保管庫〉だけはグレーアウトしてい

た。

そしてその横に何かの数字が表示され、今もカウントダウンが続いている。

俺は素早くその数値をメモした。

なんだろうこれ。

〈保管庫〉が選択できない以上、一度取得したオーブは選べないか、そうでなければ――

「クールタイム……か?」

クールタイムは、一度なにかの機能を使ったとき、次に使えるようになるまでにかかる時間だ。

どこかにリアルタイム性のあるゲームにはよくある仕様だ。

まあ、それについては後で考えよう。今はこないだ三好と話し合った実験だ。

俺は〈水魔法〉をタップした。

そうして、いつものように目の前に現れたオーブを、俺は〈保管庫〉にしまいこんだ。

§

結局、〈保管庫〉はメイキングの消失も覚悟して俺が使用した。

三好の「先輩が言うラノベみたいに、時間が経過しないなんてトンデモだったら、スキルオーブも保管できるんじゃないでしょうか?」という台詞が決め手だった。

オーブが出回らない理由は、その希少性もさることながら、二十三時間五十六分四秒の壁が大きかった。

一生に一度の幸運を、現金に換えたいという探索者は多いはずだ。しかし、絶対の壁に阻《はば》まれて、うまく買い手を見つけることができないまま、涙を呑んだものも多いに違いない。

「ま、それは、今考えても詮ないことか」

おそらく百匹単位でこのスキルは発動する。

なら、今のうちにできるだけ多くのオーブを集めておこう。いつかスライムの乱獲が始まるかもしれないし。

「実際、こないだからスライム乱獲チームは三名になったしな」

それにしても、二カ月後か。

人間の最初のステータスって、成人した時点で各項目が大体一〇くらいに思える。サンプルは俺。

いくらスライムのSPが0・02だとはいえ、一日十匹も倒せば、五日で1・00だ。つまりは、二カ月も狩り続けたら一〇ポイントは上がるわけだ。

これをひとつのステータスに割り振るとしたら、人間の経験二十年分相当ってことになる。

……あれ？　二十年分？

しかも、この誰もいない上にスライムがうじゃうじゃしている代々木なら、「ぽよん♪　シュッ♪　バン♪」で、一日百匹も不可能じゃない気がするぞ。

一日でSPが二ポイントも加算される？　そしたら、五十日で一〇〇だぞ？

もしも、それがひとつのステータスに割り振られたりしたら……つまりは人生二百年分ってこと？

ちょっと待て、バレたらやばくないか、それ。俺、もしかして拙《まず》いことを教えたんじゃ……。

「いやいやいやいやいや、出たり入ったりしなきゃだめだし、いくらまじめなやつらでも、そんなわけないよな！」

そう韜晦《とうかい》した俺は、頭が真っ白になるまで、「ぽよん♪　シュッ♪　バン♪」を無心で繰り返した。

SECTION：

代々木八幡

「三好ー、お前、明日は仕事だろ？　こんなところにいていいわけ？」

うちのコタツに座って、三好がパスタをクルクルとフォークに巻き付けながら、今日のメモを眺めていた。

十九時頃、突然「お腹《なか》減りましたー」とやって来たから、仕方なくパスタを茹《ゆ》でて出してやったのだが、時計はすでに二十時に近づいている。

「先輩、〈保管庫〉をゲットしたのって、十五時くらいでしたっけ？」

「ん？　そうだな。確か、鳴瀬さんとの話が終わって時間を確認したのが、十五時前だったから、そのくらいだ」

「んー」

こいつの頭の中はどうなってるのかよく分からないが、パターンの検出や計算の分野では、紛《まご》うかたなき天才の一人だ。俺には意味のない数字の羅列にしか見えないデータから、意味のあるパターンを見つけ出していく様は、新人の研修時代も圧巻だった。

「今日の〈水魔法〉も同じくらいの時間ですか？」

「たしかそんくらいか、もうちょっと前のはずだ」

「これが、先輩の言うとおりクールタイムなんだとしたら、出現確率の逆数を一億で割った日数みたいですね。しかも秒表記」

「つまり？」

「〈保管庫〉が次に取得できるのは千日――あ、今は九百九十八日か――後ってことですね」

三年に一度しか手に入らないスキルってことか。

もっとも普通に探していたら、一千万人が毎日十匹狩り続けたとして、それでも見つけられるのは三年に一人ってところだけどな。

そう考えると、意外といけそうな気もするが、スライムがそんなにいるとは思えなかった。

「じゃあ、〈水魔法〉は――」

「六日後のはずです」

「もし、明日の十五時を過ぎても、〈保管庫〉の中のオーブが消えなければ、一大流通革命だな」

「その検証で、ヘタをしたら八千万を棒に振るかもしれない先輩も先輩ですけどね」

「失業中なのになぁ」

「まったくですよ」

最後のパスタを口に入れた三好は、南アルプスの天然水に、サンガリアの超炭酸を半分加えた、超お安いなんちゃって微炭酸ミネラルウォーターを飲み干した。意外といいんだよね、これ。

「ごちそうさまでした。先輩料理もいけるんですね」

「一人暮らしが長いからな」

「はー、さみしい……」

「大きなお世話だ」

「だけど、この検証が成功して、〈保管庫〉がおおっぴらになったら、先輩は世界中の政府や組織から狙われることになるんですよね」

いや、お前。何をさらっと、ハリウッド映画のストーリーみたいな話をしてんの。

「そうして私は大金持ちに……ああ、美味しいご飯食べ放題」

「三好、三好、お前目が¥になってるぞ」

「もう、私も退職したいんですー！　何ですかあのプロジェクト。先輩がいないと、なーんにも進まないんですよ？　もうグダグダですよ?!」

「榎木はどうしたんだよ」

「あんなの、いないほうがましですよ。あーもう、思い出しただけでイライラします！」

「わ、分かった、俺が悪かった。だけど今のうちじゃ、給料を出すとか無理だぞ？」

「明日、もしそのオーブが消えなかったら、辞めてもいいですか？」

うーん。

まあ、もしもマジックナンバーの検証結果が誤っていたとしても、当座の資金には困らなくなるか……検査費用はいまだに無理だが。

「そんなに辞めたいのか？」

「こっちのほうが、面白そうなんですもん」

「分かった。もし消えなかったら、な」

「よろしくおねがいします」

　こないだやった実験じゃ、買ってきたハーゲンダッツのバニラは一時間経ってもカチカチのままだった。だから少しは希望があるのだ。それを食べる三好を見ながら、時計やスマホを入れればすぐ分かったんじゃないのと思わないでもなかったが。

　それでも、ダンジョン産の不思議アイテムにそのルールが適用されるかどうかは、実際にやってみなければ分からない。

　その時、俺の携帯が振動した。

「ん？　電話？　だれだろう」

　どうやら非通知の番号らしく、番号は表示されていなかった。

　不思議に思いながら、振動しているスマホを取り上げて、電話を取った。

「はい」

「こんばんは、御劔です。芳村さんですか？」

「ああ。非通知だから誰かと思いましたよ」

「あれ？　そうでしたか。すみません。今度からは１８６でかけます」

「いえいえ、それでどうされました？」

「あの、ボトルがそろそろなくなりそうなので、譲っていただければと思いまして」

え、もう？

「分かりました。いつがいいですか？」

「明日でも大丈夫でしょうか」

「構いませんよ。場所は代々木で？　時間はどうします？」

「はい、それで結構です。できれば午前中、入ダン前がありがたいのですが……」

「了解です。では、十時に代々ダンのYDカフェでお待ちしています」

「ありがとうございます。それで、料金は……」

そういえば、あのボトルのコストって、一体いくらくらいなんだ？

「少々お待ちください」

俺は通話を保留した。

「なあ三好」

「なんです？」

「あのナントカビームのボトルって、コストどのくらいなんだ？」

「あ、あれですか？　たぶん三千円くらいじゃないですかね？」

「三千円？　マキロンって、一本五百円くらいしなかったか？　あのボトル、一リットルくらいは入りそうだったけど……」

「富士フイルム和光純薬のファーストグレードなら、五百グラムで二万円もしないですから」

「よく分からんが、まあ損しないんならいいんだ」

俺は保留ボタンをタップした。

「お待たせしました。一本三千円だそうです」

「分かりました。できれば何本かいただけると助かります」

「了解です。では」

「はい、お休みなさい」

電話を切ると、俺は携帯を置いた。

「先輩、あれ、誰かに売ったんですか？」

「成り行きでな。講習会の時、俺たちの前にいた二人のこと、覚えてるか？」

「ああ、あの『美人』二人組」

「なんだかトゲを感じた気もするけど、そう。実は彼女たちとさ――」

俺は三好に、先日のことを詳しく話した。

「はー、相変わらず先輩は甘ちゃんですよね」

「そうか？　ちゃんと口止めはしといたし……なんか健気《けなげ》じゃん。ただなぁ、ちょっと後悔もしてるんだよ」

「どうしてです？　もっといい目にあえたんじゃないかとか？」

「ちげーよ！　お前、俺をどんな目で見てるんだ」

こんな目、と言いながら三好が自分の目を指さした。俺はそれをスルーして続けた。

「実は俺、大変なことをしちゃったんじゃないかと、スライム叩きながら考えちゃってさ」

そうして、「ぽよん♪　シュッ♪　バン♪」で、二カ月後にどうなるのかの考察を話した。

「今頃何を言ってるんですか、とも思いますけど……多分大丈夫なんじゃないでしょうか」

「なんで？」

「先輩と違って、結果を数値で客観的に見ることができませんから」

「いや、ほら、ヘタするとランキング上位に入っちゃうかも、だし」

「いくら上がるっていっても、たった二カ月でトリプルまでは無理でしょう？　フォースくらいなら、エリア12の匿名エクスプローラーも、それなりにいますから、そう派手に目立ったりはしないんじゃないかと」

「そうか……そうかもな！」

そのとき俺たちは、人類全体の四桁順位というものが、どういうものなのか、よく分かっていなかった。

しかも、早期から管理されていた日本が主体になっている、エリア12の匿名エクスプローラーの上位ランカーに、国がどんなに注目していたのかも、よく分かっていなかったのだ。

掲示板【広すぎて】代々ダン 1299【迷いそう】

251：名もない探索者
なあなあ、最近、入り口を出たり入ったりしてる、二人組の女の子、見かけねぇ？

252：名もない探索者
あ、いるいる。初心者装備のヤツだろ？　目出し帽とフェイスガードの。

253：名もない探索者
そうそう、それ。
あれさ、最初はフェイスガードなしで、普通にスキーメットみたいなのだけだったんだけど、遥っぽかったんだよね。

254：名もない探索者
誰だそれ？

255：名もない探索者
遥って、グラビアアイドルの？　こないだマグジンに載ってた？

256：名もない探索者
マジかよ。勘違いじゃなくて？

257：名もない探索者
いや、さすがに違うんじゃないの？　そんな仕事のヤツが、ダンジョンに潜ってどうするんだよ。
怪我《けが》して傷でも残ったら、仕事パーじゃん。

258：名もない探索者
まあ、そうなんだけどさ。
でもなかなか可愛い子っぽかったから、何してるのかちょっと見てたんだよ。

259：名もない探索者
うわっ、ストーカー？

260：名もない探索者
やべぇヤツが！

261：名もない探索者
ダンジョン内では、やめとけよ。

262：名もない探索者
ちげーよ！
もし入ろうかどうしようか迷ってるとか、なにか困ってるとかだったら、力になってあげようとか、あるだろ?!
下心なんてちょっとしかないっての。

263：名もない探索者
あるのか、下心。

264：名もない探索者
だめじゃん。

265：名もない探索者
ちょっとくらいはあってもいいだろ?!　まあ、それで追いかけたんだよ。

266：名もない探索者
で、押し倒したのか？

267：名もない探索者
それが、2Fルート方向と全然違う方向へ、凄い速度で走っていくわけ。

268：名もない探索者
そりゃ、ついてきているのがばれて、逃げられたんじゃね？

269：名もない探索者
そりゃ、ストーキングされたと思ったら逃げるだろ。
ダンジョンの中なんて、暗い夜道と変わりないしな。

270：名もない探索者
おまいら、容赦ないな。

271：名もない探索者
まあまあ。それで見失ったのか？

272：名もない探索者
まあ。後ろちらちら気にしてたし。追いかけたら犯罪者扱いされそうだったから。

273：名もない探索者
うわ、根性なし！

274：名もない探索者
そんな根性はいらねぇ！

275：名もない探索者
2F方向に向かわないっていえば、例の自殺騒ぎ装備なし野郎もいたな。最近流行《はや》ってんの？

276：名もない探索者
いたいた。今でも時々見かけるぞ。普通の服でバックパックだけだから、受付周辺だと凄く浮いてて目立つんだよ。

277：名もない探索者
そんな流行はきいたことない。

278：名もない探索者
でも2Fまわりで見たことないぞ？　初心者ったら最初は大体その辺で見かけるだろ。

279：名もない探索者
いや、まて。

280：名もない探索者
なんだよ？

281：名もない探索者
それって、もしかして逢《あ》い引きなんじゃね？

282：名もない探索者
はぁ？

283：名もない探索者
天才現る。

284：名もない探索者
いや、考えてみたら、大した脅威も人の目もない代々木ダンジョンの1Fは、人目を忍ぶ逢瀬《おうせ》にはいいかもしれん。
隠しカメラはスライムが処理してくれるしな。

285：名もない探索者
グラビアアイドルが、恋人とダンジョンの中でデート？
って、それ、どんな物語なんだよw

286：名もない探索者
大体女の子のほう、二人組だろ？

287：名もない探索者
そこは付き添いとか。

288：名もない探索者
マネージャーとか。

289：名もない探索者
3Pとか。

290：名もない探索者
ヤメロw

291：名もない探索者
しかもしょっちゅう出入りしてるって、どんだけ早いんだwww

292：名もない探索者
いや、お前ら下品すぎる。
まあ、変わった逢瀬なのは確かだな。

293：名もない探索者
逢瀬は確定なのかよwww

二〇一八年　十月二十六日（金）

SECTION：

パーティの結成

突然ランキング一位になってから、一カ月が過ぎた。

あれから、ひたすら一層の奥地でスライムを狩り続けた結果、〈保管庫〉の中には結構な数のスキルオーブが集まっていた。

▸ スキルオーブ：収納庫	× 1
▸ スキルオーブ：超回復	× 2
▸ スキルオーブ：水魔法	× 4
▸ スキルオーブ：物理耐性	× 5

おかげで俺は正式に退職できたし、三好も退職願を提出したらしい。

引き留め工作は、俺の時とは比べものにならないくらい強力だったようで、狭い部屋で圧迫面接よろしく詰められて怖かったと言っていた。

当面は〈水魔法〉の売却益で、俺と三好の二人くらいならなんとかなりそうだ。

三好は商業ライセンスをとった後、ついでに会社の設立も検討したらしい。

「先輩の名前を隠して取引をするのって、現代日本ではすっごい難しいことが分かりました」

難しいのは利益の分配らしい。

現代日本では、とにかく何をどうやろうと、利益が移動すると税金が至るところで発生して、名前バレするか、ベラボーな税金を取られるということだ。

株式会社を設立して、非上場で株主名簿をつくって配当とすれば、名簿を閲覧できるのは株主か債権者だけだし、税率も20%ちょっと……と思っていたら大間違い。

非上場の大口の場合、総合課税扱いされて、配当は超累進課税の所得税+住民税となるのだ。

一言で言うと55%だ。

「タックス・ヘイヴンを利用したくなる人の気持ちがほんとよく分かりました！」

他の国に会社を設立して、通販の取引もそこで行うというのも考えたらしいのだが、さすが小心者の三好。「なんかこう、後ろめたい気がして」という理由で中止したらしい。

「そこで、ですね。パーティ制度を利用することにしました」

パーティ制度は、グループでダンジョン探索をしたとき、収益をパーティに共有するための制度だ。

　本来は、パーティ全体で、高額な武器や防具を購入するために使われることが想定されている。詳しい税務上の位置づけはよく分からないが、パーティ全体で、ひとつのダンジョン法人みたいな立ち位置になるらしい。

　パーティメンバーリストは、パーティリーダーが管理していて、いわゆる非上場株式会社の、株主名簿と同じような扱いになっているようだった。

「いや、もうホント大変でした。税理士さんに聞いてもよく分からないんですよ」

　三好は憤慨するように言った。

「できるだけ税金を節約するために、知恵を絞らないといけないような税制は間違ってる気がするんですよね。それって、バカからは取ってもいいと思ってるってことじゃないですか」

「まあ、歴史的事情とか、その時点における整合性とかあるんじゃないか？」

「というより、その時々でやりたいことを税制の面から後押ししたいけれど、以前と真逆の要求が出ちゃったから、なんとか整合性を取るためにひねり出しました、みたいな構造がいっぱいあるんです」

「文系の人たちが考える論理は、最終的な整合性が担保されるなら、支離滅裂で非論理的な構造も許容するみたいなイメージでした。税金は誰でも計算できるようシンプルな構造にしないとダメだと思いましたね」

「そしたら税理士が失業するかもな」

「ファストフードですらバラバラに注文したものをセットにまとめて、最も支払いが少ない状態にしてくれるんですよ？　税務署はやる気がないか、ぼったくる気満々だとしか思えません」

「まあ、国家の財政は、ものすごい赤字だからなぁ」

パーティ作成にも、意外とお金がかかるみたいで、貯金がー、貯金がーと唸《うな》っていた。

仕方がないので三十万ずつ出し合って、法定費用や実印なんかの作成費用にあてた。

貯金がどんどん目減りしていくので、すぐにオーブ販売用のサイトを立ち上げるらしい。

「売れるのは確実ですし、今は持ち出しだらけでも、ギリギリでなんとかなりそうです」

とは三好の弁。いや、お手数をおかけします。

パーティの住所は、今のところ三好のマンションだが、実働は俺の家のダイニングが占拠されていた。儲かったら引っ越しましょうとか言ってたが、今は、別に困ってないからいいかと軽く考えていた。


パーティ名は、「ダンジョンパワーズ」。


なんともベタでいい加減な名前が決まったのは、ワインでべろんべろんに酔っぱらった明け方近くで、そのままリターンキーを押して提出した三好が悪いと言える。

本人は意外と気に入っていたようだが。

まあ、そんなこんなで、リーダーは三好、メンバーは俺、以上終了（涙）という体制で、俺たちは船出することになったのだ。

第02章

Dパワーズ始動

It has been three years since the dungeon had been made.
I've decided to quit job and enjoy laid-back lifestyle
since I've ranked at number one in the world all of a sudden.

CHAPTER 02

二〇一八年　十一月一日（木）

SECTION：

霞が関　ダンジョン庁

「はい、はい。分かりました。ご連絡ありがとうございます。調査させていただきます」

ダンジョン庁で、都民からの電話を切った男が、ため息をついた。

ダンジョン庁は、ダンジョン行政を司《つかさど》る庁だ。とはいえ、ダンジョン内部のことはＷＤＡ（世界ダンジョン協会）管轄ということになっているため、ＪＤＡ（日本ダンジョン協会）と各省庁との連絡機関という性格が強い組織だった。

ダンジョンができてしばらくした後、ＷＤＡが設立されると、ダンジョン行政を司る部署が必要になった。ダンジョン利権に直接関わることだけに、各省庁は敏感に反応した。

経済産業省は資源という観点から、ダンジョンの管理を資源エネルギー庁管轄にしようとし、文部科学省は研究という観点から、地震調査研究推進本部同様、ダンジョン調査研究推進本部を作ろうとした。

そして、総務省は、ダンジョン内のレスキューを想定し、消防庁内にダンジョン管理部署の設立を企てた。現在消防庁には、非常災害時の公的機関に対する統括指揮権は与えられておらず、内閣危機管理監や災害対策本部などが指揮することになっているが、この機会に災害発生時に対する一元的な指揮権を得るべく法改正を目論《もくろ》んだわけだ。どちらがついでなのか、さっぱり分からない行動だ。

果ては法務省まで、ダンジョン内への出入国管理を理由に、出入国在留管理庁にダンジョン管理部署を作ろうとしたらしい。ダンジョン内の誰が在留するというのだろうか。

結局、幅広い省庁との調整が必要になることと、省庁間の利害の調整が難しかったことから、ダンジョン庁設置法が施行され、独立した庁としてスタートを切ることになった。

「はぁ～」

「なんだよ、不景気なツラだな」

「朝から同じ内容の電話ばかりが何度もかかってくるようじゃ、不景気なツラにもなるさ。うちはしがない連絡機関だから、こっちに連絡を入れられても困るのよ」

「あれだろ？　オークションの」

「そうだよ。『詐欺じゃないですか？』って、知るかよそんなこと。警視庁のサイバー犯罪対策課あたりに連絡しろっての」

「ＪＤＡの商業ライセンスＩＤはきちんと公開されているしな……一応公安にまわしとくか？」

電話を受けた男は少し考えたが、面倒は他人に放り投げるに限ると、それに頷《うなず》いた。

「そうだな。公安は公安でも国家公安委員会宛てに、問い合わせ件数と一緒に報告しておいてくれ。あとＪＤＡのダンジョン管理課にも頼む」

「あそこの業務も幅広いねぇ」

「ダンジョンで起きる事態が幅広いんだから仕方がないだろ。同情はするけどな」

　システムが細分化して安定するまでは、ひとつの窓口で『すぐやる課』を作らざるを得ないのは仕方がないが、一元的な指揮権がない状態で、自分がそうなるのだけは絶対に御免だと、男はため息をついた。

　そうして、その迷惑なオークションの情報は、ダンジョン庁から国家公安委員会に届けられることになった。

SECTION:

港区新橋　警視庁サイバー犯罪対策課

警視庁サイバー犯罪対策課の相談窓口には、サイバー犯罪の相談が引きも切らずにかかってくる。特に今日は、どういうわけか、とあるオークションが詐欺なのではないかという問い合わせがやたらと多かった。

「いえ、それは分かりませんが、違法でない何かを売っているというだけでは、犯罪の対象にはなりませんから。は？　詐欺ですか？　被害者はいらっしゃらないんですよね？　はい。うっ！」

どうやら電話の向こうの誰かは、思い通りにならないことに、罵声を浴びせて電話を切ったようだった。

「なんだい？　また例のオークション？」

「まあな」

電話を受けていた男は、そう返事をしながらぞんざいに受話器を置いた。

「しかし、サイバー犯罪対策課の相談窓口が、なんで電話だけなんだ？　無駄に人員の時間が削られてストレスが増えるだけに思えるんだが……メールでいいだろこんなもん」

「受付が、平日のみの八時半から十七時十五分ってところで分かるだろ？」

身も蓋《ふた》もない言い方に、問いかけた男は肩をすくめるだけだった。

「うちは、不正アクセス、詐欺、名誉毀損《きそん》、脅迫、恐喝、わいせつ、児童ポルノ、悪質商法なんかのサイバー『犯罪』に関することを取り扱う課だからなぁ。犯罪じゃない段階で言われても困るんだよ」

男は頭をぼりぼりと掻《か》いた。

「犯罪かもしれないから捜査しろってことだろ」

「これを捜査する必要があると断じるなら、ネットオークションの全件を調査する必要が出てくるぜ？　あなたの売っているものは本物ですか？　詐欺じゃないですよね？　って、どこのディストピアだよ」

「しかしものがものだけに、疑心を抱くってのは分からないでもないが……詐欺に予備罪はないからなぁ」

予備は、犯罪が実行される前段階の状態を指している。この状態が犯罪になる場合予備罪となるが、通常予備の状態では、法益侵害への危険は未遂にも届かないため罪とはならない。

「売れるはずのないものを売りに出したってだけじゃ、売ってる物が違法でない限り罪に問えるわけないだろ」

「一応、ＪＤＡには問い合わせと報告をしておくぞ。商業ライセンスＩＤが明記されているんだから、対象者はすぐに分かるだろ」

そう言ったところで、またしても、電話がけたたましい叫び声を上げながら、早く出ろと脅しをかけてきた。

今度はオークション以外の話でありますようにと、祈りを捧《ささ》げるような気分で男は受話器をあげた。それが、無駄であるだろうと感じつつ。

SECTION :

代々木ダンジョン

今日も今日とてスライムを狩りに、俺は代々ダンへと向かっていた。

Ｄパワーズを結成して以来、俺たちは順調に〈水魔法〉を一個と〈物理耐性〉を二個追加で取得していた。そして今日にもまた、〈水魔法〉をひとつ追加できそうな状況に、一人で気合を入れていたら、受付前で突然声をかけられた。

「芳村《よしむら》さん！」

「あ、鳴瀬《なるせ》さん、こんにちは」

鳴瀬さんとは、自殺騒動の時に知り合って以来、パーティ設立時に、いろいろと便宜を図ってもらって親しくなった。もちろんそんなことを面と向かって言ったことはないけれど、綺麗《きれい》で頭が良くて素敵な人だ。

俺が、三好が前面に出ている「Ｄパワーズ」のメンバーだと知っているのは、関係者を除けば、鳴瀬さんくらいだろう。

「こんにちは。今、ちょっとよろしいですか？」

「え？　あ、はい」

：

鳴瀬さんに引っ張られるようにして、いつものカフェに連れて行かれ、カップを持って席に着いたとたん、前置きなしで切り出された。

「昨日、Dパワーズさんが、販売サイトを立ち上げられましたね」

そうか、三好、ついに公開したのか。

「近日とは聞いてましたが、昨日でしたか。手続きはきちんとしているはずですし、特に問題はないはずですが、なにかありましたか？」

「あれは、来年のエイプリルフール用のサイトが、間違って公開されたとかじゃないんですね？」

うん。気持ちはすごく分かる。俺でもそう思うだろう。

「ええ。本物の販売サイトですよ。一部オークション形式になるとは言っていましたが」

「そうですか。それで、商品なのですが……」

「はい」

「実はJDAにも、詐欺なんじゃないかという問い合わせが相次いでおりまして」

「とんでもない」

「オーブが発見から一日で消えてなくなることは、ご存じですよね？」

「もちろんです」

「では、その辺はご存じの上で、あのサイトが作られていて、それは冗談でも詐欺でもないと」

「はい」

まだ確認していないが、そのサイトでは、現在スキルオーブしか販売されていないはずだ。

多分イニシャルでは〈水魔法〉が三個。後は〈物理耐性〉が一個ってところか。

何しろ〈物理耐性〉は未知スキルだ。

効果は名前から想像するとしても、詳しいことは分からないだろう。

きっとＷＤＡの関連組織が落札するはずだ。まずはお試しってところだな。

〈超回復〉と〈収納庫〉はまだ販売されていないはずだ。

「あの……もしかしたら、ですが」

「はい」

「オーブを保存する方法を発見されたのですか？」

鳴瀬さんの、あまりにド直球な質問に、思わず笑みがこぼれた。

「それは、お答えしづらいですね」

もしもそんな方法が確立されたとしたら、大騒ぎどころの話じゃない。ＪＤＡはおろか、日本政府が情報の開示を求めてくるかもしれない。

大部分の日本人は、自分が高額宝くじに当選したことを公開したくないであろうことは明らかだ。探索者であってもそれは変わらない。

現場で我々に接している鳴瀬さんは、当然そのことを理解していた。

「もし仮にそんな方法があったとしてですね」

「はい」

「特許を出願されたり、それをお売りになったりする可能性は……」

「仮に、の話ですよね？」

「はい」

「たぶんないと思います。三好ですから」

鳴瀬さんは、やっぱり、といった顔でぐったりと椅子にもたれかかった。

「あの、たぶん一千億円くらい出すところもあると思いますけど……」

「凄《すご》い大金で足が震えますけど、たった二人のパーティに、そんなお金は抱えきれませんよ」

自分でも、心にもないことを、うさんくさい笑みを浮かべながら言ってるなあと思ったが、まあいいか。

確かに一千億は魅力的だが、保存機器は俺自身。それなりのお金＋自由のほうがずっとマシだ。

しかし、このことが広まったら、パーティメンバーへの応募が、いろんなところから大量に来そうだな。主にスパイが目的の。新メンバーとか、三好のヤツはどうするつもりなんだろう。

「あの、例えばですけど」

「はい」

「ＪＤＡが、オーブの保管をお願いしたら、引き受けていただけるでしょうか？」

俺は少し考えた。

ここでＹＥＳと答えてしまえば、その技術があることを証明してしまう。

しかしＮＯと言うと、いろいろと探りを入れられて面倒になるだろう。

「仮にそんな技術があるとしたら、いくつかの条件が満たされれば、とだけ」

「分かりました。近々上司がお邪魔させていただくかも知れませんが——」

「できればお世話になっている鳴瀬さんが、そのまま窓口になっていただければ助かります。条件に加えてもいいですよ」

「ありがとうございます。検討させていただきます」

そうして鳴瀬さんはＪＤＡに帰っていった。

すぐにでも動き出しそうな事態に対処するべく、俺はダンジョン行《こう》を中止して自宅へと向かった。

SECTION：

霞ヶ関　中央合同庁舎第二号館

　赤く色づいたトチノキの見事な紅葉に彩《いろど》られた、桜田《さくらだ》通り沿いに立っている中央合同庁舎第二号館では、窓のない重厚な作りの部屋で神経質そうな男が、中肉中背のまるで特徴のない平凡そうな男に報告を受けていた。

「それで、その件になにか重要な要素があるのかね？」

　男の報告は、ＪＤＡやサイバー犯罪対策課、それにダンジョン庁などから上がってきた、同じ問題に対するものだった。

「ただの詐欺サイトが、またひとつ開設されたというだけのことではないのかね？」

「いえ、この問題の本質は、このサイトが詐欺でなかった場合にあるんです」

「詐欺でなかった場合？」

「そのオークション責任者の商業ライセンスは、三好梓《あずさ》という女性のものですが、もしこのオークションが本物だった場合、彼女の価値は計り知れないものとなります」

「ふむ」

神経質そうな男は、そのことについて検討すると、報告する男に向かって聞いた。

「それで内調（内閣情報調査室）としては、うちに一体どうしろというのかね？」

「もしもこれが詐欺でなかった場合、このサイトの開設者の持っているであろう技術は、宝にも脅威にもなると考えられます」

「〈異界言語理解〉の件はこちらでも聞いている。その連中が鍵になるかもしれんと？」

「その可能性はあります」

「差し当たって、渡航の禁止くらいは勧告しておくか。むろんそれが本物だとしたら、だが」

男はただ頭を下げて、その台詞《せりふ》を肯定した。

「いいだろう。ダンジョン庁の長官と、外務大臣にはこちらから根回ししておこう」

「ありがとうございます」

「そちらもしっかりやりたまえ」

「もちろんです。何しろここの任務は、公共の安全と秩序を維持すること、でしょうから」

「おいおい。その前の部分も忘れないでくれよ」

特徴のない男は、微《かす》かに笑って頭を下げるとその部屋から退出した。

警察法の五条には、この組織の任務が定義されている。

そこには『個人の権利と自由を保護し、公共の安全と秩序を維持することを任務とする』と書かれていた。

SECTION: 代々木八幡

「あれ？　早くないですか？」

ドアを開けると、ドリッパーの前で、まるで自分の家のように振る舞っている三好が、きょとんとした顔で、振り返った。

すでに俺のアパートのダイニングエリアは、三好の手によって魔改造され、すっかり小さな事務所っぽくなっていた。

俺のプライベートエリアは、奥の寝室だけになってしまったが、そこすらコタツは時々三好に占領されているようだ。１ＤＫの悲哀だ。

部屋には、独特の良い香りが広がっている。

最近三好が好んでいる、なんだっけ、パナマのなんだか昔のシューティングゲームみたいな名前(注1)のナントカ農園だか、トチロー探してる女海賊みたいな名前のホニャララ農園だかの、カンザシ挿してそうな名前の――ゲイシャ種だったっけ――の豆だったはずだ。

この品種は焙煎《ばいせん》の時間管理がとても難しいらしく、熟練の職人に生豆から煎《い》ってもらうのだそうだ。こいつの食に関する執着は、ちょっと引きそうになるレベルだ。ただし、出てくるものは確かに美味《うま》い。

「俺にも一杯」

「ほーい」

すぐに三好は、新しいドリップを用意し始めた。

「とうとう売りに出したんだって？」

「どこで聞いたんです？　耳が早いですね」

「ダンジョンの受付で鳴瀬さんに捉《つか》まった」

「はー。うちに直接来ないのは、やっぱり先輩に会いたいからですかね？」

なに言ってるんだこいつ。

「おまえ、登録した場所にいないじゃん。それはともかく、詐欺じゃないかって問い合わせがＪＤＡに殺到してるってよ」

「ははぁ」

無理もない。何も知らなきゃ、俺だってきっとそう思う。

「まあ、その辺は説明しておいたんだけど……」

「どうしました？」

「その過程でどうしても、な。あの人、腹芸とかナシに、いきなり剛速球をぶち込んでくるから、まいるよな」

そう言って、さっきのやりとりを三好に説明した。

「だけど、先輩。こんな商売を始めたら、遅かれ早かれ、みんなその結論にたどり着くと思いますよ。詐欺じゃないなら他に考えようがありません」

「凄いエクスプローラー網を作り上げて、狙ったオーブをゲットしてる、とか」

「無理がありすぎます」

「だな」

「で、預かる条件って、どうするつもりなんです？」

「そうだな。まず窓口は鳴瀬さんで」

「やっぱり、そういう関係だったんですね。彼女、元慶應《けいおう》のミスらしいですよ？」

「いやいやいやいやいや、腹芸の巧いめんどくさい野郎が来たら嫌だろ？　榎木《えのき》みたいな」

「あー、懐《なつ》かしいですね、その名前。あの会社どうなったんですかね？」

「しらん。後は残り時間だな。最低四時間程度は欲しいな」

「オーブカウント一二〇〇未満ってところですね」

「そうだ。後は手数料か？」

「そら、がっぽりですよ、旦那」

（注1）　ナントカ農園。ホニャララ農園。
ドンパチ農園。エスメラルダ農園。ゲイシャ種の煎《い》り止めは秒単位の精度が必要で、特に水洗式はタイト。

「さすがは、近江商人《おうみ》」

「んー。売価の20%くらいでどうですかね？　10%が実費で、10%が手数料、とかいって」

「20%？　五千万なら一千万が保管料ってことか？　ボッタクリじゃないか？」

「ちょっとしたレストランに行けば、消費税とサービス料で20%くらいは平気で取られますから、普通じゃないですか。株式の売買益にかかる税だって、商業ライセンスで取られる税と手数料だって20%ですよ？」

「なんだか逆恨みの波動を感じるぞ」

「気・の・せ・い・です。それとも保管業務なら期間に応じた料金体系の方がいいですかね？」

「まあなあ、売るために保管しているとは限らないし、うちから出したものを十万で売って、二万だけ保管料を払った後、高額で転売して勝った気になるバカとか出そうだしなぁ」

「そんな取引先は出禁ですよ、出禁。なにしろ世界でうちにしかできないサービスですからね。強気で行きますよ！」

「とはいえ、やはりオーブの価値と預かる期間を聞いて、後は応相談とかが無難だろ？」

「そうですね。保管料ってどうやって算定すればいいですかね？」

「一日百万とか？」

「なんというドンブリ」

「まあ、先方と話しあって、希望を聞いてみればいいんじゃね？　それで徐々に相場が作られるだろ」

「了解でーす」

ドリップが終わったコーヒーを、三好がこぽこぽとついでくれる。

「どうぞ」

「さんきゅー」

独特な香りを嗅ぎながら、それを一口、口に含んだ。

透明感のある酸味が広がり、その後甘いコクが舌の上に押し寄せてくるようで確かに美味い。

こだわれば違いも生まれるということか。

「それで、オーブは売れたのか？」

「一応値段は付いたみたいですよ。信憑《しんぴょう》性を出すために、最初の二日は忘れていたように見せかけてＩＤを表示させています」

「酷《ひど》いな」

「最後の一日はＩＤを非表示にしますから。特定されて喜ぶ落札者は少ないでしょうからね」

「結局オークション形式にしたのか？」

「まあ、ものが少ないですから。それに、これを扱えるのは、今のところ世界中でうちだけですよ！　サザビーズやクリスティーズだって取り扱えません！」

そらまあ、時間が来たら消えてなくなるからな。

「とりあえず三個の〈水魔法〉を、六千万ＪＰＹ（日本円）から。入札されたら十分の時間延長ありで始めました。さっき見たら一億八百万ＪＰＹでしたよ」

「は？　八千万とか言ってなかったか？」

「それは今までのシステムで、買い手が単独で付けた金額ですし。競《せ》り合いがあれば、このくらいは当然だと思いますよ」

まあ、〈水魔法〉がどんなものか知らないけれど、すごい攻撃魔法が使えるなら、軍としては戦闘機より高額でもお釣りが来るんだろう……。

「リミットは？」

「一応三日です」

「そりゃすごい。一日しか保《も》たないオーブを落札する時間が、三日」

「世界が震撼《しんかん》しますね」

するかな……するかもな。

「んで、落札後はどうするって？」

「手渡しです。宅配とか無理ですし。落札者には符丁を発行します。符丁の暗号化はお互いの公開鍵で。落札者にJDAの貸し会議室あたりに来てもらって、そこで暗号化したデータを貰《もら》って、こちらの秘密鍵で復号できたら、振り込みを確認して引き渡すことになります」

「直接以外の引き渡しは、俺たちの手を離れた後の生存時間が保証できないもんな」

一応最低保障時間は、商品説明部分に書いてあるらしい。

「いくらになるのか、楽しみですねぇ」

三好は落札価格を想像してニヤニヤしながら、コーヒーを飲み干した。

近江商人はそれでいいだろうけれど、俺は販売した後のことが心配だよ。いっそしばらくほとぼりを冷ましに外国へでも逃亡するかな。

「そうだな。これが一段落したら、今年の冬はバカンスで外国にでも行くか？　社員旅行っぽく」

「いいですね！　私、マチュ・ピチュとかアンコールワットとか行ってみたいんですよ」

「何という辺境体質。食べ物なら、フランスとかイタリアとか、いまならスペインとかじゃないの？」

「ああ、それもいいなぁ……」

「ま、トラタヌにならないよう頑張ろう」

「はーい」

しかしこの後、海外旅行など夢のまた夢になってしまうなどということを誰が想像しただろう。

もちろん神ならぬ俺たちの身では、まったく想像することさえできなかった。

掲示板【なにそれ？】Dパワーズ１【詐欺なの？】

1：名もない探索者 ID:P12xx-xxxx-xxxx-2932
突然現れたダンジョンパワーズとかいうふざけた名前のパーティが、オーブのオークションを始めたもよう。
詐欺師か、はたまた世界の救世主か？
次スレは930あたりで。

2：名もない探索者
あれってマジなの？

3：名もない探索者
詐欺に決まってるじゃん。３日も期間があるって、どうやってオーブを維持するんだよ？

4：名もない探索者
３日後に取ってくるとか？

5：名もない探索者
それこそあり得ないだろ。確実にオーブを落とすモンスターか場所でもあるんならともかく。

6：名もない探索者
いやだけど、結構な機関が入札してたぞ。

7：名もない探索者
なんでわかる？ >>6

8：名もない探索者
あれ、入札するときに使ってるのは、WDAライセンスIDなんだよ。検索してみ？

9：名もない探索者
げぇっ、防衛省だの、警察庁だのがいる！

10：名もない探索者
ええ、なりすましじゃないの？

11：名もない探索者
それは無理。入力の時、WDAへの認証が行われる。

12：名もない探索者
まじかよ、やってみたわけ？

13：名もない探索者
実はやってみた。

14：名もない探索者
六千万JPY所有者なのかよ！

15：名もない探索者
いや、商業ライセンス持ちで、顧客がいるなら、六千万は余裕で黒字になるレベル。

16：名もない探索者
確かに。

17：名もない探索者
どの機関もダメ元ってことじゃないの？

18：名もない探索者
そうかもしれないけどさ。こんだけ話題になってるんだから、JDAも直接調べたと思うぞ。
それでもBANされないってことは……

19：名もない探索者
まあ、本物の可能性が高い。だけどさ、これ、本物だとしたらどこで仕入れてきたんだ？

20：名もない探索者
Dパワーズの謎
1．希少なオーブをどこで仕入れてきたのか
2．23時間56分４秒の壁はどうなったのか

21：名もない探索者
>>20
１はともかく２は、オーブを保存する方法を開発した、とかじゃないの？　というか、

それ以外考えられないんだけど。

22：名もない探索者
そんなことが可能なのか？

23：名もない探索者
サイトに書かれている責任者のライセンスID見る限りだと、結構昔なんだよね、ID取得。

24：名もない探索者
でも全然聞いたことないな。

25：名もない探索者
IDでググってもDパワーズ関連以外はなにも引っかからない。

26：名もない探索者
会社の住所とか連絡先は？

27：名もない探索者
書かれてない。

28：名もない探索者
え、それって、特定商取引に関する法律違反なんじゃないの？

29：名もない探索者
ダンジョン関連商業ライセンスは、ライセンスが明示されていれば、記述する必要がないんですよ。

30：名もない探索者
まあ、販売物が希少で高価すぎるから、強盗に襲われかねないもんな。

31：名もない探索者
なるほど。そういうことなのか。

32：名もない探索者
いずれにしても３日後が楽しみだよな。
落札したら、落札者が何か発表するだろ。

33：名もない探索者
　いや、落札者も知られたくないだろうから、なにも発表しないと思うぞ。

二〇一八年　十一月二日（金）

SECTION：

サイモン＝ガーシュウィン

「サイモン？　何やってるんだ？」

寝起きで腹をぼりぼり掻きながら、チームの拠点になっている家の二階から居間へと、アッシュブロンドで背の高い細身の男が下りて来た。

「ああ、ジョシュアか、早いな。いや、エバンスの時、メイソンが吹っ飛ばされただろ？」

「ああ、この先あんなのがうじゃうじゃいるかと思うと、うんざりしちまうな。うちのガードのメイソンがあのザマじゃ、誰にもどうにもならんだろうしな」

「まあな。それで、なんとかならないかと、色々検討していたんだが……」

ノートPCの画面をじっと見ているサイモンに、異変を感じたジョシュアが聞いた。

「どうした？」

「お前、これを、どう思う？」

サイモンが見せた画面は、Ｄパワーズの英語サイトだった。

「なんだこれ？……スキルオーブのオークションだと？　しかも落札期限が三日？　どこのバカが作ったサイトなんだ？　詐欺にしたってお粗末すぎる」

ジョシュアの意見は、実にまっとうなものだった。

スキルオーブが、一日で消滅することは誰だって知っている。またその希少性も。

狙って揃《そろ》えることなど不可能であることも、誰もが知っているのだ。

「開設から一日が経《た》ったが、いまだに閉鎖されていない。それに入札に名前を連ねている連中は、日本の防衛省に警察庁、他にもダンジョン攻略に力を入れている大企業どもだぜ」

もしもそれが詐欺だとしたら、ＪＤＡがすぐに閉鎖させるはずだ。

しかもそんな大物連中がこぞって入札している？

「……もしかして、その連中は、スキルオーブの保存方法を見つけたのか？」

確かに信じがたい。

とはいえ、人類は進歩する。その可能性は常にあるのだ。

しかしこのサイトは、民間人が単独で運営しているように見えた。

「もし、その方法が発見されていたとしても、今の段階じゃ、こいつ個人の技術ってことなんじゃないかな」

「おい、それが本当なら、今すぐ引き抜くべきだろ！　空母なんかより、ずっと価値があるだろうが」

「このサイトを見た世界中の連中がそう思ってるだろうよ。日本だってバカじゃないんだ。そう簡単に引き抜けるもんか」

今頃全世界のダンジョン関係者の間じゃ、ケンケンゴウゴウ大騒ぎだろう。

しかし、現時点ではこれが本物かどうかは誰にも分からない。第三者が個人を特定しようにも、分かるのは開設者のWDAライセンスIDだけだ。

とりあえず様子見、みんなそう思っているはずだ。

「ま、それはいい。問題はこれだ」

そう言ってサイモンが指さしたところには、〈物理耐性〉という文字があった。

「〈物理耐性〉？　そんなスキルあったか？」

「問い合わせてみた。お前の言うとおりないそうだ」

「未知スキルか?!」

サイモンは強く頷いて言った。

「これが、これからメイソンに必要になりそうな気がしないか？」

サイモンは液晶画面をコンコンと人さし指の先で叩《たた》いた。

「期限が三日のスキルオーブオークションに、未知スキル？　クレイジーだ。この祭りを始めたヤツは、自分のやってることの意味が分かってるのか？」

「さあな。とにかく俺は、これに入札してみる。カネが足りなくなりそうだから、チームの連中にパーティ口座の使用許可を取っておいてくれ」

「なんだよ、そんなに高額になりそうなのか？」

「まあ、相手が相手だからな」

そうして現在の入札者を見せた。それはサイモン同様、よく知られているIDだった。

「黄俊熙《ファンチュインシー》かよ」

　黄はＷＤＡランキング四位。中国のトップエクスプローラーだ。

「落札したら、しばらくは代々木《よよぎ》に行こう。突然現れた世界ランク一位のヤツと無関係とは思えないしな」

「メイソンはまだ無理だろう」

「ジャパンで休暇も、たまにはいいだろ」

「休暇だ？　こんな時にか？」

　あの忌々しいオーブのせいで、政府に関わるＵＳ（アメリカ）中のエクスプローラーは、全員がこき使われていた。しかし、サイモンはその台詞に笑みを返しただけだった。

「はぁ……言い出したらきかねーから。分かった、みんなには連絡しておく」

「頼むよ」

　そう言ってサイモンはＰＣの画面に目を戻した。

二〇一八年　十一月四日（日）

SECTION：

代々木八幡

シャワーを浴びて、目を覚まし、風呂から出たところで突然玄関のドアが開いて、三好が飛び込んできた。俺は慌ててバスタオルで体を覆った。

「いや、事務所然としてきたとはいえ、ここは一応俺の家なんだから……合い鍵は仕方ないとしても、ノックくらいしろよ」

「せせせせ、先輩！　それどころじゃないんですよ！」

「それどころってなぁ……」

「ほら、見て、見て、これ！」

差し出されたスマホを見ると、それはＤパワーズの販売サイトだった。

そういえば今日の零時（日本時間）が〆切《しめき》りだっけ。

そこにはオーブの最終落札価格が表示されていた。えーっと……

「二億!?　って、凄いな、予想の三倍じゃん」

「先輩、桁。桁、間違ってるから！」

「ん？……イチジュウヒャクセン……はぁ？　にじゅうよんおくはっせんにひゃくまんえん？」

――――

2,482,000,000 JPY
2,643,000,000 JPY
2,562,000,000 JPY

――――

そこに表示されている、三個の〈水魔法〉オーブには、それぞれ二十四億円を超える値段が付いていた。

「しかも三個とも落札者が同じ……って、政府関連ＩＤか」

ＷＤＡＩＤは四ブロックからなるＩＤで、左端のブロックは、種別＋エリアＩＤ＋国ＩＤというフォーマットになっている。

Ｐで始まるのはパーソナル、つまり個人のＩＤを意味していて、Ｃが会社組織、Ｇが政府関連、ＤがＷＤＡ関連組織を意味していた。

例えば、ＪＤＡ管轄の個人でエリア12のコードは、P12JP...となるわけだ。

「防衛省ですね」

なんとまあ。

そりゃ、戦闘機がメンテ込みとはいえ一機百億円時代だから、それに匹敵するような戦士が作れるなら、もしかしたら安いのかもしれないけど……

「それより、こっちですよ！」

三好が指さした場所には〈物理耐性〉の落札価格があった。

――――

3,547,000,000 JPY

――――

「さんじゅうごおく？」

未知スキルだというのに名前だけでこの価格。しかも、ＩＤが個人だ。

一体どこの大富豪だよ……

「フィルターが変換してくれるくらい有名なＩＤですよ。ほら。Simon Gershwinさんですね」

「有名？　どっかの大富豪か？　確かにどっかで聞いたような……」

「何言ってんですか、この人ですよ、この人」

三好がＷＤＡＲＬの世界ランク三位の所を指さした。

「エバンスダンジョン攻略チームのリーダーじゃねーか！　ガーシュウィンっていうのか」

なにもかもが予想外の事ばかりで、俺は、どかりとダイニングの椅子に腰を下ろすと、深く息を吐いた。

「税引き後で、八十九億八千七百二十万円の儲けですけど、どうします？」

「基本、仕入れは『エイリアンのよだれ』代くらいなものだもんな。で、どうするって言われても、次はお前の翠《みどり》先輩のところで検査だろ？」

そう言うと、三好はくすりと笑った。

「先輩って……結構凄いですよね」

「なにが？」

「だって、文無しのピンチから、一転、百億近い資産家ですよ？　頭がパーになってもおかしくないでしょう？」

「何言ってんだ、それはパーティのカネだろ。俺は変わらずピーピーだ」

従業員が会社の金を自由にできるはずがない。そんなことは当たり前だ。

「メンバーは、私と先輩だけですから、これ、半分は確実に先輩のお金です」

「そう言われてもな。別に何をするわけでもないし……あ、そうだ。会社の場所だけはちゃんとした場所に移した方がいいな」

　いつまでも俺の部屋じゃ困るよ。主に俺が。

「そんなのビルごと買えますよ」

「あ、それはいいな。ちょっと秘密基地みたいで、そそる」

「子供ですか……あ、そうだ。先輩のパーティカードができてますから、お渡ししておきますね」

　それは、マットなカーボンブラックをベースに、金色の文字でパーティＩＤとメンバーＩＤが小さく刻まれたＩＣカードだった。

　なかなかシンプルでカッコイイ。

「Ｄカードに、ＷＤＡのライセンスカードに、パーティカードか。これってまとめられないの？」

「Ｄカードは人智の及ばないアイテムですし、パーティは変動しますからね。それにライセンスカードと統一したら、使用時に身バレしますよ？」

　パーティＩＤは単なる連番だが、ライセンスカードと統一したらＷＤＡのＩＤと紐《ひも》づけできちゃうわけだ。

「人に言えない企《たくら》みは、手間と時間がかかるねえって？」

　俺はパーティカードをもてあそびながら、ふと気になったことを聞いてみた。

「ところで、これ、月いくら使っていいの？」

「先輩も私も月給じゃありませんよ？」

「ほへ？」

「そのカードは法人のキャッシュカードに法人のクレジットカードが合体したみたいなものです。基本的にWDAの発行なので、クレカ部分はダイメックスみたいですが、今回の入金後即利用可能になるそうです。で、利用の上限／下限はありません」

「つまり？」

「お金は、口座にあるだけ引き出せます。クレカの限度額は設定されてないので、テキトーに使ってください」

「いや、それって、まずいだろ」

「どうせ税引き後ですし、二人しかいませんし。ダイメックスの限度額は、もともと個別に設定されるみたいですから、設定していないといっても、勝手に設定されるんじゃないかと思いますよ」

そういうものなのか。

「まあ、なにか大きな買い物をするときは、相談することにしましょう。一千万くらいなら自由に使っていいってことにしませんか？」

「いや、貯金したいんだけど」

「私もそう思ったんですけど、そのカード自体が銀行の口座ですから、貯金しているようなものなんですよ」

「ああ、そうか……」

そこで俺たちはお互いに吹き出した。

「小市民ここに極まれりって感じだな」

「小市民だから仕方ないですよ。後の細かい処理はこちらでやっておきますから、先輩はダンジョンでもりもり稼いでください！」

「よろしくー。いや、エージェントがいるのって、楽でいいな」

「でしょ？　近江商人も寄生しがいがあって嬉《うれ》しいです」

そうして俺たちはもう一度笑い合った。

「だけど、家賃や月々の支払いなんかがあるから、個人の資産もないと困らないか？」

「ＪＤＡ経由でパーティ口座に入金されるとき、パーティ登録されているメンバーのＷＤＡカードと連動している口座へ分割して入金できるので、その制度を利用して、当面は自動分割で１％を振り込むようにしてあります。直接現金を下ろして自分の口座へ入金すると税務署に怒られる可能性があるのでやめてください」

ああ、税引き後のお金をパーティと個人に分けるわけか。そりゃ当然あるだろう。

だけど……

「１％？　俺、月十万以上かかるけど、大丈夫かな？」

「先輩。１％って、最初のオーブの入金だけで九千万弱ですよ？　しかも税引き後です」

「え……俺、月収九千万なの？」

今月はそうですね、と三好が笑った。

そして、後から住民税を10％持って行かれますから気をつけてください、と注意もされた。

それを聞いて、なんというか、ちょっと目眩《めまい》がしたが、このことは忘れよう。

とにかく支払いに困ることはなさそうだ。大事なのはそこだけだ。

「それで、受け渡しの日程は決まってるのか？」

「防衛省のものは明日ですね」

「早っ！　準備とか大丈夫なのか？」

「ふっふっふ。カッコイイ、チタン製の箱を作りましたよ！　密度の高い絹のベルベットの内敷で、ほら」

三好が台所に積まれたダンボールから取り出して見せてくれた箱は、ちょうどオーブが入るサイズで、内部にはほとんど黒に近いダークブルーと彩度低めのクリムゾンの絹のベルベットが敷き詰められていた。

ふたの内側と、箱の底には、対になる怪しげな魔法陣が刻まれている。

「そこのダンボール、箱だったのか。しかし、なんだか高そうだな」

「ええ、そりゃあもう。特注ですし、一ロット一〇〇個で、一個十二万円です」

「箱が十二万⁉　そりゃ凄い」

「支払いがオーブ売買の後じゃなかったら、絶対に払えません」

三好が支払えないことを自信満々に言った。

「で、この魔法陣はなんなんだ？」

「ハッタリですよ、ハッタリ。これ、いろんな線が数学的に面白い値になるように作ったんです。どこかの研究機関が、この魔法陣をまじめな顔で解析しているのを想像したら吹き出しません？」

「お前……趣味悪いぞ」

「いや～。で、先輩には、受け渡し直前に、これにオーブを入れてもらいたいわけです」

「了解。場所は？」

「ＪＤＡの貸し会議室を十一時から押さえてあります。あ、それで思い出しました」

「なんだ？」

「先日ＪＤＡから連絡があって、私たちに会いたいってことです」

「保存の件かな」

「でしょうね」

「受け渡し日時は決まってましたので、ついでに明日の午後からＪＤＡ本部で会うってことにしてあります。先輩も来ますか？」

そうだな。いくら身バレしたくないと言っても、ＪＤＡ本部じゃパーティメンバーは知られてるだろうし、そんくらいはいいか。第一、三好一人だと心配だしな。

「じゃあ、一応、パーティメンバーってことで同席するよ」

「了解です」

「よし、じゃあ、明日に備えて寝るか」

「まだ朝ですよ」

三好が呆《あき》れたように言った。

「仕方ないな、なら、ダンジョンにでも行ってくるかな」

：

「私は会社の事務と、あといくつか不動産屋で住居やビルを見てきます。どの辺がいいですか？」

「そうだなぁ、それなりに愛着があるし、代々木まで近いし。この辺でいいんじゃない？」

「了解です」

SECTION：

千葉県船橋市　習志野駐屯地

ダンジョン攻略群（JDAG　Japan Dungeon Attack Group）はダンジョン攻略と、ダンジョン災害対応を主たる任務としている部隊だ。

日本のダンジョン攻略は、その地勢的な条件から、自然に陸上自衛隊が中心となって行われた。

その際、隊員は、広く自衛隊全体や警察機構などからも募集されたが、結局特殊作戦群同様、第一空挺《くうてい》団が母体となって部隊が創設されたため、その所在地は自然に習志野《ならしの》駐屯地とされた。

現在では、昨年創設された陸上総隊の隷下部隊として、そのまま習志野駐屯地を本部に活動している。

その日、陸上自衛隊習志野駐屯地では、自主訓練を終えた君津《きみつ》伊織《いおり》二尉が、官舎へと向かっているところだった。

日曜日だというのにやることが自主訓練とは、やや寂しい気もするが、掃除と洗濯を終えてしまえば特にやることはない。軽くジョギングなどをしているうちに、つい気合いが入ってしまったのだ。それに、近日中に新しい任務が与えられることについては疑いようがなかった。

どうやら、今度は攻略というよりも、捜し物の要素が強いようだが。

それは先日見た資料にあった、ひとつのオーブの名前だった。

「〈異界言語理解〉ね……」

「偶然出現することすら希《まれ》なのに、狙って取得なんかできっこないと思うんだけど……」

彼女がダンジョンオーブの出現を直接見たのは、ダンジョンが生まれてこの方二回だけだった。

そうして、初めてドロップさせたダンジョンオーブが、彼女をこの道に引き込む元凶たる存在になったのだ。

伊織がそのことをぼんやりと考えていると、遠くから彼女を呼ぶ声が聞こえてきた。

「伊織！」

「鋼《はがね》さん？　どうしたんです？」

鋼一曹は、叩き上げの精鋭で、チームＩの付准尉相当職を拝命している。

伊織の隊付教育を主に担当した関係で、彼女は作戦中以外、彼に敬語で接していた。

「丁度よかった。市ヶ谷《いちがや》から連絡が来た。明日のヒトヨンマルマル、出頭せよとのことだ」

「はっ！　明日のヒトヨンマルマル、市ヶ谷へ出頭します！　しかし、市ヶ谷というと……」

「寺沢《てらさわ》三……そういえば、二佐ポジションになられたんだったかな」

寺沢と鋼の年は近い。

歩んできた道のりはまるで違っていたが、一時期同部隊に所属したとき、妙に馬が合い、以来プライベートでは友人のような関係になっていた。

「おそらく年明けを待って一月の昇進で二佐になられると思います。そういう鋼さんはＳＬＣを受けられるんですか?」

　現場一筋で来た鋼も、すでに三十六。C幹を受けられる年齢に達していた。

　自衛隊では、幹部候補生のうち、曹から部内選抜試験に合格した者をB幹、三十六歳から四十九歳までで選考試験にパスし、三尉候補者課程（SLC／Second Lieutenant Course）を履修したものをC幹と呼んでいる。

「そうだな。まあ、今はお前のお守りがあるからな」

「酷いですね」

　伊織は、苦笑しながらそう言った。

　鋼は現場が好きなタイプの人間だ。とはいえ、そういつまでも現場にいるわけにもいかないだろうし、その豊富な知識を幹部の助言に生かしてほしいとも思っていた。

「ともかく、寺沢三佐から、直接のお達しだ」

「直接?　日曜日に三佐がですか?」

「そうだ。命令だとしたらかなり異例だな」

　予定があらかじめ分かっていたなら、遅くとも金曜日に通達があったはずだ。

　何か急を要する自体が発生したに違いない。

「〈異界言語理解〉の件でしょうか?」

「いや、海馬《かいば》と沢渡《さわたり》も連れて来いとの仰《おお》せだ。どうやら例のオークション、防衛省が落札したってのは、単なる噂《うわさ》じゃないようだな」

「あれ、本物だったんですか?!」

「それは、明日になってみなければ分からんな」

今月の頭、「Dパワーズ」なんてお調子者みたいな名前のパーティが、ひとつのオークションサイトを立ち上げた。

それ自体は、商業ラインセンス持ちのいるパーティでは特に珍しいことではなかったが、そこに出品されていたものが大騒ぎを引き起こしたのだ。

JDAGにも、同じ事が可能かどうかの問い合わせが、防衛省のみならず、関係各所から山と届いた。答えはもちろん「不可能」だ。

常識的に考えれば、詐欺以前のジョークサイトにしか思えなかった。

それに入札するような立場のものは、誰だって、それが不可能であることを知っているのだ。引っかかるはずがない。

しかし、大方の予想と違って、三日経った今でもそのサイトは健在だった。それはJDAが閉鎖を勧告しなかったということだ。つまりそれは——

「本物ってことよね」

「ん?　なにか言ったか?」

「いえ。明日は鋼さんも?」

「ああ、全員で車で行くか?　C1を北の丸で下りて、九段坂《くだんざか》経由で一時間といったところだが」

「渋滞に捕まったら、三佐に殺されますよ?」

伊織は、笑いながらそう言った。

「なら、明朝ヒトフタサンマル、正門集合だ。車で津田沼《つだぬま》まで送らせる。後は総武《そうぶ》線だ」

「ヒトフタサンマル正門に集合します」

「よし。ならさっさと帰って休め。日曜に自主練なんかやってないで、デートする相手くらい見つけとけよな」

「鋼さん、それはセクハラですよ？」

伊織の恐ろしげな笑みがこぼれた瞬間、鋼は見本のような敬礼を行った。

「では、本日はこれで失礼します！」

そう言うやいなや、彼はそそくさと逃げ出したのだった。

SECTION :

代々木八幡

昼ごろからちょっとだけダンジョンに潜った俺が、戻ってきて自宅のドアを開けると、そこにはダイニングのテーブルに突っ伏した三好がいた。

「せんぱあい」

「どうした？」

「ビルって高いんだか安いんだか分かりません」

「なんだそりゃ」

どうやら、三好は事務所と住む場所を決めるために、ネットで検索して当たりを付けた後、不動産屋をまわりまくったらしい。

「ビルって、凄い巨大なものとか、銀座～とかを除けば、二億から十億くらいで買えちゃうんですけど、大抵テナントが入ってるんですよね」

「まあそうだろうな」

新築でもなきゃ、テナントの入っていないビルに価値はないだろう。

「で、色々見てるともう疲れちゃって……最後のほうは、ビルをいっぱい購入して、あとは不動産収入で生きていけばいいんじゃないの？　なんて思うようになるんです。怖いですね」

「それで、もうセキュリティのしっかりしたオフィスビルのフロアでいいやと思ったわけですよ」

「そうだな。自社ビルの意味は秘密基地っぽくてカッコイイっていう、ただそれだけだったし」

「で、今度はそれを調べたんです。そしたら、セキュリティのしっかりしているビルは、三〇〇平方メートルだの五〇〇平方メートルだのって、一体何人雇えばいいんだよ、みたいなフロアばっかりなんです」

「一〇〇坪のフロアのまんなかで、二人でぽつんと仕事をするってのは、それはそれでカッコイイような寂しいような」

「先輩がダンジョンに出かけたら、私一人ですよ？　絶対無理って思いました」

一〇〇坪の事務所の真ん中に二個だけ机があって一人で仕事をするのか……確かにキツい。

というか一〇〇坪、意味ないな。

「それで、もう疲れたので、この裏にある、ちょっと大きなお家を買ってきました」

「買ってきた？」

「仮押さえですけど。土地は四〇〇平方メートル以上あるので、ちょっとお高いんですが。もとは変わった形式の二世帯住宅で、一階が共通、二階に２ＬＤＫがふたつあります。片方は私が、片方は先輩が住むことにしました」

「いや、まて。しましたって、おい」

「一階は事務所ですね。1LDKで、十六畳の洋室+LDKです。リビングは三十畳以上あって広いですから充分事務所になりますよ。玄関は三つ、ちゃんと個別に分かれてます」

「はあ」

「もうここでいいです。疲れたんです。もう部屋は見たくなーい！」

三好がダイニングテーブルに突っ伏したまま、足をばたばたとさせている。

「わ、分かった分かった。じゃあ、引っ越し屋を頼むか？」

「先輩、どうしても持って行きたい思い入れのある家具とかありますか？」

「いや、うちの家具は基本的に、ぼろいコタツとベッドとハンガーだけだし、そんなものはないけど……」

「じゃあ、全部購入します。社宅扱いなのでそのほうがいいんですよ」

「じゃ、家具を買いにいくのか？」

がばっと顔を上げた三好が、酷くまじめな顔をして切り出した。

「先輩。私、世の中にコーディネーターなんていう人たちが、どうして存在しているのか分からなかったんですが、今回のことではっきりと分かりました」

「なにが？」

「何かを決めるとか選ぶとか、現代においては物も情報も溢《あふ》れすぎていて、ものすごおおおおく大変なんです！」

「お、おお」

「だから、もう丸投げ！　イメージだけ伝えたら後は全部丸投げで、コーディネートしてもらって、こちらはちょっと文句を言うだけ！　なんて素敵な世界!!」

「お、おお」

「というわけで、ネットで調べたら、そういう職種の人がちゃんといました。凄いですね。実績のありそうなところへ、全部丸投げしてきましたから、先輩は上がってきた案を見て、好きに文句を言ってください」

「お、おお」

「はー、やっぱり研究職っていいですよねー。世界には、私と対象、そのふたつだけしかないんですよ？　余計なことはしばらく考えたくありません」

近江商人さんは近江商人さんでいろいろと苦労が多いようなのであった。

仕方がないので、午後の早い時間から買い物に出て、その日は三好の慰労会を行ったのだった。

:

二〇一八年　十一月五日（月）

SECTION：市ケ谷　JDA本部

そうして迎えた次の日は、バカみたいに良い天気だった。

「こう、どこまでも見渡せるくらい空が青いと、なんだか自分が小さな虫になったみたいな気がしますね」

昨日、あれから行った慰労会で、ワインをしこたま飲んで酔っぱらった三好が、まぶしそうに目をすがめてそんなことを言った。お前のそれは、ただの飲みすぎだ。

「ピンクの頭とピンクの斑点に彩られた、光沢のある黒い虫か？」

「うちのオフィス？　は二階ですけどねー」

「なら、下の花壇まで連れて行った僕のお守りで、友達だ。二階に上がってくるのを待ってるよ。十八階よりはずっと近い」

「下に花壇、ないですけどね」

三好はさりげなくチャンドラー(注1)ごっこに付き合ってくれるいいヤツだ。

「残念ながらここも十七階までしかない」

「いや、先輩、それはもういいですから」

ＪＤＡの変なビルを見上げながら、そう言った俺を、素っ気なく遮った三好は、足早にロビーへ入って三階を目指した。

§

「では、こちらを」

精悍《せいかん》な顔つきの、制服を着た三十代くらいに見える寺沢《てらさわ》と名乗った男が、メモリーカードを差し出してきた。三好はそれを受け取って、モバイルノートのカードリーダーに差し込むと、素早く符丁を確認した。

「確認しました。ものはこちらになります」

そう言って、三つのチタン製のふたを開けて、オーブを見せた。

「ご確認下さい」

そう言って、ＪＤＡの立会人——鳴瀬さんだ——に向かって、箱を並べた。

（注１）　チャンドラーごっこ

レイモンド・チャンドラー（著）『さよなら、愛しい人』より。
主人公がロサンゼルス警察署の十八階にあるオフィスで見つけて、外の花壇にそっと放してやる虫。何度読んでもよく分からないシーンで印象に残る。

ここで直接相手に確認させたりはしない。何しろオーブは触れて使ってしまえばそれまでなのだ。なにをどう抗議しようと、ものは戻ってきたりしない。

だから、立会人が内容を保証して、振り込みを確認後にオーブを渡すのが通常の流れだ。

鳴瀬さんは神妙な顔で、三つのオーブに順番にふれた。

「確認しました。ＪＤＡはこれを〈水魔法〉のスキルオーブだと保証します。オーブカウントは……すべて六〇未満」

その言葉を聞いた瞬間、相手方から小さなどよめきが聞こえた。

信じられないといった空気が、その場に広がった。

「確認しても？」

「お振り込み後にお願いします。お金は取り戻せても、オーブの使用をなかったことにはできませんから」

三好がそう言うと、しっかりした人だと笑いながら、男は振り込み用の機器を操作した。

「ご確認ください」

ＷＤＡライセンスで行うダンジョン関係の取引は、必ず管理機関――国内ならＪＤＡだ――を通して行われる。支払われたお金は、ＪＤＡ管理費とダンジョン税を引かれて、相手先のライセンスに紐づけられた口座へと入金されるのだ。税金の取りっぱぐれはない。

「確かに確認いたしました」

そう言って三好は、三つの箱を並べて相手に差し出した。

「どうぞご使用ください」

さっそく寺沢と名乗った男が、それに触れて頷いた。

「確かに」

「ではこれで、取引は終了です。みなさまありがとうございました」

そう鳴瀬さんが宣言すると、室内は弛緩《しかん》した空気に包まれた。

「それで、三好さん」

「はい」

「どうやって三個もの指定通りのオーブを、一時間以内にダンジョンからここへ？　時間内に運べそうなのは戦闘機でも使わなければ代々木だけだが……」

男は、心底不思議そうに聞いてきた。

「企業秘密です」と三好が微笑《ほほえ》む。

「まあそうでしょうな」

男は腕を組んで難しそうな顔をした。

面倒なことになりそうな空気を感じた俺は、鳴瀬さんに話しかけた。

「では、次はＪＤＡさんとの打ち合わせですね？」

「あ、はい」

それに寺沢と名乗った男が割り込んだ。

「お待ちを。今少し話があります。君」

そう言って寺沢と名乗った男は、隣に座っているだけで、一言も発していなかった、これと言って特徴のない背広姿の男に話を振った。

「初めまして。私のことは、田中とでもおよびください」

「はあ」

「私の所属を明かすことはできませんが、この席には、関係省庁の命をうけて座っています」

なんだそれ？

「つまり政府の偉い人ですか？」

俺は三好よりも先に話しかけた。

彼はそれに直接答えず、書類を差し出して、衝撃的な内容を告げた。

「三好梓、芳村圭吾《けいご》の両名につきましては、ただ今をもちまして、海外渡航等の自粛要請が出されました」

「はい？」

渡された書類を確認したところ、ダンジョン庁長官・外務大臣・国家公安委員長の連名になっていた。

いや、ちょっと待って。いくらなんでもメンバーが……大げさすぎません？

「えーっと、何が何だか分からないのですが……」

「先日、Dパワーズで行われたスキルオーブのオークションをうけて、現在世界中の諜報《ちょうほう》機関が活性化しています」

「つまり、あなたたちが渡航すると、国家の安全保障に重大な問題が生じる可能性があるのです」

「はい？」

「いや、そんな大げさな。って、ヨーロッパやアメリカへも？」

「だめです」

「そんな、馬鹿な。同盟国ですよ？」

「もし、どうしても訪れる必要がある場合は、こちらまでご連絡ください。警備部から人員が派遣されます」

そう言って、名前とナンバーだけが書かれたカードが渡された。

「ええ？　いや、私は民間人ですけど……」

警備部は、通常ＶＩＰの警備を行う部署だ。しかし田中と名乗った男はそれには答えなかった。

「勧告は必ず守られるものと信じております。では、私はこれで」

一方的に要件を告げて立ち上がった男は、寺沢と名乗った男に黙礼して部屋を出て行った。

「えーっと、今のは？」

何が何だか分からなくて、残っていた寺沢氏に尋ねたが、答えはすげないものだった。

「私が関知することではありません。上から頼まれて同席を許しただけですので」

「はあ」

「それでは私もこれで。いい取引ができてよかった。またなにかありましたらよろしくお願いします」

そう言って彼は三好に手を差し出した。

「こちらこそ。お買い上げありがとうございました」

三好はそう言ってその手を握った。握手をすませると、寺沢氏も足早に部屋を出て行った。

「結局、ここでは使わなかったな」

「そうですね。でも市ヶ谷本部はすぐそこですし。時間もたっぷり残ってましたから」

「まあな」

「それより先輩」

「ん？」

「ヨーロッパに美味しいものを食べに行く計画が……」

「SPに囲まれながら行きたいか？」

「ううう。さよなら、私のアンコールワット」

よよよと泣き真似《まね》をしながら、三好が会議室のテーブルに突っ伏した。

「えーっと。皆さん？」

「あ、鳴瀬さんもお疲れさまでした」

「あ、お疲れさまでした」

「考えてみれば凄いですよね」

「なにがです？」

鳴瀬さんが不思議そうな顔をして、首をかしげた。

「鳴瀬さん、いましがたの三十分で、七億六千万以上稼いだんですよ？」

「は？」

「うーん、手数料収入って美味しい……」

「いえ、しかしそれは私のお金というわけじゃ……」

「こんなに稼いでるんですから、ボーナスがっぽり貰ってください」

「はぁ……ところで、午後まで時間がありますから、お昼ご飯にでも行きませんか？」

話題を変えた鳴瀬さんに、三好はがばっと顔を上げて、元気に言った。

「はい！『南島亭《みなみじま》』ですか？」

「あのな……」

『南島亭』は四谷にある、とても漢《おとこ》らしいフレンチを出す、ちょっとクセになるお店だ。おみやげもいっぱいくれる。

一応ランチもあることはあるのだが、漢らしくグランメニューもオーダーできる。三好と一緒に行くと、大変、大変危険なお店だ。

「そんなカネはない」

「え？　お金はさっき稼ぎましたけど」

「あ、そうか……だが時間がない」

三好はちらっと自分のノートの時間表示を見たらしく、つまらなそうに頷いた。

「ＪＤＡの裏にある『すらがわ』でいいだろ」

「先輩、『すらがわ』好きですよね」

「実に普通で安心できる。まあまあお財布に優しいし、近いところもいい。後、ビルの名前とロゴが諸星《もろほし》先生のような雰囲気で大変よろしい」

「なんですそれ？」

ビルの名前が妖怪ハンターの主人公の名字と同じで、しかもそのロゴがカタカナで明朝《みんちょう》体なんだけれど、ちょっと歪《ゆが》んでいて大変味があるのだ。主にホノクライ世界方向に。

近くの人は是非行ってみてほしい。「すらがわ」全く関係ないけれど。

「えーっと……」

申し訳なさそうに鳴瀬さんが言った。

「あの、よろしければ、うちの社食で」

ＪＤＡの社食は、職員が一緒でないと入れない。

なかなか美味しいという噂だったが、俺たちは利用したことがなかった。

俺と三好は顔を見合わせると、コクコクと頷いた。

§

「ＪＤＡってずるいですよね」

食事を終えた後、三好が廊下を歩きながら憤《いきどお》っていた。

「あーんなボリュームのあるトンカツ定食が、たった五百円ですよ？　ヤスウマの牛丼ですかっての」

「割とうまかったな」

「割とじゃないですよ。ＷＤＡライセンスで一般のエクスプローラーにも解放してほしいです。週三で通いますよ！」

「いや、うちからだと電車代で足が出るから」

八幡《はちまん》から市ヶ谷は小田原線と総武線を使えば二百九十円、カードを使うなら二百七十八円だ。往復で五百五十六円。トンカツが千円なら高いとは言えないが週三に値するかは微妙なところだ。

「あ、そうか」

ついさっき億万長者になった女とは思えない発言に、鳴瀬さんもくすくす笑っていた。

「鳴瀬さん。ＪＤＡとのミーティングって、どなたが相手なんですか？」

「私の上司の上司あたりだと思いますけど……私もちゃんとは聞いてないんですよね」

「へー。どんな人です？」

「斎賀《さいが》は、ダンジョン管理課の課長です。割と話の分かる方ですよ」

「どんな話になるにしろ、それならよかった」

そう言って、俺たちが会議室への扉を開けると、そこには六十くらいのオッサンが座っていた。

「瑞穂《みずほ》常務?!」

鳴瀬さんが驚いたように言った。常務って偉い人？　だよね？

その瑞穂常務が、開口一番「一億でどうかね？」と言った。

「は？」

俺と三好は何のことだか分からずに、啞然《あぜん》としていた。

「一億だよ。君たちにとっては大金だろう？」

まあ、そう言われればその通りだが、一体何を言ってるんだ、このオッサン？

鳴瀬さんが隣で真っ青になっている。

「常務。いきなり一億は多すぎたんですよ。一千万でも充分でしょう」

隣に座っていた、年の割に少し額が後退している神経質そうな男が言った。

「そうか？　なら一千万だな。すぐに経理で受け取れるようにしておくから、今すぐ――」

「あ、あの、瑞穂常務！」

鳴瀬さんが必死の形相で話に割り込んだ。

ぺーぺーに話を遮られた常務は、少し憮然《ぶぜん》としていた。

その顔を見て、子供の頃、防波堤で釣り上げたハリセンボンを思い出した。あの膨らんだやつだ。

「なにかね」

「斎賀課長はどうなさったんです？　本日の打ち合わせは課長の担当だと伺っていたのですが」

「彼には別の用事を言いつけておいた。オーブ保存技術の買い取りだろう？　色々煩雑な手続きなど不要だ。私が執行して買い上げればいいだけだからな」

それを聞いて鳴瀬さんは絶句している。

「ああ、あまり時間がないんだ。さっさと手続きして――」

「すみません。何か勘違いをなさっているようなのですが」

俺は慇懃《いんぎん》に割り込んでみた。

「勘違い？」

瑞穂常務は、道を歩いていて、そこに存在していてはいけないものを見つけたような雰囲気で、いぶかしげに俺を見た。

「はい。我々にＪＤＡに売るような技術はありません。なにしろ一般人ですし」

「なんだと？　どうやったかは知らんが、きみらはオーブ保存の技術を売りに来たんだろう？」

「え？　どうしてそんなお話に？」

俺は驚いたような顔をして、瑞穂常務と、隣の神経質そうな男を見た。

「先ほど防衛省の連中と取引をしていたんじゃないのか？」

「どうしてそのことをご存じで？　貸し会議室で行われた取引の内容が漏れていたりしたら拙《まず》いんじゃないですか？」

瑞穂常務の台詞に、俺はさりげなく突っ込みを入れた。

「あ。いや、ロビーで防衛省の連中を見かけたからな。勘違いならいいんだ」

「はあ」

「しかしキミらのところで、オーブを売りに出していたではないか」

「そうですね。なんとか落札されたものが揃って、安心しました」

「なんとか？」

「はい。もしも揃わなかったりしたら、詐欺師扱いされるところです。取得と輸送には大変苦労しました」

「ではオーブの保存は？」

「そんな技術が開発されたのですか？　さすがはＪＤＡですね。いつ公表されるんです？」

俺は驚いたような顔で両手を広げて、本当に聞きたいという姿勢をアピールした。

「……風来《ふうらい》君。これはどういうことかね？」

「え？　いえ、課長の話では……一体どうなっているんだ？　鳴瀬くん！」

「ええ？　いったい何の話でしょう？　よく分からないのですが？」

風来と呼ばれた男に話を振られた鳴瀬さんは、わたわたと慌てながらそう言った。

「風来！　後でワシの部屋へ来い！」

ぐっと拳を握りしめて、顔を赤くしたハリセンボンは、吐き捨てるようにそう言うと、会議室から音を立てて出て行った。

「じ、常務！」

風来とやらも、慌ててその後を追っていった。

「なんです、今の寸劇は？」

「えー、風来は、お恥ずかしながら私の直属の上司です……今日の打ち合わせは、本来、その上の斎賀課長と担当の私で進めるはずだったのですが」

なるほど、ＪＤＡの榎木ってわけか。やっと話が見えてきた。

「ああ、次期社長――ＪＤＡなら協会長か、の争いか何かがあって、ここらで一発大きな手柄を立てることで、それを有利に進めようと目論んだ常務派の暴走ってところでしょうか？」

「どうして分かるんです？」

三好が不思議そうな顔をして尋ねた。

「シマコー読んでたから」

「漫画ですか！」

三好がそう言って、俺の後頭部にチョップを入れた。

鳴瀬さんがちらりと時計を見る。打ち合わせの開始時間を少し過ぎていた。

「あ、あの、私ちょっと課長を捜してきます。少々お待ちいただいても？」

「いいですよ。どうせ、今日の予定はこれで終わりだし」

俺がそう言うと、彼女はぺこりと頭を下げて、小走りに会議室を出て行った。

「先輩。鳴瀬さんには優しいですよね」

「三好にも優しいだろ？　昨日の慰労会の買い出しの時、さりげなくバタール・モンラッシェを俺のカードで買ってたのは誰だ？」

三好はぎくりと首をすくめると、ギギギギと音を立てながら、こちらへと振り向いた。

「なんだよ、あの値段。俺は、明細を見てひっくり返ったぞ？」

「あ、あはは。アンリ・クレールが引退して、畑をジラルダンに売り飛ばした年のワインですよ？　やる気があるんだかないんだかわからない年なので、つい試したくなりますよね？　バタールとしてはめちゃくちゃ安いし、ちょーお買い得ですよ？」

「ほう」

「だってだって、飲んでみたかったけど、お財布にお金がなかったんですもーん。先輩、私の慰労会だって言いましたー」

「そういうとき、大人は諦めるという選択をするんだ」

「先輩。世界には一期一会が溢《あふ》れているんですよ？」

いいことを言ったつもりなのか、ちょっとふんぞり返っている。

俺はため息をつきながら言った。

「今後は、一期一会をぜんぶゲットできる立場になれてよかったな」

「それはそれでなんというか、悩む楽しみがないと味気ないというか……第一、あのお金って、全部先輩の稼ぎじゃないですか」

「いや、俺じゃカネにするのは無理。『エイリアンのよだれ』もそうだし、そこは三好のおかげだよ」

「……先輩」

三好が感激した小動物よろしく、ウルウルとした目でこっちを見ている。

「先輩、いつもそんなだったら、きっとモテますよ」

「だからお前は一言多いんだっつーの！」

三好の頭にチョップを喰《く》らわせた瞬間、会議室のドアが開いて、鳴瀬さんが入ってきた。

「お、お待たせしまし……た？」

頭を抱えてうずくまっている三好を見て、何事？　といった曖昧な笑顔を浮かべる。

「いや、どうも。うちの常務がろくでもないことをしたようで申し訳ない」

そう言って鳴瀬さんの後ろから現れたのは、がっしりとした体形だが、やや背の低い男だった。

一目見たときの印象は、四角形、だ。

「斎賀です。よろしく」

「芳村です。こちらこそ。あそこでうずくまっているのが三好。うちのリーダーです」

そう言って握手を交わすと、お互いに席に着いた。

「さっそくですが、オーブ預かりの件です」

どうやら斎賀課長という人は、てきぱきと物事を進めるタイプのようだ。

ビジネスでの付き合いは、こういうタイプが楽でいい。

「現在の、例えば代々木から産出したオーブがどうなっているかご存じですか？」

「いえ、詳しいことは。待機リストがありますから、それを見ておいて、買い手がいるなら急いで持ち帰ってきて連絡するか、そのまま自分たちで使うかくらいしか思いつきませんね」

斎賀課長は頷きながら付け加えた。

「それ以外ですと、ＪＤＡが直接買い上げる場合があります。この場合、超高額にはなりにくいのですが、腐ってもオーブですのでかなりの金額になります。お金が目的のエクスプローラーは、それでもいいと考えることが多いようです」

「なるほど」

「そういったオーブがＪＤＡ全体だと、年にそれなりの数産出します。いくら希少とはいえ、代々木だけでも、年に四個くらいは見つかりますから」

そこで言葉を切ると斎賀課長は、悪戯《いたずら》っぽく笑って付け加えた。

「もちろん、今回、Ｄパワーズさんが売られたものが代々木産だとすると、それどころじゃない数が産出することになりますけれどね」

「あ、あははは」

「問題はこれらの販売先です」

斎賀課長は、鳴瀬さんが入れたコーヒーを一口飲んだ。

ボタンを押せば出てくるコーヒーマシンのものにしては、まあまあいける。日本茶党の俺が、最近コーヒーばかり飲まされているのは少なからず三好のせいだ。

「急いで販売するために、どうしても買い手優位になるところがあります。じっくりオークションが行われたときどうなるかは、今回Ｄパワーズさんが証明した通りです」

そこで一息置いた斎賀課長は、効果的だと思われるタイミングで次の言葉を継いだ。

「我々の希望としては、それをオークションにかけたり、必要な時に利用したりしたいのです」

ふーん。かけたいという要求を伝えるだけか。

鳴瀬さんの口添えもありそうだけれど、この課長は、俺たちのことをそれなりに理解しているな。

俺は、三好を見た。三好は静かに頷いた。

「いくつか質問があります」

「なんでしょう」

「まずそういったオーブですが、オーブカウント一二〇〇未満で、ここか代々木まで持ち込めますか？」

オーブカウント一二〇〇未満というのは、オーブが発現してから二十時間未満という意味だ。

「可能だと思います。地上まで十時間と考えても、東京まで十時間の距離は、そうとう広いですから」

「最悪一二六〇くらいまで対応できますが、それ以降だとちょっと難しいかもしれません」

「それから、そちらが必要になる、少なくとも四十八時間前にはご連絡をいただけますでしょうか」

「それも可能だと思いますが、なぜです？」

「なに簡単なことですよ。お預かりしたオーブは消えてしまう前にこちらで何かに利用させていただきます」

俺はとっさに思いついたデタラメを説明し始めた。

もう、建前上はとことんしらを切ってしまえ。

「え？」

斎賀課長は驚いたような声を上げた。

「そして、必要なときに『偶然』見つけてお届けします。その際の保証オーブカウントは、いただいたもののカウント＋六〇以内くらいで」

俺は、プラスチックでできたコップを口に運んで一息ついてから続けた。

「どんなに神様に愛されていたとしても、見つけるのにそれくらいは必要でしょう？」

一瞬何を言っているんだと怪訝《けげん》な顔をした斎賀課長は、すぐにその意図を理解すると頷いた。

「了解しました」

「もちろん偶然見つからなかった場合は、ちゃんと賠償しますから」

「では、後は料金ですね。この件に関しては、比較するサービスがありませんから、そちらの言い値に近いものがありますが」

課長は降参するように両手を上げてそう言った。

「ＪＤＡにとっては、輸送経費を加えても、今まで以上の利益が上がるでしょうし、その利益の範囲内なら、なんでも頷くことになると思いますよ。メリットは価格だけではありませんから」

そりゃそうだ。

オーブが取引の材料として使用できるようになるのだ。

政治的にも軍事的にもその影響は計り知れない。自衛隊が直接申し込んでこないのは、単に、自分の組織内で利用させるべき人材が列をなしているからだろう。

「一個、基本一億。売却する場合は、売却金額の三割と比較して多い方を適用してください。ああそうだ、うち以外のオークションハウスへの登録は禁止させてください」

　有名オークションハウスの下請けに使われるのは勘弁だ。

「ふむ……分かりました。大丈夫でしょう」

　ふっかけたのに即決されたよ。

　今回の売り上げを見れば楽勝の金額ではあるけれど、これから先も続くとは限らない。リスクを平気で取る男なのかな？

　試してみるか。

「それと最後に重要な点をひとつ」

「なんでしょう」

「技術的な問題で、三好と私が同時にいないと目的を達成できません。もしどちらかが死んだ場合は、お預かりしているオーブが全て失われる可能性があります。そのリスクだけは受け入れてください」

「なるほど」

「ただ、三年後にはこの問題を解決できるかもしれません」

「三年後？」

「あくまでも可能性です。ただ、この期間を縮めることは、どんなに投資しても不可能ですので、そこはご理解ください」

「意味はまるで分かりませんが……分かりました。了解です」

「こちらからお話しできることはそのくらいです。後はそちらで、これを受け入れるかどうかですが――」

「もちろん受け入れさせていただくことになると思います。後日契約書を作成してお持ちしますのでご確認ください」

まじかよ。

オーブが無駄に失われる可能性も充分以上にあるのに即決って、一体どうなってるんだ？

課長に、そんな権限があるとは思えないんだが……。

「ありがとうございます。あまり小さな文字でたくさん書いてある契約書は読むのが大変ですので、今のお話の内容を簡潔にまとめた契約書をご用意いただければと思います」

俺は念を押しておいた。

「この事業は、法的な領域というよりも、あくまでも人的な領域にあることを、ご理解いただければ幸いです」

「……分かりました。それで、こちら側の窓口ですが」

斎賀課長が思い出したように付け加えた。

「鳴瀬」

「はい？」

「後で人事からも正式な通達があると思うが、君は本日をもって、Dパワーズの専任管理監に任命された。課長補佐待遇で自由裁量勤務だそうだ。同期の出世頭だな。おめでとう」

「え……ええ?!」

驚く鳴瀬さんを見ながら、三好がすまし顔で言う。

「三十分で七億以上稼ぐんですから当然ですよね」

「根に持ってますね?」

「高額な税金搾取er《サクシャー》は敵です」

「ははは。では、後のことについては、担当の鳴瀬とお話しください。私はこれで」

そうして斎賀課長は、一礼して出て行った。

「仕事のできそうな人だよなぁ」

「そうですねぇ。四角いけど」

三好のあまりに的確な台詞に、全員が吹き出した。

「ところで、鳴瀬さん。専任管理監ってなんです?」

「よく分かりませんけど、Dパワーズの便宜を図る人、ですかね?」

「会社で何をするんです?」

「自由裁量勤務だと自分の席にいる必要もないですし、Dパワーズに出向して、その秘密をスパイするのが仕事じゃないでしょうか」

「いや、スパイって……」

「新しくなる事務所になら、来られても大丈夫ですけど、今の事務所だと先輩に押し倒されるかもしれませんよ?」

なにしろ、引き戸を開ければベッドがありますから、と三好がからかうように言った。

「はあ」と鳴瀬さんは曖昧な返事をしたが、しないから！　そんなこと。

「あ、そうだ、デザイナーのプランを見に行かなきゃだった！　予定ありましたよ、先輩！」

「なんだか、すごくお忙しそうなんですね」

「まあ、それなりに。そうだ、鳴瀬さん」

「はい？」

「しばらくしたら、次のオーブを売りに出しますから、またよろしくお願いします」

「……え？　また？」

「ええ、まあ。発売までは内緒ですよ？」

鳴瀬さんは呆れたようにため息をついたが、諦めたように頷いた。

いや、あなた。スパイが仕事なら頷いちゃだめでしょ。

SECTION：

市ケ谷　防衛省

十一月五日のヒトヨンマルマル時。

命令通り防衛省を訪れた伊織たちのチームは、寺沢の部屋でオーブを前に恐縮していた。

「しかし、三佐。本当に我々が使ってしまってもよろしいのですか？」

隊の中でも最も真面目な沢渡は、初めて見るオーブを前に尻込みしていた。

何しろ二十億円の装備で、しかも一度使ってしまえば、自分専用になってしまうのだ。一生自衛隊を辞められない可能性だってある。

「確かに、もっと若いヤツに使えという話はあったが……」

沢渡は、現在三十二だ。脂ののっている時期だとはいえ、若いとは言い難い。鋼に至っては三十六なのだ。

彼はその台詞の続きを緊張して待っていた。

「そいつらが使えるようになる頃には、君たちと同じくらいの年になるだろうと反論しておいた」

「そりゃまた……」

鋼が苦笑しながら唸《うな》った。

訓練もまともにしていない若者に、超能力だけを与えても戦場では生き残れない。

それは単なる事実でしかなかった。今やダンジョンで殉職する隊員の数は、紛争地帯で命を落とした人数よりもはるかに多いのだ。

チーム内では比較的若い海馬は、躊躇《ちゅうちょ》なくそれを使うと、自分の体の変化を確認していた。

「なんだ海馬、もう使ったのか？　どんな感じだ？」

「もったいぶっても始まりませんからね。オーブを使うのは初めてですから、他と比較はできませんが……なにか新しく生まれ変わったような気分です」

それを横目に見ながら、伊織が鋼に尋ねた。

「しかし、使用者の選定は、もっともめるものかと思っていました」

「オーブの生存期間は短い。もめてる暇なんかありはしないさ。第一、現場でこそ生きる装備だから、叩き上げのほうが向いているだろう。それに……」

「それに？」

何かを言いよどむ寺沢に、疑問を感じた伊織がその先を促した。

「どうもあの連中を見ていると、今までとは違って、オーブが簡単に手に入りそうな、そんな気分にさせられて、躊躇なく使えそうな気になってしまうのが不思議なところだな」

「連中というと、『Dパワーズ』の？」

「そうだ」

「Dパワーズというのは、一体何名で構成されたパーティなんです？」

「JDAに登録されているのは、二人だ」

「え？　二人？」

さぞかし大きなパーティなんだろうと想像していた伊織の想像は、あっさり肩すかしにあった。

たった二人のパーティで、どうやってあれほど大量のオーブを集めてきたのだろう？

JDAG全体でも、三年で六個のオーブを発見するのがせいぜいだったのだ。

「気になるか？」

「それは、まあ……」

「上の方もそう考えているようだな。同席を指示された田中という男が、取引終了後、彼女たちに海外渡航等《とう》の自粛要請を言い渡していた。しかも、ダンジョン庁長官・外務大臣・国家公安委員長の連名でだ」

「田中？」

伊織にはそれほど重要な用件を任される、田中という名前に聞き覚えがなかった。

「私も知らんよ。幕僚長殿から直々に何も聞くなと言われてはな。私はただ、彼を同席させただけだ」

もっとも、全然印象に残らない行動といい、やたら官庁間の調整が早かったことといい、おそらく、内調あたりだろうと寺沢は考えていた。

内閣情報調査室が、わざわざ一介のパーティにダンジョン庁長官と外務大臣、それに国家公安委員長の連名で渡航禁止を要請する？　地雷は避けて通るに越したことはないのだ。

「Dパワーズって、一介のパーティなんですよね？」

伊織は眉間にしわを寄せながら、疑わしそうに聞いた。

寺沢は、その質問に一拍おいてから答えた。

「そうだ。……ただし、〈水魔法〉のオーブを三個、全てオーブカウント六〇未満で、JDA市ヶ谷の会議室へ持ってこられるパーティを一介と呼べるなら、だが」

「え、それって……自由にオーブを作り出せるってことですか？」

伊織の台詞を聞いたとき、寺沢は目から鱗《うろこ》が落ちたような気がした。

この話を聞いたものは、全員が、オーブ保管技術を開発したのかだの、上位探索者によるネットワークがだの、ランキング一位の探索者の影がだの、そういう話しかしなかったのだ。

オーブを作り出せるだと？　もしもそんなものがあるのだとしたら、確かに、彼女たちのやってきたことの全てがスマートに説明できる。

しかしそんな神のようなスキルが、本当に存在するのか？

「三佐？……寺沢三佐？」

「すまん、ちょっと待ってくれ」

そういえば、JDAから先月回ってきた、監視対象スキルリストに……

寺沢は、自分の端末を操作して、先月の監視対象スキルリストを呼び出した。

監視対象スキルリストは、JDAがデータベースの検索文字列中の、印象的な単語を一覧にした

リストだ。

スキルオーブを手に入れた人間が、検索するだろうデータベースはふたつあった。

ひとつは、ＪＤＡのオーブ購入希望リスト、通称ＷＬ（wish list）で、もうひとつは、ＪＤＡのスキルデータベース、通称ＳＫＤＢだ。

それぞれをネタで検索する場合、ＷＬで検索されるのは存在していることが分かっているオーブ名が使われる。いったいそれがいくらなのかを知りたいときに検索するデータベースだからだ。

また、架空のオーブを検索する場合は、主にＳＫＤＢが使われる。

そこには報告されている全オーブのデータが登録されているからだ。

そうしてそこで見つからない場合、それをＷＬで検索する者はいない。掲載されていないことが分かっているからだ。

そうして、もしも、先にＷＬで検索された直後に、ＳＫＤＢで同じ名称が検索されたとしたら、それは検索者が、そのスキルを発見した可能性が高いことを示唆していた。

そういった検索をされた名称の中で、ＳＫＤＢに登録されていないものが、ＪＤＡの監視対象スキルリストに掲載されていた。

とはいえ、人の行動は必ずしも論理的な系統だったものになるとは限らない。

単に検索データベースリストの上から順番に検索しただけなんてことも普通に起こるし、実際、そのリストに掲載される名称は、毎月結構な数があったが、それらがすべて取得されているとは考えにくかった。なにしろ、五十音順に並んでいる名称の先頭は、大抵『アイテムボックス』なのだ。

そのため、このリストは、あくまでも統計資料の一部として取り扱われているだけで、それほど重要視されているわけではなかった。

しかし、君津二尉の言葉によって、先月初めて登場した、アイテムボックスだの、ヒールだの、なんとか転移魔法だのといった、言ってみればありふれた空想世界のメジャーメンバーに交じって、はるかに地味な名称が、奇妙なリアリティーを持ってディスプレイに表示されていた。

「メイキング……」

同一時刻周辺で、同一ＩＰアドレスから検索された名称はそれひとつ。

つまりこの検索者は他の名称をまとめて検索していない。そして、九月二十七日に記録されたそのスキル名は、その後二度と検索されていなかった。可能性は低くない。

しかし、寺沢には、ひとつだけ引っかかることがあった。

「なあ、君津二尉」

「はい」

「もしも君が自由にオーブを作り出せるとしたら、どんなオーブを作るかね？」

「そうですね。いわゆるアイテムボックスや転移魔法、それに回復魔法などもあるといいですね。うちの訓練はお肌に悪そうですし」

単なる雑談に近い内容に、伊織は気軽に答えていた。

そう、それらはフィクションの中で、散々語りつくされているスキル群だ。普通なら、誰だって最初にそれを作ろうとするだろう。なら、なぜ売られているのが、それらに比べれば、圧倒的に地味とも言える〈水魔法〉と〈物理耐性〉なんだ？

「もし、そのオーブを手に入れたら、使ってみたくなるだろうか？」

「そりゃなるでしょう」

そしてそれらを使って、自己承認欲求を満たさない？

「……なにかの制限があるのか？」

「寺沢三佐？」

伊織は訝《いぶか》しげに呼びかけた。

「あ、いや……本日はご苦労だった。鋭意新しいスキルの研鑽《けんさん》に励み、職務を全うしてほしい」

我に返った寺沢は、言いつくろうように会合の終了を伝えた。

「「「はっ！　了解しました！」」」

§

伊織たち四人が、敬礼をして退出した後、寺沢は一人考えていた。

ＩＰを追いかけるのは……犯罪捜査でもなければ無理だろう。昨今、通信情報の秘密には社会の注目が集まっている。勝手なことをするのは難しい。

「せめて、ひとつくらいは手を打っておくか」

寺沢はそう呟《つぶや》くと、以前もらった名刺をディスプレイに呼び出し、ダンジョン管理課へ電話をかけた。そうして、自らそこの課長へのアポを取った。

SECTION：

青山　根津美術館前

ＪＤＡとの会議の後、俺たちは事務所のデザインをお願いしていた青山のお店に行って、担当デザイナーにいろいろと聞かれることになった。

どうやら、三好が予算に制限を付けなかったせいで、仕事を引き受けたデザイナーはものすごくやる気になっていた。なのに、俺たちの要求はといえば、ベッドと椅子にいいものをくらいで、特殊な贅沢《ぜいたく》といえば、三好がダイニングにいくつかのセラーを並べたことくらいだった。

後は使いやすければなんでもいいという、なんとも気の抜けるクライアントだったろう。

提案すれどもすれども、糠《ぬか》に釘《くぎ》とはまさにこのことだ。

特に強い要求がない、俺たちみたいなクライアントは、もしかしたら最低のクライアントなのかもしれない。

それでもさすがはプロらしく、二人の家も事務所のスペースもきちんとしたコンセプトの下にまとめ上げられていった。

壁紙と床は超特急でやってくれるそうだが、注文した窓や家具の到着に、五日くらいかかるということなので、余裕を見て、十一月十二日に入居することにして、店を出た。

「窓も替えるのか？」

「レーザー盗聴対策がありますからね」

はい？　なんだそれ？

「一体どんな施設を造るつもりなんだよ、お前」

「基地って言ったの、先輩ですからね」

確かに言ったが、あれはビルを買う時の話だろう……まあ実害はないか。

俺たちは、根津《ねづ》美術館のあたりから、表参道《おもてさんどう》の駅を目指して、ふらふらと歩いていた。

「十日にサイモンさんとの取引がありますけど、なんとか一段落した感じですね」

「ああ。引っ越しするまでは、ぼちぼちダンジョンへ潜りながらゆっくりしようぜ」

「その間に例の検査をしましょうよ。私、コンピューターの手配と回線の手続きを終えたら、やることなくなっちゃいますし」

「なんだ、またいろいろやってんな」

「半分は趣味みたいなものですよ」

空はだいぶ赤くなりかかっている。

左手にある時計屋の前で信号待ちのために足を止めると、向かいの老舗《しにせ》ブラッスリーの窓越しに、グラスをあわせる人たちの楽しげな様子がうかがえた。

「あのね、先輩」

「んー？」

「さっき、自分のカードでＡＴＭにいったら、残高が六千万とかあるんですよ」

「へー」

「へーって、先輩の口座も同じですからね」

「ああ、例の１％か」

「ですです。でね、ここで何にもしないことに決めても、一生遊んで暮らせると思いますけど、先輩どうします？」

　そうか、パーティ口座には六十億くらいのお金が振り込まれたんだっけ。

「三好は、そうしたいのか？」

「いえ、先輩はどうなのかなーって思って。だって、一カ月くらい前までは、ブラックっぽい職場で、ヒーヒー言ってたんですよ？　私たち」

　そういやそうだな。榎木とか、もう遠い過去みたいな気がするけれど、あれはたった一カ月前の出来事なのか。

　遊んで暮らすってのも悪くはないが、一日中ネトゲで引きこもるのにも、そのうち飽きそうだ。

「そんな人生は、つまんなそうだろ？」

「ですよね！」

　信号が青に変わり、人が一斉に動き始めると、三好も元気に横断歩道を渡っていった。

「そういや、三好って実家はなにやってんの？」

「サラリーマンと専業主婦の、普通の家ですよ。兄もいますから、自由なもんです。先輩は？」

「うちはもう両親とも亡くなってるし、兄妹もいないからなぁ……。高校を出てからは親戚とも没交渉だし」

「ええ？　先輩、ぼっち体質？」

「失敬な。まあ、せっかく出世？したんだし、両親に仕送りでもしてやれば？」

「うーん……正直なところを話したりしたら、全員だめな人になりそうなので、しばらくはやめときます。世の中、先輩みたいな人ばっかりじゃないんです」

なんだかディスられてるような褒められてるような、びみょーな気分だ。ちょうど通り過ぎた、プラダブティックの入ったビルが、センスがいいのかやり過ぎなのか分からないみたいに。

「まあいいや。そろそろ腹減ったな。なんか食べて帰るか？」

「え？　先輩のオゴリですか？」

「おまえな。一応今日から富豪だろ」

「あ、そうでした。でも、青山の美味しいお店は、ほとんど全部反対方向ですよ？」

「そうなの？」

歩きながらちょっとだけ考えていた三好が、思い出したように提案した。

「じゃあ、お寿司《すし》にしませんか？」

「いいけど」

「まつ田が近くにありますよ。そこのコムデギャルソンを左に折れたらすぐです」

「すげー裏路地っぽいけど、こんなところに？」

「先輩、この辺りは、結構流行《はや》っているお店だらけなんですよ」

「へー。青山とか表参道の人って隠れ家っぽいの好きそうだもんなぁ」

「それは、偏見です。日本人は、みんな好きだと思いますよ。秘密基地」

「確かに」


電話をすると席を用意していただけるとのことだった。

三好の弁によると、予約が取りにくいお店も当日に電話すると意外と席があったりするらしい。キャンセルが出たりするんだろうな。

「ラッキーでしたね」と三好に言われながらたどり着いたビルは、ＪＤＡにも負けないくらいに、みょーな飛び出た部分がある変なビルだった。

そのビルの地下でいただいた、酸味のきいたふわりと解《ほど》ける寿司は確かに美味しかったが、数時間後に来た明細を見て、目眩がしたことに変わりはない。

三好のバカタレは、小さく舌を出していやがった。

そうしてまつ田は、Ｄパワーズのカードが初めて使われた記念すべきお店になったのだ。

二〇一八年　十一月七日（水）

SECTION：

江戸川区

「ここ？」

「です」

そこは江戸川沿いの河川区域近くにある、町工場の跡地らしき場所だった。

辺りはススキに囲まれて、秋の風に寂しく穂を揺らしていた。

「東京の果てって感じだな」

「川向こうは市川ですからね」

最近まで操業していたのか、工場らしき建物は、いまだに健在だった。

その駐車場だったであろう場所に、その建物は立っていた。

それは、まるで大きな白いコンテナを繋《つな》いだように見える、ただの四角い倉庫のような外見をしていた。

「翠先輩のご自宅の町工場があった場所だそうですよ」

「へー。医療計測系って言うから、もっとおしゃれな建物を想像してたよ」

「大きなお世話だ」

「あ、翠先輩、お久しぶりですー！」

「梓ちゃーん。よく来たねー。かいぐりかいぐり」

翠さんは、前髪をサイドに流して額を出した、印象的なワンレンボブの、目鼻立ちがはっきりしたメガネ美人だった。最近ショートの女性に縁があるな。

白衣なのはお約束だろう。ただ、どっかで見たような気が……

「それで、計測って、一体何を測りたいんだ？」

「それなんですけど、メールでもお伝えしたとおり、とにかく測れるものは全部測ってほしいんです」

「どうにもアバウトな要求だな……全部となると、酷くコストがかかるぞ？　まけてやりたいが、うちもピーピーで、今にも倒れそうだからな」

「倒れそうって、先輩。融資を受けたんじゃ？」

それを聞いた翠さんは、酷く憤慨したように空を睨《にら》んだ。

「日本の銀行は、担保がないと金を貸してくれねぇ！　投資してもらおうにも、まともなベンチャーキャピタルひとつありゃしない！」

研究者が経営者も兼ねると、いろんなところで慣れないことをやらされて削られる。

金策などは、その最たるものだろう。日本の銀行は、形のないものにお金を貸してくれないのだ。

「溜《た》まってますねぇ」

思わずそう言った俺をちろりと見ると、彼女は三好に向かってこう言った。

「梓。あの失礼な男は？」

「あ、今日の測定の対象者です」

「芳村です。よろしく」

「鳴瀬だ。梓に手を出してないだろうな」

「鳴瀬？」

「なんだ？」

あ、ああ！　そうか、ＪＤＡの鳴瀬さんに似てるんだ。

「あの、もしかしたらですが、ＪＤＡにご親戚の方がいらっしゃったり――」

「美晴《みはる》のことか？　なら姉だ」

それを聞いて声を上げたのは三好だった。

「ええ?!　あ、そう言えば似てる気がする！」

お前は、どっちもよく知ってるクセに、いままで気がつかなかったのかよ。

「とはいえ、ガッコを出た後は、年末に実家で顔を合わせるくらいだが、知り合いなのか？」

「知り合いもなにも……」

現在うちのパーティの専任管理監になっていて、大変お世話になっていることを説明した。

「ふーん。世間は狭いな」

「まったくです」

「それじゃ、中で契約後、さっそく計測に入るか」

「よろしくお願いします」

§

「計測は全項目、回数は――」

「とりあえず三十回ですね」

「三十回！……って、それだけで、ざっと六千万はかかるぞ。いいのか？」

「これで先輩の会社の資金繰りも復活？」

「バカいえ、試薬だのコンピューターの利用料だのの経費を支払ったらほとんどなにも残らない。まあ、テストできるだけありがたいと言えばありがたいが」

それにしたって高額だよな。俺はつい興味本位で聞いてみた。

「しかしこれが実用化されたとして、一回二百万の検査なんて需要があるんですか？」

「あのな。普通、全種類の検査なんて意味がないからやらないんだよ。それに、検査費用が高額になるのは、大体需要が小さい分野なんだ。そんな特殊な検査は滅多にやらないだろ？」

一万円の開発費を、一万人で分ければ一円だが、一人しか利用者がいなければ一万倍の料金を取らなければ元が取れないってことだから、そこは仕方がないだろう。

逆にそんな検査も実装されていることのほうが驚きだ。

「もっとも、大丈夫な最大の理由は――」

「理由は？」

「――保険がきく」

俺は思わず納得した。高額療養費制度万歳。

「ともかく、検査費用の支払いは問題ありませんよ。な、三好」

「はい、大丈夫です」

「梓のいる会社ってそんなに儲けてるのか」

「いえ、これは会社じゃなくて……」

「ん？」

「私と芳村さん個人の支出ですね」

「ええ?!」

「まあ、研究開発費みたいなものです」

それを聞いた翠さんは、思わず羨望《せんぼう》の眼差《まなざ》しを向けると、「梓、うちに来なくて正解だったなぁ。はあ、うらやましい」と首を振りながら、検査室の扉を開けた。

その部屋は、壁に整然としたグリッドがびっしりと描かれた小さな部屋だった。

中央には、近未来風のポッドが置かれていて、俺はその中にパンツ一枚で座らされた。

「リファレンス機なんで、修正が容易になるよう、ケーブル類は手作業で取り付けるんだ」

彼女は俺の体にいろいろなセンサーを張りつけながらそう言った。機能が確定した製品では、おそらくもっと簡易になるのだろう。

「一回の計測ごとに血液の採取がある。腕がちくっとするかもしれないが気にするな」

「分かりました」

「あとで、計測されたときの感想を聞かせてくれよ」

「レポートにして提出しますよ」

「それは助かる。計測料金はまからないけどな」

翠さんは笑いながらそう言った。

「あ、それから、計測のタイミングは、こちらから指示させてください」

「ん？　ああ、それはいいが」

「合図の方法は？」

「音声が繋がってる」

「分かりました」

彼女が検査室から出て行って、ポッドの中で一人になると、俺は、こっそりとメイキングを起動した。

NAME	芳村 圭吾
RANK	1
SP	1178.307
HP	36.00
MP	33.00
STR	14
VIT	15
INT	18
AGI	10
DEX	16
LUC	14

「ああそれから、結果は必ず、計測順に提出してくださいね」

『データには時間が打ってあるから大丈夫だ』

「それでは初回、お願いします」

『了解。開始する』

ゴウンゴウンとCTが回るような音が聞こえ始めるとすぐ、右腕にちくりとした痛みを感じたが、それ以外に大きな刺激も違和感もなく、リラックスして寝そべっていると、開始から数分経ったころに
俺はさらにステータスに手を加えた。

NAME	芳村 圭吾	
RANK	1	
SP	1178.307	
HP	36.00	
MP	33.00	
STR	14	[+]
VIT	15	[+]
INT	18	[+]
AGI	10	[+]
DEX	16	[+]
LUC	14	[+]

▼

NAME	芳村 圭吾	
RANK	1	
SP	1176.307 (-2.0)	
HP	38.00 (+2.0)	
MP	33.00	
STR	16 (+2)	[+]
VIT	15	[+]
INT	18	[+]
AGI	10	[+]
DEX	16	[+]
LUC	14	[+]

まずはＳＴＲから。とりあえず２刻みで上昇させるつもりだ。

「次、お願いします」

『二回目の計測を開始する』

そうして、三十回の計測を終える頃には、二時間以上が経過していた。

§

「お疲れさまー」

「それで、計測された感想は？」

「後でレポートを送りますけど、血液を採る場所が近いのか、いくら細い針でも少しはれる感じですね」

気分は薬中ってところだ。

「普通は、連続で三十回も血液検査をしたりしないからな。ほら、これが検査結果だ」

そう言って、翠さんは一枚のメモリーカードを三好に渡した。

三好はさっそくそれをタブレットに挿入して、中身をチェックし始めた。

「え？　もう結果が出るんですか？」

「それが売りのひとつだからな」

翠さんは自慢げにそう言った。たとえ簡易だとしても、わざわざ検査機関に送って結果をもらう前に篩《ふるい》にかけられるというのは、検査機関の作業軽減の面からも有効なのだろう。

「それで、なにかおかしな点はありましたか？」

「いや、生理学的な値から自動で問題を検出するシステムは、特になにも――中島《なかじま》」

「はい」

中島と呼ばれた男が、向こうの机から紙の束を持ってやって来た。

今どき紙とは珍しい男だ。

「生理学的な値は、三十回ともおかしなところはありませんね。そもそも三十回の意味もよく分からないのですが、時間経過に伴うなにかの計測ですか？」

「いや、まあ、そのようなものです」

「ですが脳波が少し……」

「脳波？」

「はい。計測が進むにつれて、脳波の基礎律動が、わずかとはいえ全体的に速波化しています」

「速波化？　徐波化じゃなくてか？」

翠さんが怪訝《けげん》な顔つきでそう言った。

「速波化です。脳波律動の周波数は視床ニューロンの膜電位水準に依存していますが、視覚の入力による覚醒度の上昇とは比較にならないレベルで入力が増加している感じですね」

「しかも時間経過にしたがって、六段階に速波化する場所が変わっていってます」

六段階？　いや、それって……

「えーっと、何を言っているのかよく分からないのですけど」

「ここは医学的所見を述べる場所じゃないし、我々は医師じゃないから、ただ起こった事実だけを話題にしているんだ。とはいえ……」

「とはいえ？」

「あんたに精神疾患があるかもなぁ、程度の話だよ」

「程度って……」

「大抵は徐波化、つまり遅い波になることが多いから、一概には言えないんだが」

「てんかんの場合とは波形も違いますしね」

「はあ」

「あとはこれといって……あ！　生理的な現象とは関係ないのですが」

「なんです？」

「なんというか、奇妙な電磁波の揺らぎが観測されているんですが」

「電磁波ぁ？　そんなモンいつ観測したんだ？」

「いや、計測できるものは全部ということでしたから、部屋のミニマムグリッドで計測しました」

「機器使用の影響じゃないのか？」

「一応それは排除したつもりです」

「ミニマムグリッドというのはなんです？」

俺は、彼に聞いてみた。

「ここだと、大体三センチ単位で部屋中に張り巡らされた、センサーの総称ですね」

「それで、どんな感じなんだ？」

「なんていいますか、まるで何かのエネルギーを持ったフィールドが発生しているような」

「どこから？」

「分かりません。もしかしたら、オーラってやつですかね」

そう言って中島氏は笑ったが、それは意外と核心を突いていたのかもしれなかった。

§

帰りの電車の中で、タブレットで数値を眺めていた三好が、ふと顔を上げて言った。

「もしかして、ダンジョンによる強化って、外骨格みたいなものなんですかね？」

確かに全力でパンチしたとき、パンチの威力だけが上がるなら、こぶしは傷つくはずだが、そんなことはないらしい。

細胞が強化されたと考えることもできるが、それだと生理的な値に変化がないことの説明が難しい。例えば、何かのフィールドで体が覆われて、それが外骨格のように働くと考えた方が、現象の説明は容易そうだ。

「生理的な値には、ほとんど変化がないんですよ。これで細胞が強化されたと言うのはちょっと」

仮に出力が二倍になるような強化が行われれば、エネルギーの消費量が二倍になるか、利用効率が二倍になるのが道理だが、生物の体でそんなことが起こっているとしたら、生理的な数値の変動がないのはあまりにおかしいわけだ。

「あとは脳波の変動だっけ？　六段階って、絶対にステータスの個数だろ」

「ですよね」

「てことは、魔物討伐による身体の強化ってのは、実はＰＳＩ（超能力）然とした、脳が引き起こす謎のフィールドみたいなものによるってことか？」

「まあ、今回の計測を信じるなら、そういう説明もできそうです」

そう言うと、三好は再び思考の海へと潜っていった。

二〇一八年　十一月九日（金）

SECTION：横田エアベース

「ひゅー、ここが日本か」

ブラウンヘアをクルーカットにした、均整のとれた体つきの男が、パトリオット・エクスプレス(注1)から降り立つと、感慨深そうにそう言った。

ブラウンの人なつこそうな瞳が、ユーモアに溢《あふ》れた性格を感じさせていた。

「いや、基地内はアメリカじゃねーの？　サイモン」

アッシュブロンドで背の高い細身の男が、揚げ足を取る。

少しこずるい印象の男は、ジョシュア＝リッチ。サイモンチームの優秀な斥候だ。

「フジヤマ・ゲイシャ・テンプーラは？」

首から下げたストラップで、左腕のアームホルダーを吊《つ》った、大柄で頑丈そうな体つきのメイソンが、パッセンジャーエントリーを少しかがんで通過した。

「お前古いぜ。いまはコウベビーフだろ。コウベは近いのか？」

肉好きのサイモンが、チームサイモン紅一点のナタリーに聞いた。

「あなたたちね……フジヤマはもっと西。ゲイシャの京都も、ビーフの神戸も関西よ。だからずー……


ーーっと西。ここは横田でしょ」

サイモンは、残念そうに口をへの字に曲げながら、肩をすくめて言った。

「それは残念。しかし、ネバダよりは涼しいな。日本って蒸し暑い国じゃなかったか?」

「それは夏の間だけね」

「だけどよぉ、サイモン」

ジョシュアが不安そうに切り出した。

「なんだ?」

「俺たち、ほんとに、こんなことしてていいのかよ? 上の連中、例のオーブを探せと、今にも頭の上で水が沸騰しそうな勢いだったぜぇ?」

「あんなアホなプランに乗れるかよ。あんな行き当たりばったりのやり方じゃ、見つかるものも、見つかるもんか」

ＵＳのダンジョン探索チームには、キリヤス＝クリエガンダンジョンに棲息《せいそく》するモンスターのうち、米国国内で確認されているモンスターからオーブを採集するように指令が下っていた。最優先命令だ。

（注1） パトリオット・エクスプレス
ＵＳの航空機動軍団が運用するチャーター便。

通常横田基地へは、金曜日の朝到着します。

「例の〈異界言語理解〉、でしょ？　指定されたモンスターだけでも二十種類以上いるからねぇ」

「俺たちが発見するオーブの数は、ひたすら潜っていたところで、年に二～三個がせいぜいだ。ダンジョン探索チームがどのくらいあるのか正確なところは知らないが、こんな方法で見つかる可能性は、まずないな」

「いや、それにしたって、潜ってなけりゃゼロだって言われるだろ？」

「心配するなって。その件もあって、わざわざ日本まで来たんだよ」

「なんだって？」

「見ただろ、例のサイト？」

「ああ、あのインクレディブルなオークションだろ」

「そう。お前、あんなに同じオーブを揃えられるか？」

「無理だな」

　ジョシュアは即答した。

「もちろん俺にもできっこないさ。つまり、そこには狙ったオーブを取得する手段があると、そう思わないか？」

「……なるほど。オーブ保存の可能性にばかり目が行きがちだが、ものがなければ保存もくそもないってことか」

「その通り」

「ま、難しいことはいいさ。さっさと行こうぜ、腹が減った」

右手で腹を押さえたメイソンが、早く飯を食わせろと言わんばかりのゼスチャーでそう言った。

それを聞いたジョシュアとサイモンが、顔を合わせて肩をすくめる。

「ＪＤＡへ出かけるのは明日でしょう？　今日はどうするの？」

ナタリーが尋ねた。

「とりあえずホテルまで移動する」

「基地の宿舎じゃないんだ。ホテルってどこの？」

「新宿だ。一応休暇だしな。パークハイアットを予約した」

「ヒュー。リーダーったら、太っ腹っ」

「オーブに比べりゃ安いもんさ」

そうして四人は、基地司令に挨拶するために、司令室へ向かって歩きだした。

§

基地司令でもあるマーティネス中将は、苦虫をかみつぶしたような顔をして、窓の外をうかがいながら、後ろ手に腕を組んでいた。

問題児どもが、今日のエクスプレスで来日すると報告を受けたからだ。

「確かにヤツらは有能なのだ……」

先日のエバンスダンジョンの例を挙げるまでもなく、ダンジョン攻略においては、人類で最も深い階層にまで到達し、ＵＳの権威をあまねく知らしめている。それはアポロ計画の成功にも匹敵するような快挙だ。そうではあるのだが……

「あの人間性がな……」

マーティネス中将は、腕を組みなおして天井を仰いだ。

サイモンチームが起こしたトラブルは数知れない。

言ってみれば、とあるビルをテロリストから守るのに、ビルそのものを更地にしてしまうような連中なのだ。それを咎《とが》めた者もいたようだが、「我々はただの道具ですから」と、あたかも使う側の問題であるかのような言いぐさだ。

付いたあだ名がHESPER(注2)ときた。奴らを組み込んだオペレーションに、マスドライバーを打ち出しかねないってわけだ。

悪いことに、ダンジョン攻略部隊は大統領の直属だ。ＤＥＡ（麻薬取締局）やＣＩＡ（中央情報局）など、司法省や情報部からの出向者も多い。こちらに直接の命令権はないのだ。

そのとき静かな部屋にノックの音が響いた。

「入れ」

「失礼します！」

どこのバックパッカーだよと思うような格好の四人が、司令官室へ入ってきて敬礼した。

「サイモン＝ガーシュイン中尉他三名。ただいま到着しましたのでご挨拶に参りました」

「あ、ああ、ご苦労。それで、今回の訪日の目的は？」

「休暇であります」

「ほう、休暇ね」

サイモン中尉が、スキルオーブを落札したというところまでは報告を受けている。

彼らがそれを受け取りに来たのは間違いないだろうが、実際のところ、それだけで済むはずがない。

「それで『休暇』はいつまでだったかな？」

「は。当面は一カ月ほどの予定ですが、その先は状況次第となります」

状況次第と来たか。

「君たちが、滞在している間の便宜は図るように言われている。何かあったら、私の秘書に連絡してくれたまえ」

「お心遣い感謝します！　では失礼します」

彼らは敬礼して退室していった。

「ダンジョン＝パッセージ説が本当なら、彼らは地球の英雄にもなり得るのだが……」

（注2）　HESPER
ジェイムズ・P・ホーガン（著）『未来の二つの顔』に登場するAI（人工知能）。月面で、最優先・制限なしの命令を受けて本文中の事故を起こす。

頼むから、俺の任期中に、日本との間に軋轢《あつれき》を作らないでくれよ。
第五空軍司令官と在日米軍司令官を兼任している中将は、そのことを神に祈った。

掲示板【神か？】Dパワーズ 57【詐欺か？】

1：名もない探索者 ID:P12xx-xxxx-xxxx-0199
突然現れたDパワーズとかいうふざけた名前のパーティが、オーブのオークションを始めたもよう。
詐欺師か、はたまた世界の救世主か？
次スレは930あたりで。

…

11：名もない探索者
20億オーバーって、嘘《うそ》みたいな数字になってるんだが、結局誰が落札したんだ？

12：名もない探索者
２日目の後半でID非表示になったから不明。

13：名もない探索者
なんで?!

14：名もない探索者
いや、普通、オークションって落札者公開しないから。表示されてたほうがどうかしてる。

15：名もない探索者
高額だもんなぁ。

16：名もない探索者
最初表示されてたのは、システムのミス？

17：名もない探索者
ミスのような顔をして、実は故意なんじゃないか？
入札者に大組織がいたから、本物かも？って感じがあったけど、もし分からなかったら、ただうさんくさいで終わっていたかもしれんし。

18：名もない探索者
だけどさ、今までオーブって希少性の割に取引が難しくて、〈水魔法〉なんかも買い取り希望リストに載ってる価格は、たった8000万だぜ？　ただ、オークションにかけるだけで、それが25倍になるんだから、買い取りリストはボッタクリって証明されたようなもんだな。

19：名もない探索者
それはそうだが、その「オークションにかける」ってところが最大のネックだったわけで。

20：名もない探索者
いや、だからさ、頼んじゃえばいいんじゃないの？　Dパワーズへ。

21：名もない探索者
おまえ、天才か。> 20

22：名もない探索者
だけど、どうやって頼むんだよ。というかそれ以前に、本当に保存できるのか？

23：名もない探索者
できなきゃ、こんなオークションは成立しないんじゃないの？

24：名もない探索者
それは分かんないぞ？
ここまでのすべてが、そう思うヤツらを対象にしてオーブをかすめ取るための、壮大な詐欺の仕込みかもしれん。

25：名もない探索者
詐欺の仕込みに、存在していないオーブを、仲間が落札しているわけか。
本当にそうだったら凄いな。だって、全部で100億近いぜ？

26：名もない探索者
本当なら、映画化決定。
だが、受け渡しはJDAが仲介するから、ものがないとバレるだろうけどな。

27：名もない探索者
おい！　おまいら！　新宿にサイモンチームがいたぞ?!

28：名もない探索者
は？　サイモン？　エバンスクリアした？　見間違いじゃネーの？

29：名もない探索者
つ写真

30：名もない探索者
おま、それ盗撮だろ。

31：名もない探索者
いや、すげーフレンドリーにファンと一緒に撮影してたぞ。

32：名もない探索者
写真みた。マジだwww

33：名もない探索者
マジで？　だけど、なんでこのスレに書く。

34：名もない探索者
いや、こんなにタイムリーな来日って、これ関係な気がしないか？

35：名もない探索者
あー

36：名もない探索者
あー

37：名もない探索者
可能性はあるな。

38：名もない探索者
代々木にも、潜るのかな？

39：名もない探索者
なんかしばらくいるみたいなことを言ってたらしいから、たぶん潜ると思われ。

40：名もない探索者
おおー！　色紙用意しとこ。

二〇一八年　十一月十日（土）

SECTION：市ケ谷　ＪＤＡ本部

「お二人は、言葉は大丈夫ですか？」

ＪＤＡの廊下を歩きながら、鳴瀬さんに聞かれた。

今日の相手は、サイモン＝ガーシュウィンだ。世界三位のオーラに興味津々で、相手がアメリカ人だってことを、ついさっきまで忘れていた。まあ、ただの取引だし、なんとかなるだろ。

「論文英語なら、まあなんとか」

「私も、人並みには。でもきっともうダメかな？」

「使わないと錆《さ》びるよな」

「ですよねー」

「そういうわけで、取引の細かいニュアンスの部分には不安が残りますので、その場合は鳴瀬さん、よろしくお願いします」

「承りました」

会議室のドアを開けると、そこにはおそらく世界一のダンジョン探索チームが座っていた。

：

“Hi there. I'm Simon Gershwin.”（やあ、サイモン＝ガーシュウィンだ）

均整のとれた体つきで、いかにも軍人ですというクルーカットの男が、俺たちに向かって手を挙げて言った。

“Hi. Mr. Simon. It's my pleasure to meet you. I'm Azusa MIYOSHI. Let me confirm the ID of this transaction.”（こんにちはサイモンさん。お会いできて光栄です。三好梓です。符丁を確認させてもらっても構いませんか？）

“You got it.”（もちろんだ）

サイモンは、彼の秘密鍵で暗号化された符丁の入ったメモリカードを差し出してきた。

（おお、三好、やるじゃん）

（無駄な会話をしないのが、英語ができないことをごまかすコツです）

三好はそれを受け取ると、自分のモバイルノートに差し込んで、彼の公開鍵で展開し、符丁が正しいことを確認した。

※以下、外国語は『　』でお送りします。

『確かに。では、こちらをご確認ください』

三好はチタン製のふたを開けてオーブを見せると、前回と同様、ＪＤＡの立会人に向かってそれを差し出した。

鳴瀬さんは神妙な顔で、そのオーブに触れて、内容を確認した。

『確認しました。ＪＤＡはこれを〈物理耐性〉のスキルオーブだと保証します。オーブカウントは六〇未満』

『六〇未満だと？』

サイモンの隣に座っていた、背の高いアッシュブロンドの男が、驚いたように言った。

みんなここで驚くよな。

『間違いありません』

鳴瀬さんが頷きながらそう答えた。

『どうぞ、お振り込みを』

三好がそう言うと、サイモンが手元の振り込み用の機器を操作した。

『確認してくれ』

『確かに。振り込みを確認しました』

件《くだん》の手数料と税金で、実際に振り込まれるのは、二十八億三千七百六十万ＪＰＹだ。

三好は、そのまま、サイモンの目の前に先のケースを差し出した。

『どうぞ』

サイモンはそれに軽く触れると、わずかに頷いて言った。

『確かに』

そうして鳴瀬さんが、取引の終了を宣言した。

『ではこれで、取引は終了しました。みなさまありがとうございました』

俺は三好に目で合図を送り、そそくさと会議室から退室しようと席を立った。

しかし、それを遮るように後ろから声が掛かった。ちっ、俺たちは回り込まれてしまった！ってやつだ。

『ちょっと待ってくれ』

『なんです？』

『いや、少し話がしたいんだ』

『あー、私、英語、少し、できない』

「何ですか、先輩、そのいい加減な英語は」

「いや、英語ができないほうがごまかせそうだし」

「あら、それなら大丈夫よ。私は十二歳まで横須賀で育ったから」

げっ。

「私はナタリー。よろしくね」

ブロンド碧眼《へきがん》で、日本人が考える典型的なコーカソイドなのに、日本育ちとか反則だろ。

「はあ……」

「ま、ここは諦めたほうがよさそうですね」

三好が、そう言って、もう一度会議室の椅子を引いてくれた。

仕方なく俺たちがそこに座ると、鳴瀬さんが、コーヒーマシンのボタンを押した。すぐに、会議室には、香ばしい香りが漂い始めた。

『それで、どういった御用ですか？』

『なんだ、上手《うま》いじゃないか』

『論文英語ですけどね』

『意味が通じれば充分だ。で、君たち、いったいどうやったんだ？』

『どういう意味です？』

「どうやって、カウント六〇未満でこのオーブをここまで持ってきたのかって聞いたのよ」

ナタリーがちゃんと日本語でフォローしてくる。分からないふりはできないってことだ。

『あー、偶然、一時間ほど前に手に入れることができたんですよ』

『偶然？』

『ええ、そりゃあもう。詐欺にならなくてよかった』

『じゃ、この、いかにも何かありそうな魔法陣はなんなんだい？　あ、僕はジョシュアだ。よろしくね』

ジョシュアと名乗った、アッシュブロンドの背の高い男は、オーブのふたの裏を見ながらそう聞いてきた。

『んー、そこは企業秘密なんですけど、なかなか雰囲気あるでしょう？』

俺は何事もないような顔で、肩をすくめながらそう答えた。

『雰囲気』

『そう。メイドインジャパンは細かいところにもこだわるものなんですよ』

その後も、彼らは主に代々木ダンジョンに関する雑談に交ぜて、いろんな質問をしてきた。

しばらく東京にいて、代々木ダンジョンにも潜ってみたいから案内を頼めないかと誘われたが、俺たちは一層しか潜ったことがないので無理だと断った。

『ファーストフロアだけ？』

『二層へ降りる階段までは行きましたけどね』

『キミはどのくらい潜ってるんだ？』

『一カ月も経ってません』

『それでどうやって……いや、分かった。他を当たってみるよ』

どうやってオーブを、と言いかけたんだろうな。

案内は自衛隊じゃなければ、カゲロウとか、渋チーとか呼ばれるチームがあるみたいだから、その辺に頼めばいいだろう。相手は憧れのエクスプローラーだ。みんな喜んで案内してくれる、と思う。

ふと話がとぎれたところで、三好がうまく割り込んできた。

『では、話題も尽きませんが、そろそろ次がありますのでこの辺で失礼します』

『ああ、またいずれ会うこともあるだろう。そのときはよろしくな』

『こちらこそ。今日はお話しできて光栄でした』

営業スマイル全開でサイモンたちと握手した三好と俺が、退室しようとドアを開けたタイミングで、サイモンが再び声を掛けてきた。
『すまない、あとひとつだけ』
あんたはＬＡＰＤ（注1）の殺人課の警部補か。
『最近エリア12のエクスプローラーが、ＷＤＡ世界ランク一位になったんだが――』
俺はドアを開けたまま振り返って答えた。
『らしいですね。それが？』
『――君たちの知り合い？』
このオヤジ、全然目が笑ってねぇ。
『まさか』
そう言って肩をすくめると、そのまま会議室を出て扉を閉めた。

§

（注1）　**ＬＡＰＤの殺人課の警部補**

刑事コロンボのこと。
日本では「うちのかみさんがね」で有名なピーター・フォークの当たり役。
"Just one more thing"（あともうひとつだけ）が定番の台詞。

ＪＤＡダンジョン管理課、課長の斎賀は、Ｄパワーズ専任になった鳴瀬を待ちながら、手元の資料に目を落としていた。

「まったく防衛省も、派手な爆弾を送ってよこしやがって」

ＪＤＡはあくまでもダンジョンの管理組織だ。

そんな組織に、国際政治の力学を持ち込んでもらいたくはなかったが、現実問題としてグレーな領域の存在は避けられなかった。


数日前、防衛省の寺沢と名乗る男から、会いたいという連絡があった。

何か重要な用件のようだったから時間を割いたのだが、そこで渡されたコンフィデンシャルな資料は、ロシア発のとあるスキルオーブを取り巻く国際政治色満載の、文書だった。

寺沢氏が持ってきたということは、ＪＤＡの管理職たる自分にも閲覧資格はあるのだろうが、少なくとも彼は、その資料を、その時点まで見たことがなかった。

碑文の翻訳は、どちらかといえば文化人類学や語学の領域であって、ダンジョン管理課には基本的に関係がないからだ。

しかし、彼はどうしてこれを、うちを通してＤパワーズに持ち込むつもりになったのだろう？

単にあのオークションを見たからだろうか。それとも、何か俺たちが知らない情報を、防衛省が摑《つか》んでいるってことだろうか。

別に、彼らがどんな情報を摑んでいて、それをどう利用しようとしているのかなんて、そんな面倒なことに興味はない。とはいえ、ダンジョンやパーティに関わる情報が、隠蔽《いんぺい》されたまま管理課の頭越しにやりとりされるのは気に入らなかった。

「ＦＢＩに対する地方警察の気持ちってのは、こんな感じなのかね」

斎賀は苦笑しながら、資料を目の前の机の上に置いた。

その時、扉がノックされ、鳴瀬美晴が入室してきた。

§

「それでどういったお話でしょうか？」

「まあ、そう構えるな」

いや、いきなり呼び出されたら何事かって思うよね。と、内心考えながら、美晴は指し示された椅子に座った。

「鳴瀬。お前、なぜＤパワーズに専任がついたのか、分かるか」

「凄い利益を叩き出すパーティに恩を売る、と言いたいところですが、実際は、オーブ保存技術を始めとする未知の技術の調査といったところでしょうか」

「まあ、それもなくはない」

「他にも？」

斎賀は、組んでいた足を入れ替えた。

「お前、ダンジョン＝パッセージ説を知っているか」

「え？　ええ、まあ一応。トンデモ本で読んだことはありますが」

「先日、あれの証拠がロシアから発表された」

「……は？」

「まだ、公になっていないから喋《しゃべ》るなよ」

「はい……」

「しかし、とある事情があって世界中の関連機関はそれを検証できていない。説得力はある。しかし、言っていることが本当かどうかは分からない。現状は、そういったところだそうだ」

「はぁ」

「時に、Dパワーズは、あれだけの数のオーブを売りに出しているにもかかわらず、その出所《でどころ》が全く分かっていない」

「消去法的に代々木でしかあり得ないとは思いますが、芳村さんに下の階層に降りる気配はありませんし、三好さんに至っては、ダンジョンに潜っているという様子すらありません。一番可能性が高いのは、誰かからの買い取りか委託です」

「そうだな。つまり、現象だけを見るなら、どこからともなくオーブを都合できて、それを適切なタイミングで提供できるなんらかの方法がある。と考える以外ないことになる」

「そう……かもしれません」

「そこで、先の検証だ」

「?」

そう言われても、美晴には課長が何が言いたいのかまるで分からなかった。

「検証には、とあるスキルオーブが必要だ」

「まさか」

「そう。そのオーブ――〈異界言語理解〉、を彼らに都合してもらえないだろうか、という話だ」

〈異界言語理解〉。

最近ロシアのキリヤス=クリエガンダンジョンでドロップしたそのオーブは、利用者にダンジョン産の異界言語で書かれている文書を理解する力を与えるものだそうだ。

それを手に入れた研究所は、早速知られている碑文の一部を翻訳して発表した。

「センセーショナルな内容だったんですか?」

「世界中の国が目の色を変える程度にはな。しかし他の研究者には、そもそもその内容を確認することすらできない」

翻訳内容と碑文を付き合わせて、解読を試みてもいるが、そもそも単語が一対一に対応しているわけでもなければ知られていない名詞も数多くあるだろう。

かの国が訳文を正しく公開したのかどうか、なにか伏せられている情報がないのか、そういった事柄に関しては、現在検証不可能な状態らしい。

「もしも内容がデタラメだったりしたら、二個目のオーブが見つかったとき、国際的な信用をなくすだろうから、完全にデタラメということはないだろう。しかし、なにか重要な情報を伏せて利を得ようとしている可能性は充分以上にある。なにしろ発表された翻訳は碑文の一部だったそうだ」

「なんだか、面倒ですね」

　国家の思惑が絡《から》んだ瞬間から、世界は必要以上に複雑化していく。

「それで、どのモンスターがドロップするんですか？」

「分かっていない」

「は？」

「それでも、未登録のオーブを、あれほどほいほいと見つけてくる彼女たちなら、可能性があると思わないか？」

「それをそれとなく誘導しろと？」

「まあ、そうだ」

「そんな無茶苦茶な……」

　Dパワーズには何か秘密がある。それは確かだ。

　それなりに受け入れられているような気もするから、少しくらいは信頼もあるかもしれない。

　しかしいきなりこのオーダー。もし引き受けてしまえば、オーブを取得する方法があると証明するようなものなのだ。

「……理由を聞かれたら喋ってもいいんですか？」

「そこは仕方がない。ただし、口止めはしておけよ」

「分かりました。でも期待しないでくださいよ？」

「いや、期待はするさ」

鳴瀬はそれを聞いて大きくため息をついた。

「……それで、条件はどうするんです？」

何しろさっきの話が本当なら、世界中の国家が喉から手が出るほど欲しがっているオーブだ。先のオークションにでもかけられたりしたら、どんな価格が付くのか見当も付かないが、途方もない金額になるということだけは確実だろう。

「条件は……お友達のお願いってことで、なんとかならんか？」

「なるわけないでしょう！」

実に日本人的でありがちな手段だが、ビジネスの世界でそんなものが通用するはずがない。

しかも途方もないビッグビジネスなのだ。

「だよなぁ……だが、この案件が達成されたときに得られるであろう適正な金額は、ＪＤＡの年間予算でも足りなさそうだぞ？　端的に言えば払えんな」

「家を注文して建てさせた後に、お金がありませんごめんなさい、なんて言っても許してもらえないと思いますけど」

「まあな……ま、その件は上に掛け合って国に用意させるしかないだろう。当面は、経費＋適価で買い取るって感じで進めておいてくれ」

「分かりました。でも適価が用意できなかったら、ＪＤＡの信用は地に落ちますよ」

「その場合は、例のオークションにでもかけてしまえば元だけは取れるさ、確実に」

そんなことをしたら、命が危ない案件なんじゃないのと思わないでもなかったが、その言葉は呑《の》み込んだ。なにしろオーブが見つからない可能性のほうがはるかに高いのだ。

斎賀は立ち上がってブラインドに指を引っかけ、表を眺めると、さりげなく言った。

「それにな、どこの誰だか分からない、エリア12の世界ランク一位の影が、あそこにちらつく気がしないか？」

「未知の三人目、ですか？」

がしゃっと音を立ててブラインドを元に戻すと、彼は美晴の方を振り返った。

「そういえば、ＵＳＤＡ（アメリカダンジョン協会）から連絡が来てな」

「はい」

「明日からしばらくサイモンチームが代々木に潜るそうだ」

「はい？」

「対抗したのかどうかはしらんが、習志野から君津二尉のチームも潜ると連絡があった」

「君津って、伊織さんですか？」

君津伊織は、世界ランク十八位。日本のエースエクスプローラーだ。

「そうだ。明日から代々木は最上位エクスプローラーの揃い踏みだ。管理課も忙しくなるな」

「私もお手伝いに……」

「君はＤパワーズに張り付いていろ。この一カ月で、きっと何かが起こる。〈異界言語理解〉の件

：

はよろしく頼む」

そう言うと斎賀は会議室を出て行った。

残された鳴瀬は思わず呟いた。

「よろしく頼むって言われても……なぁ」

二〇一八年　十一月十二日（月）

SECTION：

代々木八幡

その日、三つの低気圧に囲まれた日本列島は、全国的に天気が悪かった。

どんよりと曇った、少し肌寒い朝を迎えた東京で、俺たちは新しい事務所へと引っ越しを行った。

「うわあ、なんだこれ……」

二階にある自分の部屋の玄関の扉を開けた俺は、思わずそう呟いた。

「北欧風ですね」

ちらりと覗《のぞ》いていった三好が言った。

たしかにシンプルにまとめてほしいとは言った。

そして言葉通りにシンプルで、きれいにまとめられてはいた。

「しかしなぁ……」

俺はダイニングテーブルの上から下がっている、蓑虫《ミノムシ》みたいなライトを見ながら、あまりにオサレな空間に尻込みしていた。どうにも落ち着かない。

「ま、住めば都だ。いずれは慣れるか」

今の気分を一言に集約した俺は、少ない持ち物の整理を始めた。

リビングの壁一面に設置されている重厚な本棚は、分厚くて重たい専門書で埋まれば、とても格好よさそうだ。残念ながら、今どき紙の専門書なんか大して持ってはいないけれど。

持ってきた荷物が少なすぎて、三十分もしないうちに整理が終わってしまった俺は、玄関を出て階下の事務所へと足を運んだ。なお、一階へは玄関を経由しなくても、俺と三好のスペースの間にある廊下から下りられる。

「一階は、三好の趣味の部屋みたいだな」

「へへへ。いいでしょう」

ダイニングにはユーロカーヴのレヴェラシオンが三台並んでいた。中身はまだ……あれ？　ちょっと埋まってるな。

「自分の部屋のダイニングに置くのかと思ってたよ」

「自分の部屋でそんなにガバガバ飲みませんよ！」

それって、事務所のダイニングでガバガバん飲むって言ってるのでは……とは突っ込まないのが他人とうまくやるコツだ。そのはずだ。

すでに事務所然としているリビング側を覗いてみれば、奥にあるL字型をした大きなデスクの上には、三十インチクラスのモニターが三台並んで、すでにメモ用紙が散乱していた。

どうやら俺のデスクっぽいものも配置されていたので、その椅子に腰掛けてみた。うん、いいね。

「先輩、荷物の整理は終わったんですか？」

「ああ、服と本くらいしかないしな」

「え？　食器とか細かいものは？」

「前の家」

「前のって……向こうのアパートはどうなってるんです？」

「面倒だから、しばらく放置」

「うわー、金満ですね！」

まあ、確かに。

いかに面倒でも、以前なら必死で引き払っていただろう。いかにボロとはいえ、家賃は結構するのだ。もちろんまわりに比べればずっと安いのだが。

「これも心の余裕のなせる業かな？」

「単にグータラだと思います」

はい。その通りです。

「そういう三好はどうしてるんだよ」

「私はもう引っ越しましたよ？」

「は？　何にもしてなかったような気がするんだが」

「完全お任せお引っ越し便を頼みました。なにもしなくても、あーら不思議。勝手に梱包《こんぽう》されて、運ばれて、あっという間に元通りの部屋に復元されるんですよ。いやー、コーディネーターといい、引っ越し便といい、世の中にはいろんな魔法があるものなんですね」

「そんな便利なものが……知らなかった」

「世界はお金持ちには甘いんですよ。目から鱗がぽろぽろです」

「ちっ。まあ、おいおい移動させて、綺麗になったら引き払うよ」

「これはずっと維持しちゃうパターンですね」

「うっせ」

そんなやりとりをしていたら、玄関の呼び鈴が鳴った。

三好がＰＣの画面をちらりと確認して、「鳴瀬さんです」と言った。どうやら各所のモニターはＰＣに接続されているようだ。

俺が玄関の扉を開けると、そこには大きな胡蝶蘭《コチョウラン》の鉢植えを抱えた鳴瀬さんが立っていた。

大輪四十個クラスの結構大きなやつで、かなり重そうだった。普通は配送してもらいそうなものだけど……

「あ、お引っ越しおめでとうございます。これ、お祝いです」

「うわっ、凄いですね。ありがとうございます」

しかし胡蝶蘭って育てるの難しいんじゃなかったっけ、などと失礼なことを考えながら、お礼を言って受け取った。

§

「あの、お引っ越しが一段落したところで、専任管理監としてお願いがあるのですが」

引っ越しの挨拶もすませ、コンビニ商品とはいえ、蕎麦《そば》も一応食べた後、飲み物片手の雑談の最中に、鳴瀬さんが突然居住まいを正して、そう切り出してきた。

「なんです改まって？　いいですよ、できることでしたら」

いつになく緊張しているような彼女を見て、三好がフランクに答えた。

「あ、あの……実は、とあるオーブを探していただきたいんです」

「オーブを、探す？」

俺と三好は、顔を見合わせた。一体どういうことだろう？

「どんなモンスターがドロップするんです？」

「分かりません」

「え？」

「えーっと、代々木でドロップするんですよね？」

「それも分かりません」

「ええ……」

「そのオーブ〈異界言語理解〉は、世界でたった一度だけ、ロシアにあるキリヤス＝クリエガンダンジョンでドロップしました。ただし、どのモンスターからドロップしたのかは、公開されていないんです」

〈異界言語理解〉とは、また、すごい名前のスキルオーブだな。

「それで、どうしてそのオーブが必要なんですか？」

鳴瀬さんはため息をひとつつくと、極秘事項なのですが、と我々に口止めをした後で話し始めた。

「つまり、そのスキルの効果でダンジョン碑文の翻訳が行われたけれど、その翻訳の内容に嘘がないかどうかは現時点では分からないということですか？」

「そうです。その検証のために、世界中の国がそのオーブを探しています」

「先輩、ちょー儲《もう》かりそうですよ！」

近江《おうみ》商人が目を¥にして、飛び上がった。

「え？　仮に手に入ったとして、オークションに出しちゃっていいものなの、それ？」

「あ、そうか……」

「私としましてはＪＤＡに譲っていただけると大変助かるのですが……」

「自由経済って、そういう点では強制が難しくて大変ですよね」

俺は笑いながら、そう言った。

「そのキリヤスなんとかダンジョンの、モンスター構成は分かりますよね。それは代々木にも？」

鳴瀬さんは頷いた。

代々木は非常に広く、環境やモンスターの多様性については世界でも屈指のダンジョンだ。

ひとつのフロアの中に、いくつかの環境セクションがあるフロアも確認されている。フロアボスだけでなく、各セクションのボスみたいなモンスターまで存在していた。

「ほとんどは確認されています」

そう言って、キリヤスダンジョンにいるモンスターの一覧を渡してくれた。

俺は三好とそのリストを追いかけた。

「言語理解ってことは、なにか喋りそうな知性のあるモンスターですかね？」

「バンパイアみたいなタイプか？」

「そうそう、そんなの」

因《ちな》みにバンパイアは、今のところ見つかっていない。

もちろん三好が言ったような可能性もあるだろうが――

「たぶんこれだな」

俺は一匹のモンスターを指さした。

ブラッドクランシャーマン。

ゴートマンのように社会性の高いモンスターは、特定の地域でクランを作っていることがある。

そのクランの中で、魔法を操る職業の代表格だ。

三好が不思議そうな顔で聞いた。

「なんで分かるんです？」

「不思議だと思わないか？」

「なにがですか？」

「鳴瀬さん、モンスターの名前は誰が付けてるんです？」

「一般的なものは、発見者や国が適当に付けたものを、ＷＤＡが正式名称として発表します。ただし、素材アイテムがドロップした場合は、大抵名称が書かれていますので、その名称に修正されますね」

「そこですよ」

「？」

「大抵のモンスターは、地球の神話や、それを引用したゲームの世界などから名前が付けられているように見えます」

「はい、概《おおむ》ね」

「アイテムに付いていた正式な名称は、言ってみればダンジョンが指定したものです。にもかかわらず、いままでドロップしたオーブは、大抵がそのモンスターが落としてもおかしくない範囲の効果を持っていた」

「そう、ですね」

「どうして、そのモンスターが落としそうだと我々が考えるオーブが、ちゃんとドロップするんでしょうね？」

俺はスライムのドロップ可能性があるオーブを見て、とても不思議に思っていた。

それはまるで、我々がドロップアイテムを決めたかのようなラインアップだったからだ。

異世界？から来た、スライムと名前を付けられた未知の生物が、どうして日本のゲームのスライムと、名前を付けられたときにはまるで知られていないはずの性質まで一致しているのだろう？

「このゲームをデザインしたヤツは、地球の文化をよく理解しています。非常に詳しいと言ってもいい」

　鳴瀬さんは唖然とした顔で聞いていた。

「そこで、考えられる可能性は三つ」

　俺は三本の指を立てた。

「ひとつ目は、たんなる偶然」

　確率的にはあり得ないけどな。

「ふたつ目は、プラトン言うところのイデアの存在」

　それにしたって、名称が一致するというのはどうだろう。

　ダンジョンカードはネイティブ言語で表示されるという。だからモンスターの名称も認識の上で置換されている、と考えることはできるかもしれないが。

「そうして、三つ目は、ダンジョンのデザインをしたのは地球人だという可能性でしょうか」

「そんな馬鹿な……」

「そうですか？　そう考えるのが一番しっくり来るんですけどね」

　俺は冗談っぽく笑いながら、コーヒーを口にした。

「ともかくそう考えた場合、地球の神話、特にケルトあたりでは、言葉や文字を操ることは、それ自体が魔法と同義です」

「社会性のあるモンスターの中で魔法を操るものは、言葉や文字に関わるスキルを持っているってことですか？」

三好が核心を突く。

「そう。リストを見る限りクランを作るほど社会性のあるモンスターは、ゴートマン系だけだ」

鳴瀬さんは代々木のモンスターリストを取り出した。

「残念ながらブラッドクランは代々木にはありませんが、ムーンクランがあります」

ゴートマン系ムーンクラン。

代々木十四層の奥、これまた十五層への階段とは反対方向の、いかにも過疎りそうな場所にあるセクションだ。

「でも先輩。同一クランにシャーマンがそんなにたくさんいますか？」

大抵は一匹か、せいぜいが数匹といったところだろう。

「そこだよな。でも、いなくなったらすぐに他の個体がシャーマンに変異するんじゃないかと思うんだ」

「根拠ないですよ？」

「まあな。でも自然界では結構あるだろ、そういうの」

もっとも、ほ乳類にはさすがにいないか。

「あとは、十四層まで行ったり来たりするのって、すごい時間がかかりそうですよね」

それには鳴瀬さんが答えてくれた。

「標準的な直行ルートだと二日ですね」

「どっかに拠点を作って、エクスペディションスタイルで行きますか？」

エクスペディションスタイルは、登山用語から来た言葉だ。

ダンジョンの中にベースキャンプを作り、そこからいくつか層を降りる度にキャンプを設営して、複数のサポート隊員がキャンプ間で物資を運搬し、冒険を支える方法だ。

対して、少人数のパーティだけで攻略する方法を、アドベンチャラースタイルと言う。

「いや、アドベンチャラースタイルで行くことになると思う」

「え？　本当に？」

驚いたように言う鳴瀬さんに向き直ると、俺は適当にごまかした。

「まあ、お願いは了解しました。ちょっと探してみますよ」

「あの……無理はしないでくださいね」

「もちろんです。グータラ生きていくのが俺の夢ですからね。ではちょっと準備がありますので、今日はこの辺で」

「分かりました。一応課長への報告もありますので、私は一旦ＪＤＡに戻ります」

「さっきのシャーマン予想については、まだ報告しないでください。面倒が増えると嫌なので」

「分かりました。一応お引き受けいただいたことだけ伝えさせていただきます」

「あまり期待しないように言っておいてくださいね」

「お疲れさまー」

俺たち二人は、玄関を出て、ＪＤＡに戻っていく鳴瀬さんを見送った。

携帯で報告すればいいだけのような気もするが、何か事情があるのかもしれない。

「先輩、本当に行くんですか？　十四層。私たちまだ二層に降りたこともありませんよ？」

「まあ、なんとかなるんじゃないかな」

「あ、そういえば先輩の世界ランクって一位だったんですよね。全然そんな感じしないから、すっかり忘れてましたけど」

「失礼なヤツだな。もっとも、俺も全然そんな感じがしないんだけど」

俺たちは顔を見あわせて吹き出した。

「まあ、やばそうならすぐに逃げ帰ろう。それでさ——」

俺は三好にあるものの調達を頼んだ。

三好は驚いた顔をしたが、探しておきますと請け負ってくれた。

「後な……」

俺は目の前に四つのオーブを取り出した。〈収納庫〉、〈超回復〉、〈水魔法〉、〈物理耐性〉だ。

「先輩、これ……」

「まあ、どうせ〈収納庫〉と〈超回復〉は試してみなきゃだしな。〈収納庫〉はともかく〈超回復〉は十一月の半ばにもうひとつ追加できるし、俺には〈保管庫〉があるから、これは三好が使っとけ」

「分かりました。残りは——」

「その四個を除けば、〈超回復〉が二個と〈水魔法〉が三個。〈物理耐性〉が七個だな」

「〈物理耐性〉はヘタすると毎日一個採れますからねぇ」

「三好と俺で一個ずつ。自分たちで使う分だけ残しておけば、後は全部売ってもいいよ。段々値段も下がるだろう」

「分かりました。じゃ、次のオークションには、〈物理耐性〉三個、それに〈超回復〉を一個出して様子を見ましょう」

「月二回、四個ずつか。悪くないな」

「いや、先輩。去年の代々木ダンジョンから出たオーブは、公称四個ですから」

あ、そういえばあの四角い人が何かそんなことを言っていたような……

「と、ともかく、十四層に行くんなら使っとけ。あと使用レポートもよろしくな」

「スキル取得の最大数テストみたいになってきましたね」

三好は引きつった笑いを浮かべながら、〈収納庫〉に触れた。

「初めて使うときは『おれは人間を辞めるぞ！』って言うのがルールだぞ」

「そういうことは、もっと早く言ってくださいよ！」

触れていたオーブが、光になって拡散し、触れていた部分からまとわりつくように三好の体に吸い込まれていった。

オーブの使用を外から見たのは初めてだったが、こんな風に見えるのか。

「で、どうだ？」

「んー、なんか体が再構築されたような、変な感じです」

そうそう。そんな感じだった。

「先輩も準備するでしょう?」

「そうだな」

そう言って俺は自分の〈物理耐性〉と〈水魔法〉、それに〈超回復〉を取り出した。

「急に取得しすぎて、頭がバーン!ってなったりしないかな」

「スキャナーズですか! やめてくださいよ、部屋が汚れますから」

「そこかよ!」

そうして俺たちは、残りのオーブを取り込んだ。

幸い頭は破裂しなかった。

SECTION：
代々木ダンジョン

　無事に多数のスキルを取得した後、まだ結構時間が早かったから、ついでにそれらのテストをしようと代々木までやって来た。そこで、ちょうど向こうを歩いているサイモンたちと鉢合わせした。

「げっ……」

　何でこんな時間にサイモンがここに？　潜るにしても、もっと早い時間なんじゃ……

『ふーん、ここが代々木か。随分きれいなエントランスだな』

『都心のど真ん中にあるダンジョンだからね。浅い階は娯楽色も強いらしいよ』

　サイモンが感心するように言うと、ナタリーが代々木のパンフレットを開きながら答えた。

「おい、あれ、サイモンチームじゃないのか？」

「ええ？　って本物？　ファルコンインダストリーのサイモンモデルじゃなくて、オリジナル？」

　俺の隣にいた二人組が、それなりの声量でそんな話をしたために、サイモンがこちらを振り返りやがった。カクテルパーティ効果ってやつだ。

『お？　芳村じゃないか！』

　サイモンのヤツは、軍人とは思えないくらいフレンドリーだ。

右手をブンブンと振ってこちらに向かってやって来る彼に、隣の二人が驚いたような顔をして、こっちを振り返った。ヤメロ、目立つだろ！

『や、やあ、サイモン。こないだぶり』

近づいてきたサイモンは、俺の格好を見ると開口一番こう言った。

『ヨシムラ。あんたその格好でダンジョンに潜るのか？』

『？　大体いつもこの格好ですけど？』

『クレイジー。あんた、命はいらないのか？』

『いりますよ！　死にそうなところには近づかないから大丈夫なんですよ！』

『ダンジョンじゃ、何が起こるか分からないだろう？』

サイモンは呆れたようにそう言ったが、何が起こるか分からないような場所には行かないんだっての。

その時、入り口付近がざわついた。サイモンと二人で振り返ると、そこには『凛《りん》とした』という言葉を、そのまま体現したような女性がこちらに向かって歩いてきていた。

君津伊織。習志野駐屯地にあるダンジョン攻略群所属の二尉で、ダンジョン探索では、押しも押されもせぬ日本のエースだ。

近づいてくる彼女を見て、サイモンが焦《あせ》ったように言った。

『やべ、イオリだ。そういやあんたら、またオーブを売りに出したそうだな。かなり興味はあるが、今はサヨナラだ』

『なんです急に？』

焦って離れていくサイモンに、どうしたんだという顔をすると、彼は、『俺はイオリが苦手なんだよ』とウインクしながら手を振って去っていった。なんともお茶目なヤツだ。

「あの人、私の顔を見ると、いつもああなの」

すぐそばまで歩いてきた君津二尉が、誰に言うともなくそう言った。

「そうなんですか？」

俺が適当に相づちを打つと、彼女はこちらを見て眉根を寄せた。

あれ、俺なんかしたっけ？　確かにサイモンとは知り合いだけど、アメリカのスパイとかじゃないですよー。

「あなた、その格好でダンジョンに潜るわけ？」

……そこかよ。

それを向こうから見ていたサイモンが、ほらみろと言わんばかりの顔で笑いながら、サムズアップしてダンジョンへ降りていったのが、少しむかついた。

「ずいぶん親しそうだったけど、あなたサイモンの知り合いなの？」

「ええまあ。とは言っても、オーブの取引でちょっと面識があるだけで、そんなに親しいわけじゃ――」

「オーブの取引？」

§

「オーブの取引？」

私と同じくらいの年に見える男がそう言った。

少しひょろい感じの男だが、サイモンとオーブの取引をしているとなると、ただものではないはずだ。最近で表に出た取引となると……

「あなた、Ｄパワーズの関係者なの？」

そう言うと男は一瞬驚いたような顔をしたが、すぐに普通の顔を取り繕った。

「ええまあ。しがないＧランクのパーティメンバーです」

伊織はその返答に微かな違和感を覚えた。

なぜ意味もなくＧランクを強調するのだろう？　通常Ｇランク冒険者は、明らかに初心者然とした一部の例外を除いて、それを言いたがらない傾向が強い。例外は、誰かに庇護してもらう場合のように、弱者を強調したほうが有利なときだけだ。今がそのタイミングにあたるとは、伊織には思えなかった。可能性があるとしたら、自分の実力を偽りたいときだが……

「あなた、カードを取得したのは最近？」

「え？　ええ、まあ。先月ですけど……」

それで、すでにサイモンと気楽に話せる間柄？　まさか、私と同じような経験を――

伊織は、自分が自衛隊の救助隊に助けられたときにあった一連の事件を思い出していた。

SECTION :

沖縄

それは、二〇一五年の夏も終わろうとしていた頃だった。

世間では、夏の初めに現れたダンジョンが話題をさらっていたが、実際に伊織に影響があったのは、千代田線の代々木公園～原宿間が切断された事件くらいだった。

生活も以前とそれほど変わることはなかったし、今だって卒論が佳境に入る前の最後の息抜きに、友人と沖縄を訪れていた。

「美保《みほ》。本当にこの道であってるの？」

二人が歩いている道は非常に細く、まるで樹木で作られたトンネルのようだった。

じっとしていても汗が噴き出すような気温と粘つく空気が、まるでどこかのジャングルを歩いているような気分にさせた。人生最後の伴侶を求めるセミたちの叫びが、その不快感に輪をかけていた。

「んー、たぶん。だって他に道なんかないし」

あまりの根拠に不安になった伊織は、オリエンテーリングよろしく地図アプリとコンパスアプリを起動して、道を確認しようとした。

「あ、あれ？」

しかし、スマホのコンパスは、動く度に、意味不明な方向を指し示した。

「おっかしいな？」

「キャリブレーションしてみたら？」

美保は、自分の手にスマホを持ったポーズで、目の前にレムニスケート《∞》を描き出した。この調整方法は、旭《あさひ》化成《かせい》エレの特許技術らしい。初めて聞いたときは、よく考えるものだなと感心したものだ。

しかし、同じ行為を数回行った後でも、特に結果は変わらなかった。

「このへん地磁気がおかしいのかな？」

「おおー?!　なんかパワスポしてない?!」

「ああ、はいはい」

美保は工学系女子だが、スピリチュアルが大好きだ。

とはいえ、彼女は、その内容の大部分が科学的には大して意味のないものであり、主に精神的な領域にのみ影響を与えることをきちんと認識して楽しんでいるので、一緒にいても不快になるようなことはまるでなく、どちらかといえば伊織も楽しめることが多かった。

パワースポットなどと呼ばれる場所には、大抵、美しい風景や心を動かす何かが、高い確率で存在しているからだ。

「大丈夫、大丈夫。苦労の先には、素敵なご褒美《ほうび》が待っているものよ」

美保はそう言って再び歩きだしたが、相変わらず汗はにじむし、草いきれは立ち上ってくるし、セミたちの生命の謳歌《おうか》はうるさいし、時折羽虫のようなものまでが飛んでくる。スピリチュアルが好きな友人に、いろんなところへ連れて行かれたけれど、ここは一二を争う大変さだった。

さらに時間が経過して、さすがの伊織も嫌になりかかってきたころ、それは突然に現れた。

それは道の行き止まりにある、ぽっかりと開けた場所だった。

木漏れ日が光の筋を作り出し、あれほど蒸し暑く感じた空気が、まるでそこだけ別の世界のように清涼に感じられた。

「すご……」

「たぶんここよね」

綺麗に下草が刈り取られたDの字をした空間には、基本的になにもなかった。

ただ、白い四角柱の石だけがぽつんと、Dの直線の側の中央に立っていた。

「それがイビ石?」

「たぶんね」

伊織が尋ねると、美保が頷いた。イビ石は、それを目印に神様が降りてくる石で、言ってみれば神界からの道しるべだ。

「御嶽《うたき》って言うのに、どこにも鳥居っぽいものはなかったけど」

昨日までに回ってきた、八重山の御嶽と呼ばれる場所には、それなりに鳥居が立っていたのを思い出して伊織が言った。

「あれは、皇民化政策による神道施設化の結果だから明治以降のものだし、最近じゃ結構撤去されてるらしいよ」

「へー」

ならここは、鳥居を撤去したか、そうでなければ最初から建てられなかった場所なのだろう。

伊織は辺りを見回しながら、おそらく後者に違いないと思った。

それにしても、ここにはおかしなくらい何もなかった。

今までたどってきた道にあった、夏の名残を惜しむかのような、暑さや、草いきれや、汗にまとわりつく小さな羽虫などが、本当に一切、なにもないのだ。

ただ奇妙に空虚な清浄さだけが、その場所を支配していた。

「白河の清きに魚も住みかねて?」

なんとなく、寛政《かんせい》の改革を推し進めた、松平定信《まつだいらさだのぶ》を思い出しながら、ついそんな台詞が口を衝《つ》いた。

それだけでなく、ここは奇妙な静寂に満たされていた。

道行きにうるさいほど聞こえていた、セミの声がひとつも聞こえないのはなぜだろう。

それだけなら、セミが鳴きやんだと考えればいいのかもしれないが、それと一緒に聞こえていた、すぐ先にある海の潮騒《しおさい》の音まで聞こえなくなったのは、一体どういうことだろう。

伊織の目には、それまでただ清涼で美しかった辺りの景色が、どこかの異界に迷い込んだかのような、異質なものに見え始めていた。

「神に出会う場所だもんね。これがスピリチュアルな効果ってやつかな」

冗談で、不安な気分を誤魔化しながら美保の方を見てみると、彼女はその場所の写真を撮りながら、いまはイビ石の全景――Dの部分の直線をすべてフレームに納めようと、じりじりと後ろへ下がっていた。伊織は、彼女が後ろに向かって転《こ》けたりしないように、注意しようと近づいた。

「んー、もうちょっと左かな……」

曲線側の頂点まで下がっていた美保が、少し左に移動すると、その場所には地面がなかった。

「わっ?!」

「危ない！」

声を上げて転びそうになる美保の腕をとっさに掴んだ伊織は、力任せにそれを引っ張った。

美保の体が上へと引き上げられた代わりに、伊織は反動で、なにもない広場の外側へと一歩を踏み出してしまい――そのまま急な斜面を滑り落ちていった。

§

「伊織ー！　伊織ー！」

頭の上の方から、必死に自分を呼ぶ声が聞こえる。ああ、美保ね。

「痛ったー」

日焼けを恐れて長袖を着てきたのが幸いしたのか、酷い怪我《けが》はなさそうだった。

おそるおそる手足を動かしてみても、どこかを折ったりくじいたりしたような様子はなく、小さな擦過傷程度ですんでいるように感じられた。

上を見上げると、細い裂け目のような空が見える。斜面は急峻《きゅうしゅん》だったとはいえ、距離はそれほどでもなく、最後は岩の割れ目のような場所へと落ちたようだった。

「美保！」

「あ、いーおーりー！　大丈夫ー?!」

「大丈夫！　ちょっとすりむいたくらい！」

「よかったー。どう、上がって来られそう？」

伊織は、そう言われて初めて辺りを見回した。割れ目から光が差し込んでいるとはいえ、かなり薄暗くてよく見えない。

胸ポケットに入れておいた携帯は、どこかへと飛んでいったようで、見つからなかったが、幸い背負っていた小さなリュックサックは無事だった。

ガマ（洞窟）へ行くかもしれないと用意しておいた懐中電灯を取り出すと、先を確認しようとそれを点灯した。その光を受けて、壁や落ちている石の一部が、金色に反射した。

「金？　なわけないよね」

たぶん鉄鉱石だろう。磁鉄鉱あたりは金色になることがあるはずだ。さっきからコンパスがおかしかったのは、強磁性の小さな鉱脈とかがあったせいなのかもしれない。

「伊織ー？」

「あ、ごめん。えーっと……こっから上るのは無理そう！　この先が洞窟になってて、結構先まで続いてるみたいだから、ちょっと見てみる！」

「え？　やめなよ！　危ないよ！　今すぐ助けを呼んでくるから、動かないほうがいいって！」

「うん！　でもちょっとだけ――」

そう言って、先の暗闇に向けた懐中電灯が、現実感のないものを浮かび上がらせた。

「きゃーーー!!」

「伊織?!　何?!　どうしたの!!」

懐中電灯の光の中に浮かび上がったのは、どう見ても人の骨だった。しかも全身分が揃っているようだ。

「あ、あ、ごめん。ちょっと驚くようなものがあって……」

「何？　海賊のお宝でも見つけた？」

「お宝？　うーん。まあ、文化人類学的には……いや、ちょっと新しすぎるかな」

「何言ってんの？」

その白骨は、まるで何かの儀式を行ったみたいに、丁寧に安置されていた。

沖縄は、伝統的に風葬だ。今は火葬になっているとはいえ、離島ではいまだに甕棺《かめかん》葬が行われているし、宮古《みやこ》では七〇年代まで洞窟葬が行われていたという。遺体はガマに置かれ、何年か経った後に洗骨されて納骨される。

　ガマは生者の世界と死者の世界の境界だ。それは聖域であると同時に穢《けが》れを流す場所でもあったのだ。よく見ると、その白骨のまわりに、他の人間の骨のようなものがいくつも散らばっていた。

「えーっとね。どうやら、ここは、お墓みたい」

「お墓?!」

「うん。洗骨を待っているって感じの人が――」

　そう言おうとしたとき、洞窟の先の角を曲がってぼんやりと光る何かが現れた。

　それを見た伊織は、実は自分はもう死んでいるのではないかと、そう思った。

「伊織?　伊織!?　どうしたの?!　なにかあった?!」

「美保。静かに……」

　姿を現したのは、背びれを優雅にくねらせながら直立して浮いている、綺麗な銀色をした魚だった。背びれが動く度に虹色の光が煌《きら》めいて、目を奪われるくらいに美しかった。

　問題は、ここが地上で、かの魚が泳いでいるのは空気の中だということだ。

　自分の頭がおかしくなって、幻覚を見ているのでなければ、この現象を説明できる原因はひとつしかなかった。

「美保、警察へ電話して、ダンジョンらしき洞窟が見つかったって伝えてくれる?」

「ダンジョン!?」

「少し先に、それっぽい何かがいるの」

「何かって……大丈夫なの？」

「分からないけど、このまま見つからないように隠れてるから」

「分かった……もう、なんでここ圏外なの?!　ちょっと待ってて、すぐに戻ってくるから！」

そう言って、美保は駐車場の方へ向かって走っていったようだった。

「見つからないにこしたことはないけど……」

そう呟いて彼女はリュックサックの中から、一本のサバイバルナイフを取り出した。

ハンドグリップに桃太郎らしきものが桃から生まれる彫り込みのあるナイフで、なんでも岡山のナイフメーカーが制作したものらしい。

沖縄に行くと言ったら、弟が、原生林に行くんならお守りにこれ持ってけよ、と言って渡されたものだ。邪魔になりそうだからおいていこうかとも思ったけど、お守りだと渡された以上、仕方なく鞄《かばん》の底に入れて持ってきていたのだ。

「たまには役に立つじゃん、あいつ」

太くごつい刃のナイフを見ていると、少しだけ安心できる気がした。

岩の影からちらりと向こうを泳いでいる銀色の魚を覗いてみると、何匹かで群れになって、細く降り注ぐ光の中を静かに泳いでいた。

もしもあれが太刀魚《タチウオ》だとしたら、バリバリの肉食魚だ。その鋭い刃は触れるだけで切れるカミソリのようなものだ。伊織は心の底から、こっちへくんなと念じていた。

念が通じたのかどうかは分からなかったが、空飛ぶ太刀魚は、しばらくそこにいた後、やって来た方へと戻っていった。

「はぁ～」

安心して座り込んだ伊織の首筋に、何かがちょんと触れた気がした。

おそるおそる振り返った、伊織の目の前には、二メートルはありそうなホオジロザメが、今まさに口を開いて彼女にかぶりつこうとしていたところだった。

「――――！！！」

声にならない悲鳴を上げた彼女は、無我夢中で手に持っていたサバイバルナイフを振りかぶり、思いっきりその鮫《サメ》の頭に突き立てた。

まさか反撃されるとは思っていなかった鮫は、体を反転させると、その勢いで彼女をはじき飛ばした。

「がはっ！」

反対側の壁へと叩きつけられた彼女は、背中を強く打ってすぐに立ち上がれなかった。

向こうでのたうっていた鮫は、どうやら死ななかったようで、何の感情もこもっていない黒い目をこちらに向けると、凄い速度で襲いかかってきた。

それをうつろな目で見ていた伊織は、本能で、体を下にずらすことでそれをかわそうとした。そうして、自分の体の上を、大きく口を開けて笑っている悪魔の顔が通り過ぎたとき、理不尽な事件に強い苛立《いらだ》たしさを感じて、八つ当たり気味に思いっきり下からその腹を蹴り上げた。

非力な女性が力いっぱい蹴り上げたからといって、モンスターが倒せるはずもない。しかしその蹴りは、魔物の進行方向と、この後訪れるはずだった彼女の運命をわずかにずらすことに成功した。

進行方向に対して、わずかに下に向けられたサメは、頭に刺さったままのナイフの柄を壁に強く打ち付けたのだ。サメは強く痙攣《けいれん》すると、そのまま黒い光となって消えていった。

ぼんやりとそれを見ていた伊織の頭の上に、サメに刺さっていたサバイバルナイフが落ちてきて、彼女の髪の一部を切り取りながら地面にその刃を突き立てた。

そして、寝そべっている彼女の胸元には、まるで何かに祈りを捧げるための呪具のように、銀色のカードが現れた。

「もしかして、助かったのかしら」

そう呟いた彼女の前に、虹色に輝くオーブが現れたのは、生贄《いけにえ》に捧《ささ》げた髪の対価だったのだろうか。背中の痛み以外、世界の全てから現実感が失われていた彼女は、何のためらいもなくそれに触れると、その力を解放した。

重力が失われたような浮遊感に包まれた後、体が作り直されるような不思議な感覚が終わると、不思議なことに、背中の痛みもほとんど消えていた。

彼女はおそるおそる体を起こして、手足に骨折などの異常がないことを確かめると、静かに立ち上がり、汚れを払って、ナイフと懐中電灯を拾い上げた。

そうしてぼんやりと、さっき手に入れた銀色のカードを眺めた。そこには不思議なことに、自分の名前やランクが記述されていた。

「これがDカードなのね」

　ダンジョンのモンスターを初めて独力で倒したときに得られるカードのことは、散々話題になっていたから知っていた。そうしてそこには、彼女が取得したスキルの名称も刻まれていた。

「〈磁界操作〉？　……あの魚たちって磁力で浮いてたの？」

　そう呟いた彼女は、手に持っているサバイバルナイフを掌《てのひら》の上に浮かせてみた。

「本当に浮いた……」

　ナイフに使われるステンレスは、大抵がマルテンサイト系、つまりは強磁性なのだ。

　彼女は、工学女子向きのスキルっぽいなと考えて、ちょっと笑った。磁束をイメージしてやれば、比較的簡単に操作ができたからだ。

　足元に落ちている石ころに自分の力を使うと、それを手元に引き寄せることができた。沖縄でもとれる磁硫鉄鉱は、強度にばらつきはあるが磁性体だ。

　もしかして、と考えた彼女は、同じような石の上に乗っかって自分ごと浮かせようとしたが、それは叶《かな》わなかった。

「酷い。これって私が重すぎるってこと？」

　他に原因があるのかもしれないが、今はそんなことを考察している暇はない。

　いつダンジョンのモンスターが現れて襲ってくるか分からないからだ。手に入れたスキルが武器になるというのなら、すぐにでも使いこなさなければならなかった。

　磁界の操作ができるということは、レールガンっぽいものが……とも考えたが、いくら磁束密度を高くできても、電荷がゼロなんだから、ローレンツ力はゼロか、と思い直した。

「〈磁界操作〉だけでなんとかするなら、誘導加熱かコイルガンね」

高速で磁界の向きや強度を変化させると、その中に置いた金属には電磁誘導による電気が発生する。ファラデーの電磁誘導の法則だ。

その時の起電力の大きさは、dΦ／dtで表される。Φは磁束でtは秒、dはもちろん微分を表すライプニッツ記法だ。平たく言えば、一秒あたり一ウェーバーの磁束の変化は、一ボルトの起電力を生じさせるということだ。

〈磁界操作〉で磁界密度や磁場の強さや方向を操作できるなら、磁束を自由に変化させられるわけで、理論上起電力は無限に大きくできるはずだ。

その時発生するジュール熱は、R×I^2×t。Rは対象の電気抵抗値Ω。Iは流れる電流A。tは流した秒数だ。起電力をVとするなら、発生する電流は、Ωの法則から、I＝V／Rだ。

つまりジュール熱は、V×I×tだから、起電力を無限に大きくできるなら、発生する熱量も無限に大きくできるはずだ。その物質に電流が流れなければならないが。

コイルガンの原理はもっと簡単だ。磁性体を強力な磁場で引っ張って飛ばすだけだからだ。

従来の世界では電流の制限があって強い磁場が得られないため、充分な初速が得られないが、磁場そのものを操作できるのなら話は別だ。

「んー……」

伊織は掌の上に乗せた、磁硫鉄鉱らしき石の周りに、コイルでは得られないほど強い磁界を形成してみた。その瞬間、掌の上だけでなく、周囲の磁性を持った石が一気に引き寄せられるのを見て、慌てて磁界を解除した。

「うわっ、あっぶな……」

通常、極が作り出す磁界の強さは、逆二乗の法則に従い距離の二乗に反比例する。

つまり、距離が離れると急激にその強さが弱まるのだが、それでも周囲の磁性体が動き出す程度には強力な磁場が形成されていた。

「操作って、極論すれば、磁束の強さと方向を自由にできるってことよね」

掌の上の磁性体に自分の体から離れる方向へ強烈な磁束密度を持った磁束を与えた瞬間、それは目の前から消え、十メートルほど先の壁に激突して酷い音を立てた。

そのあまりの威力に呆然としていた伊織は、今の音に誘われて、角を曲がってくる銀色の魚の群れを見て我に返った。

一瞬、さっきのサメを思い出して、顔を青くしたが、近づかれる前になんとかした方がよいと覚悟を決めて、足元の石ころをいくつか拾い上げた。

さっきの引き寄せで、周囲の磁性体は足元に集まってきていたのだ。

「いっけー!!」

さっきと同じ要領で、磁性体に力を加えると、群れの中の一匹がはじけ飛んだ。

「通用するじゃない。狙ったのと違うけど」

伊織は、ターゲットまでの磁束のラインを思い浮かべた。

通常の引き寄せ型のコイルガンなら、引き寄せるための極を通過した場合、速やかにその磁界をオフにしなければ今度は弾が戻ってくることになるが、磁束を自由に編集できるのなら、そんなことを気にする必要はなかった。

撃ち出された磁性体は、発生した磁界に従って、おそらく伊織が思い浮かべたラインに従って飛び、ターゲットに命中した。

なにしろ発射された弾は視認できるような速度ではない。ラインに従って飛んだかどうかは推測するしかなかったが、当たったということはたぶんライン通り飛んだに違いなかった。

そうして、向かってきた太刀魚の群れをすべて殲滅《せんめつ》すると、伊織は白骨死体に手を合わせて、洞窟の先へと足を進めた。

§

救助要請を受け取った警察は、すぐにそれをダンジョン対策の部署にまわした。

その情報は、すぐに最も近くに訓練で展開していた、ダンジョン攻略群に伝えられた。

災害派遣の枠組みの中でしか派遣活動を行えなかった自衛隊の仕組みは、ことダンジョンに関する限り大幅に簡略化され、通報を受けたダンジョン対策部署から、直接派遣要請を行うことができるようになっていたのだ。

この件に関しては、自衛隊の出動を容易にするための改悪だとか、戦争のために利用されるなどといった的外れな議論が多数あったが、ダンジョンから漏れ出すモンスターの脅威が発生したことで、反対意見は簡単に駆逐され、速やかに適切な仕組みが作られた。

今回は、たまたま洞窟の多い沖縄で訓練をしていた、鋼二曹率いる、ダンジョン攻略群第一分隊に救助命令が下った。

彼らは素早く装備を調えると、急いでコウキ（注1）へと乗り込んだ。

「いや、さすが沖縄。エアコン付きのコウキが配備されていたとは知りませんでした。でも大して冷えてませんね」

外よりはマシな温度に保たれていた車内に勢いよく乗り込んだ、お調子者の海馬士長がそう言った。沖縄の陽射《ひざ》しは強い。曇りでも上半身裸で一日中外にいれば、場合によっては全身火傷《やけど》をしたような状態で苦しむことだってあるのだ。そんな外に比べれば天国のような環境だった。

「よし、全員乗り込んだら出発だ。状況は、移動しながら説明する」

そう言って、鋼は全員に資料を配布した。

「一一：一五《ひとひとひとご》、女性一名がその地図にある洞窟らしき場所に滑落した」

「洞窟らしき場所？　しかし、うちに命令が来たってことは……」

「そうだ。どうやらその場所は、未発見のダンジョンだったらしい。そのため、最も近場にいた我々にお鉢が回ってきたということだ」

それを聞いた隊員は、ダンジョンに非武装の女性が一人では、すでに犠牲になっているのではないかと考えたが、口に出したりはしなかった。

「女性の名前は君津伊織、二十二歳。我々の目的は、その女性の救出、および可能ならばダンジョンの攻略だ。なお、当然だが救出を優先する」

その資料を黙って見ていた、地元出身の宮城《みやぐすく》士長が青白い顔で、ぽつりと呟いた。

「あぬてぃらーやむん……」(注2)

「なんだって？」

呪文のような言葉を隣で聞き取った、沢渡三曹が宮城を振り返って聞いた。

沢渡を見た宮城は、さらに顔色を悪くして、苦しそうに言葉を絞り出した。

「そこにある洞窟は、言ってみれば忌地なんです。地元では単にティラーと呼ばれています」

「ティラー？」

その話を聞いた鋼が、聞き返した。

宮城の説明によると、ティラーは洞窟を表す琉球《りゅうきゅう》方言だそうだ。

ガマが自然洞窟そのものを意味しているのにたいして、ティラー、またはティラは、『寺』から

(注1) **コウキ**
高機動車。HMV（high mobility vehicle）
陸上自衛隊の人員輸送用自動車のこと。

(注2) **あぬていらーやむん**
あの洞窟は悪いものに取り憑《つ》かれている。

転じた言葉で、風葬地である洞窟を表しているそうだ。

「風葬地が、terrorとはまた、しょってるな」

「鋼隊長」

酷く青白い顔に、悲壮な表情を加えて、宮城が言った。

「これは冗談なんかじゃないんだ、そこはヤバいんです！　そこは……捨てられた神が棲《す》まう場所なんですよ！」

宮城から出た、あまりの台詞に、隊員は誰も言葉を発することができなかった。

二十一世紀の現代に、捨てられた神の棲まう場所？

誰もがそれを笑い飛ばしたかったが、その場を支配していた奇妙な圧力が、それを許さなかった。

「神の棲む場所？　それは御嶽ということか？」

御嶽は沖縄の信仰において重要な場所で、いわゆる斎場のようなものだと聞いていた。

「隊長は、琉球の信仰をご存じですか？」

「ん？　ああ、いろいろタブーがあるようだから、一応こちらへ来る前にレクチャーは受けたが、あまり深いところは正直分からんな」

「御嶽はノロが祭事を行う場所ですから、ティラーとは違います。ただ、異界との境界という意味ならそのようなものです」

「古い祭りは、どこも似たようなものでしょうが、ここでもほぼ全てが、来訪神の神迎えの儀式なんです」

宮城は、一拍おくと、誰にするともなく説明を始めた。

「我々は、決められた時期に、決められた祭りを行うことで、訪れる神と交流するわけです」

「例えば有名になった久高《くだか》のイザイホーは、ニルヤカナヤから来訪神を迎える儀式です。そして、新しい神女を認証してもらって、来訪神を送り返します」

「それで？　その話がこの件にどう関わるんだ？」

鋼は、ブリーフィングの最中に突然始まった文化人類学の講義に面食らって言った。

「だけど、人の儀式で神を選んだりできるものでしょうか？」

ただ、扉を開くだけの儀式だとしても、向こうからやって来る神様を人間が選べるかどうかは難しい問題だ。たとえそれが行われる時期や手順が厳密に管理されていたとしても。

「イザイホーがなぜ十二年に一度しか行われなかったのか、分かりますか？」

「星回りとか暦とか、よく分からんがそういうものがあるんじゃないのか」

古今東西の書物を見ても、この世とあの世を隔てる壁は、暦にあわせて薄くなったり厚くなったりするようだからな。

「それもひとつの考え方ですが、実際は、(注3)訪れる神を選択するための祈りの力を溜《た》めるのに十二年かかったからなんですよ」

(注3)　訪れる神を選択するための祈りの力を溜《た》めるのに十二年かかった
創作です。

「久高ほど巫女《みこ》だらけの島で、その力を溜めるのに十二年もかかるなら、他の地域で一年ほどしか溜められなかった力で、一体何が選択できるというのでしょうね」

良い神などという分類は、所詮人が勝手に決めただけのものだ。

訪れる神が適当に選ばれるとしたら、当然、蠅声《さばえ》なす邪《あ》しき神が訪れることだってあっただろう。

「その神々を捨てた場所だということか？」

「当時の人の意識としては、歓待せずに無理やり送り返した場所だってことです」

ティラーは異界との境界だという。ならばそこに閉じこめてしまえば、勝手に帰るのではないか、皆がそう信じたとしても不思議はなかった。

「帰るのなら問題ないだろう。一体そこに何があるんだ？」

「……隊長。琉球の神は、巫女そのものなんですよ」

琉球において、神は巫女の姿を借りて顕現する。それは憑依《ひょうい》と言ってもいいだろう。

顕現した神は、物理的には巫女そのものなのだ。

「まさか、神が降りた者ごと……」
(注4)「むんねーむたーりん。ありーやふとぅるしむん」
彼が口にした沖縄方言が、まるで呪文のように広がって、暑かったはずの車内は、夏だとは思えないほど冷たく感じられた。

「世界にはダンジョンなどという非常識なものができて、その中はファンタジーから抜け出してきたような生物に溢れていた。いまさら神の一人や二人、本当にいたところで驚きはしない」

鋼が凍り付いた空気を叩き割るように発言した。

「いいか？　そこに神などというものがいようがいまいが、我々の任務は、新しく発見されたダンジョンから、遭難者を救出することだ」

「さすが、鋼隊長。おっとこまえ」

海馬の軽口に、室内の緊張した空気が緩んで、まわりの音が戻ってくるような気がした。

§

あれからどのくらいのモンスターを倒しただろう？

時折ドロップする、なんだかよく分からないものをとりあえずリュックに入れながら、洞窟を歩いていると、先の方から青い光が差し込んで波の音が聞こえてきた。

もしかして外に出られるのかもと、早足でそちらに進んでいくと、開けた場所にぶつかった。

その突き当たりの部屋は、少し広い空間になっていて、奥には直径が十メートルくらいありそうな、青く輝く潮溜まりがあった。

（注4）　むんねーむたーりん。ありーやふとぅるしむん
悪いものに取り憑かれ神隠しにあう。あれは恐ろしいことだ。

天井からは鍾乳石《しょうにゅうせき》がぶら下がり、潮溜まりが揺れる度に、青く輝く光が鍾乳石の影を揺らして、それがまるで生き物のように見えた。

おそらく潮溜まりの先は海へと繋がっているのだろう、濃い潮の香りが漂っていた。

幻想的な風景に、ついぼんやりとそれを眺めていると、水面に黒い影が現れて、何匹かの大きな太刀魚が水の中から空中に飛び出してきた。それはまるで、潮溜まりがモンスターを生み出しているようにも見えた。

伊織は今まで通りに、その太刀魚を倒したが、最後の一匹にとどめを刺した瞬間、ふと軽い目眩を感じた。

「あれ？」

何というか、体がだるい。それは、酷く疲れたときの状態にとてもよく似ていた。

「もしかして、これ、力の使いすぎ？」

この潮溜まりからはモンスターが生まれるみたいだ。このままここにいるとマズいことになりそうだと感じた伊織は、ふらふらと、来た方向へと引き返し始めた。

息が続くなら、潮溜まりから外へ逃れられそうな気もしたが、それは分のない賭けに思えた。

その時、一際《ひときわ》大きな黒い影がわき上がり、水面にその背びれをつきだした。

「す、スピルバーグの鮫映画じゃないんだから」

伊織はそれを見て顔を引きつらせると、おぼつかない足取りで精いっぱい駆けながら、この後サメが空を飛んでくるのなら、スピルバーグどころか、アサイラム(注1)のトンデモ映画みたいねと、どうでもいいことを考えていた。もしもそれが、最初の鮫と同様に襲ってくるのだとしたら、それこそチェーンソーを持って口の中に飛び込むくらいしか助かる目がなさそうだ。

どうか見つかりませんようにとの願いも虚《むな》しく、水面から顔を覗かせた五メートルはありそうホオジロザメは、そのまま空中に躍り出て伊織の後を追いかけ始めた。

〈磁界操作〉は、あと一回も撃てば気絶しそうな気がしたけれど、足掻《あが》くなら最後まで、それが伊織の信条だった。

彼女は逃げながら弟に押しつけられたお守りのナイフを強く握りしめた。

「伏せろ!!」

その時正面から、そう叫ぶ声が聞こえた。

伊織は反射的に声に従い地面に伏せると、同時に銃の発砲音が正面から断続的に聞こえてきた。

後頭部を抱えて地面にへばりつくように伏せていると、そのうち銃声が止《や》んで、大丈夫か、と声をかけられた。ゆっくり顔を上げると、そこには少し武骨だけれど、頼りになりそうな男が跪《ひざまず》いて心配そうにこちらを見ていた。

（注1）　**アサイラムのトンデモ映画**
『シャークネード』（2013）。

竜巻で大量の鮫が巻き上げられ、空を飛んで襲ってくるTVドラマ。

シリーズに、チェーンソーを持ってサメの口に飛び込むシーンがある。

伊織はその男におずおずと抱きつくと、声を立てて泣き始めた。

「おー、隊長。役得ですね」

「よく一人で頑張ったな。不安だったたろう」

そうか、私は、不安だったのか。その時初めて伊織は、自分の気持ちを理解した。

しばらくそうしていると、潮溜まりの部屋まで行った隊員が戻ってきた。

「向こうは行き止まりのようです。ダンジョンが、この洞窟の中だけだというのなら、これで全て回ったはずですが……」

しかしダンジョンには攻略された様子がなかった。

「どこかに主がいるはずだが……」

「あの潮溜まりの向こう側なら、今はお手上げです」

スキューバを始めとする水中用の装備がなにもないからだろう。

ふと、横を見ると、酷く落ち着かないようすで、来た方向を気にしている人がいた。

「隊長、すぐに引き返すべきです。もう、手遅れかもしれませんが、それでも今すぐに！」

「落ち着け、宮城。何をそんなに慌ててるんだ？」

「隊長。こいつ、来るところにあった白骨死体を見てから、ずっとこうなんですよ。ビビッてんですかね？」

「ああ！　ビビッてるさ！　お前らはあれが何だか知らないから、余裕があるんだよ！」

「一体、なんだと言うんだ？」

鋼は宮城にそう聞いた。

宮城は優秀な隊員だ。しかし、さっきから彼の様子は、あまりにおかしかった。

「ブリーフィングで説明したじゃないですか！　あの通りですよ！　とにかく早く！　早く脱出しましょう！」

鋼はその異常な様子を訝しげに思ったが、確かにこれ以上ここに留《とど》まる理由はなかった。

目標は確保されているのだ。

「やむを得ん。これより撤退を開始する」

「了解！」

「出口って反対方向だったんですね。通路が細くなってたから、行き止まりかと思ってました」

伊織が皆と一緒に歩きながら、隣を歩いていた鋼に聞いた。

「人が一人でやっと通れるくらいの場所があるんだ。それを知ってさえいたら、今頃は出口だったたな」

そう言って笑う鋼のそれは、人に安心を与えるような笑顔だった。

伊織は、やっと、助かったんだという実感が湧くのを感じていた。

「ほら、その角を曲がれば、宮城がビビってたアレがあるぞ？」

少しチャライ感じの男が、やたらと不安がっていた男――宮城をからかっていた。

宮城は、そのからかいも聞こえないのか、おびえた瞳であたりをきょろきょろと見回していた。

「おい、やめとけ、海馬」

真面目そうな眼鏡をかけた男が、チャライ感じの男に言った。

「祭壇っぽいところにあったし、洞窟葬にした遺体が洗骨を待っている状態だとは思うが、なんといっても人間のものだし、一応警察には連絡しておいたほうがいいな」

「……あれはそういう類いのものじゃ――」

ないんだ、と言おうとした宮城が息を呑む音が、大きく響いた。

「宮城士長？」

前を歩いていた、若い男が気遣うように宮城を振り返った後、彼の視線を追って、もう一度、前を振り返ろうとしたが、それは永遠に叶わなかった。

「さ、斎藤？」

もう一人の若者が、斜め前を歩いていた男の消えた頭を見て一瞬呆然としたが、次の瞬間、狂ったように銃を撃ち出し始めた。

「おい！　何が――」

鋼が何が起こったのか聞こうとしたとき、狂ったように銃を撃っていた島袋《しまぶくろ》一士の上半身がはじけた。

「下がるぞ！」

鋼の声が生き残った全員に活を入れた。

そうして角を曲がったところから、恐怖が顔を覗かせた。

顔を出したそれは、いまだ、ゆっくりと動いていた。

その上半身は祭壇に安置されていた白骨そのもののようだった。今はその白骨に茶色い膜が干からびた皮膚のようにまとわりつき、しろく細い蚕《カイコ》の吐き出す絹の糸のような細い髪が、荒ぶるように頭を覆っている。下半身は、魚の尾びれのように変形していて、まるで――

「人魚のミイラだな」

「隊長こいつがこのダンジョンの？」

「たぶんな。だがこんな洞窟だけのダンジョンにいるレベルじゃないぞ、一体どうなってる？」

島袋はハチキュウ(注2)をフルオートで撃ちだしていた。

あの近距離だ、いくら動揺していると言っても、ほとんどはヒットしただろう。なのに目の前のヤツは、何の痛痒《つうよう》も感じていないかのように動いている。

「だから言ったじゃないですか……ここは捨てられた忌神《いみがみ》が棲まう場所なんだって！　もう……もう、だめだ……」

宮城は涙を浮かべながら、金切り声でそう言った。

「じゃあ、なにか？　あれはダンジョンと忌神様のコラボレーション作品ってことか」

「宮城さんって、どうしてそんなに詳しいんです？」

伊織は、頭を抱えつつ完全に戦意をなくしている宮城に向かって聞いた。

(注2)　ハチキュウ
89式5・56mm小銃。陸自の主力小銃。

「え？　……うちのオバァは、ここの神を慰撫《いぶ》するユタだったから」

ユタというのは一種のシャーマンだ。

ノロが、祭祀《さいし》を司る神官だとすると、ユタは民間霊媒師だと言える。

その成り立ちから、迫害を受けた時期もあるようで、本人たちはユタだと名乗ることを避ける傾向もあるようだった。

「オバァは、子供の頃、森の中で何かと話をしていたそうだ。結婚して母さんを生んだ後、病気で死にかけてから、昔話していた何かをお慰めするためにユタになったと聞いたことがあるんだ」

「じゃ、おばあさんは友人だったわけ？　あれの」

ゆっくりとこちらに近づいてくる人魚のミイラに視線を向けながら伊織が聞いた。

「分からん、分からんさ！　だけど、あれが人を恨んでいることだけは確実さ！」

何しろその身に神を宿したまま、宿った神が気に入らないからとティラーに捨てられたのだ。

「あれが恨んでいるのか、あれの器にされた者が恨んでいるのか、それは分からん。どっちでも、俺たちの行く末に関しちゃ結果は同じじゃっさ」

宮城はがっくりと肩を落として、すでに生を諦めた顔をしていた。

鋼はそれを横目で見ながら、沢渡の報告を受けていた。

「島袋の件を見る限り、ハチキュウじゃ、歯が立ちそうにありません」

こんな時でも冷静に対応している沢渡は頼もしいが、その手が微かに震えていることに、鋼は気がついていた。

「今回の出動で、ハチキュウ以外の装備となると——」

「鋼隊長がＭＫ３（注３）をふたつ。他の連中にマルロク（注４）が各一で四発ってところです」

「鋼隊長ー。俺はまだ女の子と遊び足りないんで、なにかこう、生きて帰れるうまい作戦を考えてくださいよ！　くっそ、今にもビビって引き金を引いちまそうだぜ！」

いつもいいかげんな振りで、場を和ませるのが上手かった、海馬の声が掠《かす》れていた。

あれを倒すのは現在の装備では無理だ。鋼は覚悟を決めながら言った。

「よし、このまま静かに後退。襲ってきた場合は弾幕を張りつつ後退する。潮溜まりの部屋へ入ったら、入り口側の部屋の隅へ移動。アイツが部屋に入ってきたところを、マルロクで一斉射撃して後ろに下がらせ、我々は通路へと脱出する。あとは逃げの一手だ」

「マルロクで下がらなかったらどうします？」

沢渡の質問に、鋼は肩をすくめながら言った。

（注３）ＭＫ３
ＭＫ３手榴《しゅりゅう》弾。

危害半径が二メートルと非常に小さな攻撃型の手榴弾で、爆発の衝撃波で殺傷するタイプ。

（注４）マルロク
06式小銃てき弾。

ハチキュウで利用できる二十二ミリのライフルグレネード。

制作会社はなんとダイキン工業。

「そのときは、全員で体当たりでもするしかないな」

それを聞いて沢渡は、くくくと笑いながら答えた。

「相撲は苦手なんですがね」

鋼は伊織に振り返ると、真面目な顔で指示を行った。

「いいか。あいつが入り口の向こう側へ下がったら、あなたは迷わず入り口へ向かって走るんだ」

「分かりました」

そう言って、部屋の隅に陣取った鋼たちは、射撃のフォーメーションを取った。

入り口から微かにモンスターの一部が覗く。

「射撃用意！」

「射撃用意！」

その体が、完全に部屋の中に入ったとき、鋼二曹の声が響いた。

「てっ！」

そのかけ声とともに、四発のライフルグレネードが発射される。

四発は確実にモンスターの頭や体に直撃して炸裂《さくれつ》した。しかし――

「無傷かよ……」

モンスターは、わずかに後退しただけで、ほとんどダメージらしいダメージを与えたようには見えなかった。

事ここに至っては仕方がない。

鋼たちは、伊織を逃がすことだけに集中することにした。

「我々は、このままヘイトを取りながら、部屋の奥の隅までやつを誘導する。君はその隙に入り口から外へ逃げるように」

「え？　じゃあ、あなたたちは？」

「我々の仕事は、国民の命を守ることだ」

「そんな……」

「心配するな。そう簡単にはやられんよ」

鋼は人なつこい笑顔を浮かべると、伊織の肩を叩いてそう言った。

「よし、作戦開始だ」

彼ら五人は、銃をバーストモードで発砲しながら、モンスターを部屋の奥に誘導するように移動した。そうして、もくろみ通りモンスターが入り口から離れたところで、伊織は部屋の入り口にたどり着いた。

それを見た鋼たちは、こんな状況にもかかわらずほっとしていた。最低限の任務は果たせたのだ。

「まあ、任務は何とかなりそうじゃないか」

「こっちは全滅臭いですよ？」

「最後はバラバラに、やつの両側を抜けて逃げるぞ」

「あそこに飛び込むのもアリですかね？」

海馬が青く輝く水面を指さして言った。

「かまわんが、人魚よりも早く泳ぐ自信があるのか？」

「ああ、やっぱりイケメンは追いかけられる運命なんですかね？」

「誰がイケメンだよ」

確実な死を前にして軽口が叩けるのは、達観しているからか、はたまた死に対する実感が薄いからか。

「誰がやられても振り返るな。自分が助かることだけを考えて走れ」

「了解！」

覚悟を決めようとモンスターを睨みつけたとき、その向こう側に伊織が立っているのを見て、鋼たちは驚愕《きょうがく》した。

「なにをやってるんだ！　あの子は!!」


伊織は、部屋の入り口に立ってモンスターと対峙《たいじ》すると、弟のナイフを強く握りしめながらモンスターに語りかけた。

「たぶん、あなたにも言いたいことがたくさんあるんだと思う」

「おい！　何をしてる！　さっさと逃げろ！」

彼女は、それがまるで聞こえていないかのように言葉を続けた。

「だけど、私たちには私たちの都合があるの。呼び出しておきながら、確かに酷い仕打ちだとは思うけれど」

精いっぱいコントロールをしていても、束ねられたあまりに強大な磁力によって、まわりの磁性体を含んだ小石が舞い上がり始めていた。

「た、隊長……こ、これは？」

伊織が手にしていた、大振りのサバイバルナイフは、小刻みに震えながら彼女の体のそばに浮かんでいた。

「あなたの大切なお友達は、とっくにこの世を去ってしまったし……あなたもそろそろ自分の世界へと帰りなさい」

モンスターがそれに答えるように、伊織の方に向き直り、牙の伸びた口を大きく開けて、声にならない声で叫び声を上げた。

「ごめんね」

彼女がそう言った瞬間、何かがモンスターに向かってドンという大きな音と共に射出され、それが作り出したソニックブームでモンスターの上半身はバラバラに吹き飛んだ。

その光景を、唖然として見ていた鋼たちの目の前で、壊れた骨は、水面にぼちゃぼちゃと落ちていき、人魚の下半身が黒い光となって水面から差し込む青い光の中に溶けていった。

ティラーはあの世とこの世を繋ぐ境界だ。その奥にある海からなら、きっと、彼らは元いた場所に戻れるだろう。

伊織は自分の意識が、急激に闇の中へと溶けていくのを感じながら、不思議な満足感に包まれていた。

SECTION：

代々木ダンジョン

もしも彼が私と同じような経験をしていたとしたら、何か強力な力――スキルオーブを作り出すような――を持っていてもおかしくはない。伊織はそう考えていた。

「あなた、もしかして――」

「君津二尉！」

「ほら、チームの皆さんが呼んでいますよ」

芳村は渡りに船とばかりに、伊織に向かってそう言った。

伊織は、じっと芳村の顔を見ていたが、ふと笑顔を見せると、「じゃあまた今度、お話を聞かせてもらうわ」と言って、チームのメンバーを追いかけていった。

「えぇー？」

話っていったい何の話をするつもりなんだろう。自衛隊のトップなんかに関わるのは、ちょっと……いや、かなり嫌なんだけど。

芳村は自分の格好を見直すと、もう一度誰かに同じことを言われる前に、ダンジョンにも潜らず新居へと引き返した。

:

後日譚　沖縄　二〇一五

SECTION：中頭郡西原町宇上原

駐車場で車から降りると、もう夕方も近いというのに、強い陽射しが肌を射るように降り注いでいた。高台にある琉球大学医学部付属病院からは、遠く太平洋が広がっているのが見渡せる。

「暑いな」

鋼はそう呟くと、病棟に向かって歩き始めた。


病院のエントランスをくぐると、ひんやりした空気がほてった肌に気持ちよかった。

病室の番号は知っていたが、一応ナースステーションに立ち寄って手続きを行ってから、病室へと向かった。

病室のネームプレートを確認すると、彼は部屋の入り口をノックした。

「はい、どうぞ」

返事を聞いてドアを開けると、すっかり顔色もよくなった伊織が、ベッドの上で上半身を起こして座っていた。

「元気そうだな」

：

「鋼さん？　まあ別に病気とかじゃないですから」

「いや、ぶっ倒れた後、丸二日も目が覚めないいんじゃ、病気じゃなくたって心配するさ」

「それはどうも、ご心配をおかけしました」

「いや、無事ならいいんだけどな」

個室の窓からは、遠く太平洋が、傾きゆく、それでも強い陽射しに輝いていた。

「最後の時、何で逃げなかった？」

突然そう聞かれた伊織は、一瞬何を言われたのか分からなかったが、意味を理解すると照れたように鼻の頭を人さし指で掻きながら言った。

「なんとかできるかもしれない手段があるのに、人を見殺しにする日本人はあまりいないと思いますけど」

それを聞いた鋼は、苦笑いして言った。

「困るんだよな、要救助者が指示に従わないと」

「それは失礼しました」

「そもそも一発で倒せなかったらどうするつもりだったんだ？」

「うーん。そういうことは考えてませんでしたね。黄泉《よみ》から来た何かを追い返すなら、桃の実をぶつけるしかないとしか」

「なんだそれは？」

「古事記ですよ。黄泉比良坂《よもつひらさか》で、伊耶那岐神《いざなぎのみこと》が、追ってきた悪霊たちに桃の実をぶつけて撃退するんです」

　現実なのに、神話を行動の根拠にした話を聞いて、鋼は一瞬絶句したが、ダンジョンのことに思いを馳《は》せると、それで正しいのかもしれないと、思わずため息をついていた。

　世界にダンジョンが現れたおかげで、神話はリアルと見事なまでに融合して現代に息づき始めている。彼女の話も、別段、異常なものだとは言えないのかもしれなかった。あんな場所では、なおさらそう感じてもおかしくはなかった。

「それで、シーズンとはいえ、桃の実なんかどこにあったんだ？」

「弟の貸してくれたサバイバルナイフの柄に」

「なんだそれ？」

　伊織は、鋼に弟に押しつけられた岡山のメーカーが作成したナイフの話をした。

「その柄の部分に桃太郎が桃から生まれたシーンが刻印されていたんですよ」

「は？　それだけ？」

「ええまあ……」

　そう問われれば、確かに根拠はそれだけだ。

　あのときの伊織は、弟のサバイバルナイフの柄に描かれた文様を思い出すと、その考えに囚われて、失敗することなんか、カケラも考えていなかった。

　それはもしかしたら、宮城のおばあさんのサジェストだったのかもしれないな、と伊織は思った。

さすがに孫を殺したくはないだろう。

「お守りだって無理やり渡されたナイフだったけど、本当に私たちを守ってくれたんですよね。だけどナイフ自体はなくなっちゃったからなぁ、怒るだろうなぁ……」

シュンとしている伊織が妙におかしくて、鋼は笑いをこらえながら提案した。

「それじゃ、命を救ってもらった礼として、俺たちから新しいのを贈ろう」

「え？　本当に？」

「もちろんだ」

「助かったー。ナイフなんかどうやって買っていいのか全然でしたから」

あのとき、ダンジョンボスと対峙した伊織は、まるで神がかっていたかのように見えたが、喜んでいる彼女は、どこにでもいる普通の女子大生のようだった。しかし、あの力は幻などではない。彼女のDカードには〈磁界操作〉の四文字が、確かに刻まれているのだ。

鋼はここに来た目的を思い出して切り出した。

「卒業したらどうするんだ？」

「そうですね、研究室に残るほど大層な研究もしていませんし、どっかの企業に内定を貰って就職でしょうか。あとは——」

「うちにこないか？」

「……え？　ええ?!」

鋼が言った誤解を招きそうな台詞に、まさかと思いながらも、伊織は顔を真っ赤に上気させた。

それを見て、自分の言葉の意味に気がついた鋼は、慌てて補足した。

「ち、違う！　そういう意味じゃない！　うちって言うのはつまり、ダンジョン攻略群って意味だから！」

「ダンジョン攻略群……」

ポカンとした顔でその言葉を繰り返した伊織は、落ち着きを取り戻すと、ちょっとふてくされたような態度で言った。

「まあ、そんなことだろうとは思ってましたけど」

伊織は首からかけていたチェーンを引っ張り出して、Dカードを取り出した。

「これでしょう？」

「たしかに、その能力は欲しい。だが、誘ったのは、さっき君が言った言葉が理由だ」

「さっき？」

「なんとかできるかもしれない手段があるのに、人を見殺しにすることはできないと」

「ああ」

「どうだろう」

「……自衛隊に入るほど体力はありませんよ。第一来年度の幹部候補生の試験って終わってますよね？」

鋼はその言葉を聞いて、充分脈があると感じた。

「どうしてそれを？」

自衛隊の幹部候補生試験は、四月入隊の前年の五月、ほぼ一年前に一次試験が行われる。

しかし、一般大学生で、最初から自衛隊に入ろうと考えている者を除けば、そのことはあまり知られていない。まさかそんなに試験が早いなどとは、普通は思わないものだ。だからその気になったときには大抵手遅れで、多くの学生が一年遅れになるわけだ。なまった体を鍛え直すのには、丁度よいかもしれないが。

「あ……えーっと。まあ、あんな事がありましたし。こんな力も手に入れちゃったから、ちょっとだけ興味があって」

少し照れたような伊織の顔が病室の窓に映り込む。赤く色づいた空が、彼女の頬を染めていた。

「もしも特例で試験を認めさせたら受験してくれるか？」

なにしろ日本初のダンジョン攻略の立役者だ。多少のごり押しは通るだろうと鋼は読んでいた。

伊織は、どうしてそこまでしてくれるんだろうと思いながらも簡潔に答えた。

「受かるとは限りませんよ？」

「そこは心配していない」

神がかった資質を与えられ、心神喪失を乗り越えて、自らその役目に就く女。

その横顔を見ながら、鋼は、まるで琉球のシャーマンのようだなと、宮城の祖母の話を思い出していた。こうなったからには、それも運命だったのかもしれない。

ここは沖縄。女性はみな神に仕える巫女となる島なのだ。

■TOPに戻る■ 全部 1- 最新50

掲示板【いったいどこから？】Dパワーズ 69【仕入れてくるのか？】

1：名もない探索者 ID:P12xx-xxxx-xxxx-0944
突然現れた「Dパワーズ」とかいうふざけた名前のパーティが、オーブのオークションを始めたもよう。
詐欺師か、はたまた世界の救世主か？
次スレは930あたりで。

2：名もない探索者
乙。IDがオークションw

3：名もない探索者
乙。おいおい、前回からまだ２週間しか経ってないのに、またオーブが出品されたぞ。いったいどこから仕入れてるんだ??

どこがだよ？　オークしかあってないじゃん＞２

4：名もない探索者
しかも〈超回復〉？　JDAのデータベースに載ってないんだが。

5：名もない探索者
また未知オーブ？

6：名もない探索者
「しーしー」だから、しょん（Ry＞３

7：名もない探索者
オーブってさ、代々ダンクラスでも年に４個だぜ？　２週間ごとに４個ずつは、いくらなんでも異常。
最初の４個を集めた期間は分からないけれど、２週で４個でも常識を逸脱している。

8：名もない探索者
オークションやってる時点でいまさらだけどな。あと、闇市とか？
氏ねww＞６

9：名もない探索者
そんなものがどこにあるんだよ。

10：名もない探索者
JDAの裏組織があるとか
7D∀みたいな。

11：名もない探索者
格好いいな、セブンディターンエー。

12：名もない探索者
仕入れるったって、サイモンチームクラスでも２週で４個は無理だろ。２カ月１個でも難しい。
セブンディターンエーカコイイ。

13：名もない探索者
コピペみたいなスキルがあるとか。

14：名もない探索者
どこのラノベだよ。

15：名もない探索者
錬金術かも知れないぞ

16：名もない探索者
サイモンチームクラスが、10チームくらいで必死こけばなんとか。

17：名もない探索者
その数字がすでに不可能だってことを証明してる。
＞16

18：名もない探索者
Dパワーズで不思議なのは、これだけ希少なオーブが惜しげもなく出てくるのに、希少とはいえ、はるかに多く出回っているはずのポーション類を始めとするダンジョン産アイテムがひとつも売りに出されないこと。

19：名もない探索者
それなら他でもできるし、オーブに比べればカネにならないからじゃね？

20：名もない探索者
唯一無二の販売チャンネルだからな。
仮にオーブを手に入れることができても、まず真似できない。

21：名もない探索者
世界中のどんな組織でも、今のところ無理だな。

22：名もない探索者
そろそろ、アメリカやロシアや中国やイスラエルあたりの諜報機関が秘密を探りに来るんじゃないの？

23：名もない探索者
映画の見過ぎ。

24：名もない探索者
いや、そうかな？　前回の件ですでに動いていそうだが。

25：名もない探索者
事実は小説よりって言うもんな。

26：名もない探索者
大体、あのオークション以降、代々木はスーパースターだらけだぜ？

27：名もない探索者
サイモンのことか？

28：名もない探索者
あ、俺も見た！　本物はオーラが違った。

29：名もない探索者
それだけじゃないぞ。代々ダンスレみたら、昨日、習志野のチームＩがいたらしい。

30：名もない探索者
イオリたんか！

31：名もない探索者
オイ、お前ら脱線しすぎ。

32：名もない探索者

まあ、関係者の死体が出ないことを祈ろう。

33：名もない探索者

洒落《しゃれ》になってねぇ……

二〇一八年　十一月十五日（木）

SECTION：

代々木八幡

「あれ？　先輩早いですね」

一階の事務所のドアを開けたら、すでに三好が朝飯を食っていた。というか、俺たち自分の部屋のダイニングをほとんど使ってない気がする。

「ベッドが変わったら、あまりの寝心地の良さに即オチしたんだよ」

「それで早く目が覚めたと」

「いえーす」

「朝ご飯食べます？　オムレツですけど」

「ああ、サンキュー」

三好はトーストをセットすると、手早くベーコンを焼いてオムレツを作りはじめた。

俺はダイニングテーブルに座って、ぼーっとそれを見ていた。

なんかちょっと新婚みたいじゃないか？　なんてことは考えてませんよ。ホントに。

その朝飯を食べながら、俺は三好に聞いてみた。

「さて、三好くん」

「なんでしょう」

「〈収納庫〉、使ってみたか?」

「はい。なんていうか、手品みたいなスキルでした」

そう言うと三好はテーブルの上のコーヒーカップを、一瞬で消して、また元に戻した。

「先輩の〈保管庫〉と違って、時間は止まらないみたいなんですが、ちょっと面白い効果がありましたよ」

そう言って三好は、自分のデスクから、ストップウォッチをふたつ持ってくると、同時にスタートさせた。

実験をするために百円ショップで買ってきたらしい。

「で、こっちを収納します」

片方のストップウォッチが消える。

「一分お待ちください」

「手品で飯が食えそうだな」

「小物が消えたり出たりするだけじゃ、場末のマジックバーがせいぜいですよ」

そうして一分後に取り出されたストップウォッチは、収納しなかったものと比べて三十秒遅れていた。

「二分の一遅延か」

「冷静に考えたら凄いんですけど、たぶん実用上はほとんど意味がありませんよね」

「いやいや、賞味期限が倍になるってバカにならないだろ」

「完全停止の〈保管庫〉に比べたら全然。ただ管理がややこしくなるだけだと思いますよ？」

「それは〈保管庫〉を見たからだろ。単独なら〈収納庫〉でもすごいよ。オーブだって二日は保《も》つぞ？」

「あー、なるほど。現代なら、二日あれば地球のどこにでも運べる可能性がありますね」

「まあな、しかしそれより俺が知りたいのは容量限界なんだよ」

対象が大きさなのか重さなのか、何が入って、何が入らないのか。

「以前、〈保管庫〉に何が入って、何が入らないのか試してみたんだ」

「はい」

「で、ファンタジーの定番アイテムボックスと同じで、生き物は入らないだろうなと思っていたんだが……」

「え？　入ったんですか？」

「入った。だが、人間は入らなかった。ちなみに三好で試しました」

「ええ?!　先輩酷い！」

「いや、もし人間が入ったら、自分を入れたらどうなるのかって問題が発生するから、入らないでくれ、とは祈っていたんだよ」

もし入ったとしたら、自分で自分の〈保管庫〉に入る実験で悩み倒しただろう。なにしろ時間が止まるのだ。二度と出てこられない可能性が高い。もちろんそれは、何千年も先の未来が見られる可能性が生まれるということでもあるのだが。

「で、犬も猫もダメだったんだが、コオロギは入ったんだ」

三好が首をかしげながら言った。

「それって鍵は一定以上の知性、でしょうか？」

「ほ乳類がＮＧなのかもしれないけどな。そこらへんははっきりとは分からない。因みに魚は入った」

「知性だったら、寝ている私は入るかも知れませんよ？」

「中で目を覚ましたらどうなるのか分からなくて、試すのが怖いけど、たぶん入らないだろうな」

「それ以前に、時間が止まってるんだから目は覚まさないと思いますけど……神経系の複雑さとかでしょうか？」

「もっと形而上《けいじじょう》的な、意識、みたいなものが関係しているような気がするんだ。ただ、スライムは入らなかったから、その辺にも何か制限があるのかもしれないな」

「つっこんだら面白そうな領域ですね」

「面白いだけで役には立ちそうにないけどな。それはともかく、長さの方は、相当長いものも入った。とりあえず入らなかった長さはなかったから、制限は質量なんじゃないかと思うわけだ」

「重さはエネルギーですからね」

「で、結論から言うと、〈保管庫〉の格納重量は、大体十トン以上二十トン未満だった」

「どうやって調べたんですか？」

「夜中に路線バスの駐車場へ行って試しました」

「なんですそれ？」

「日本の大型路線バスは、大抵三菱ふそうのエアロスター系が使われてるんだ。で、この車、大体十トンなわけ」

「それで夜中にずらーっと並んでいる路線バスを、分銅の錘《おもり》みたいに使って試したんですか？」

「そう。一台は入ったけど二台目は入らなかった」

「見つかったら、どうするんですか、まったく」

三好が呆れたように言って、最後のパンを口に放り込んだ。

なかなか美味いマーマレードは、確かに手作りだが、実は近所のパン屋が作っているやつだと言うことを俺は知っている。三好は食べるのは好きだが意外とグータラで、自分の好きな物を探す努力は怠らないが、それを作り出す努力は怠りまくりなのだ。なお、本人はプロが作った方が美味しいに決まってますと言い訳している。

「誰もバスが消えるなんて思わないって。でな、イメージ的に〈保管庫〉は小容量時間停止で、〈収納庫〉は大容量時間遅延って気がするわけだ」

「今度試してみます。私も路線バスの駐車場ですか？」

「二十台くらい並んでたから、試すにはいいよな。後で場所を教える」

「了解」

「ま、そういうわけなんで、ベースキャンプを作るための物資が十トンを超えてくると、俺には持てないかもってことなんだ」

「ベースキャンプを作るための物資ってなんです？」

「コンテナの中に、生活できる空間をあらかじめ作っておいて、それを取り出して使おうかと思ってたんだけど」

「それはまた凄い発想ですね。グータラだけど」

「やかましいわ。ところが水回りとか考えてると、閉じたコンテナ内って凄く大変そうなんだよ」

「先輩は野性っぽい生活を、少しは経験した方がいいと思います。それで、こないだ言ってた注文になるわけですか」

そう、おれは三好にキャンピングカーを買ってもらうように頼んだのだ。

「で、買えたか？」

「一応国内の有名ビルダーに、有り物のボディで頼んでおいたんですけど、やはりどんなに急いでも十一月二十一日になるそうです」

「まあ、仕方ないか。じゃ、件のオーブ探索はそれからだな。それまでは地道にスライムキラーをやっとくよ」

「そろそろ『スライムの怨敵』なんて称号が生えませんかね」

「いや、いらないから、その称号。てか、称号なんて生えるの？」

「ふたつ名は聞きますけど……称号は。もっとも、もし表示されたとしても、スキルと称号の区別が付くかどうかは分かりませんね」

　まあ、Dカードにはスキル名が並ぶだけだもんな。

「だけど、寝ている間にスライムに食べられちゃったりしませんかね？」

「代々ダンで有線がNGだったのは、どこに引くにしても一階のスライムエリアでケーブルが寸断されたからだろ。下層にスライムはそれほどいないみたいだし、防御力ゼロのケーブルじゃないんだから、さすがに一晩くらいなら平気だろう」

「なら、後はモンスターに襲われたときの問題ですかね。車のボディじゃ紙ですよ」

「だよなぁ。チタンの箱にでも入れたいけど」

「とりあえず、板を張りつけて強化をするようには伝えておきました」

「マッドマックスかよ！」

「車検が通らないですよと仰《おっしゃ》ってましたけど、まともに走らなくてもいいんですよね？」

「まあね。後は水か……〈水魔法〉ってどうだった？」

「水、いくらでも作れましたよ。ダバダバ出ます」

「飲用水にできそうだったか？」

「えーっとですね。一言で言うと純水でした。飲めますけど、美味しくはありませんね。あといつ使えなくなるか分かりません」

「魔法だもんなぁ……一応ミネラルウォーターを箱で買っておくか」

「サマゾンで百ケースくらい注文しておきます」

「千二百キロ＋αくらいか。了解」

「後は食料」

「先輩の〈保管庫〉なら、お弁当千食分くらいつっこんどけばいいんじゃないでしょうか」

「一体何日潜る気だよ」

「オーブが見つかるまでじゃないんですか？」

「いやだよ、そんなの。とりあえず七日〜十日かな」

「それでシャーマン百匹は無理じゃないですか？」

「それなんだけど、全部ムーンクランなんだから、百匹目にシャーマンを倒せばいいんじゃないかと考えてるんだけど」

「ダメだったら？」

「すごすごと帰ってくる」

「さすが先輩です」

笑いながら、三好が後片付けを始めた。

弁当、弁当ねぇ……とりあえずデパ地下行って、総菜をあるだけ買い占めてくるかな。できたてがあるといいな。

二〇一八年　十一月十六日（金）

SECTION：

代々木八幡

今日は第二回オークションの落札日だ。昨夜の日本時間の零時が〆切りだった。

結果がどうなったのか気になっていたので、早朝から事務所へ下りて来たのだが、すでに三好が何かしているらしく明かりがついていた。

「あ、おはよーございます」

「おはよー。早いな。徹夜なのか？」

「ええ、まあ。ちょっと例のステータス計測のコードを。乗ってたので」

「おーおー、前職場の黒さを笑えないな」

「全部身になるところが違いますよ」

「まあ、それはそうか」

三好は作業の手を止めて、コーヒーを入れ始めた。

「それで、先輩。潜る前にステータスって上げますよね？」

ああ、そうか。よく考えたら前回の検査以降、全くステータスを触っていない。

もっとも、『ぽよん♪　シュッ♪　バン♪』にステータスが必要なところってないから、まるで気にしていなかった。

「そうだな。安全のためにもその方がいいかもな」

「なら、一〇刻みで一〇〇くらいまで計測しておきませんか？」

値が大きくなったら、計測値がどう変化していくのか。確かに興味はある。

「ステータスを三〇に丸めてから全て一〇〇まで一〇刻みで……四十三回計測か？　まあ、二度と計測できないわけだし、やっとくか？」

「基礎データは多いほどいいですからね。お願いします！」

「四十三回というと大体九千万か。うーん、こないだから金銭感覚がおかしくなってきてるなぁ、俺たち」

「たぶん、資金のほうは大丈夫ですよ」

「そうだな。俺はしばらくスライムと戯《たわむ》れてるから、スキルのチェックもやっとけよ」

「了解です」

三好が手早くメールしている。翠先輩のところだな。

「それで、先輩」

「あー？」

「私、翠先輩の会社に投資したいんですけど」

「投資？」

三好が言うには、こないだ得られたデータから、必要になりそうな計測値とかを抽出してみたので、それを元に計測用デバイスを試作したいとのことだった。

「ただのデバイスだけ？」

「はい。後はそれを使って、先輩を測定して、数値化できるようモデルを調整するんです」

　ＡＩが向いている気がするジャンルではあるが、数値がはっきり分かっているのは俺一人だ。だから多数の人間を計測して、ＡＩにパターンを喰《く》わせるなんてことはできっこない。

　コードは当面ヒューリスティックな調整に頼らざるを得ないから、三好のセンスに期待だな。

「それはいいけど、そんな機器を開発したら、あっという間にコピーされそうだな」

「ですよね。だから、端末部分は単なるセンサーと表示パネルと通信部分だけで構成しようと思うんです」

「ゴーグルやサマゾンの音声認識方式か？」

「そうです。計測したデータをセンターに送信して、結果だけを受け取って表示します」

　それなら根幹にあるソフトウェア部分を解析することはできない。

　いろんな値を与えて、結果から帰納的に類推することは可能だろうが、不正なアクセスはカットしちゃえばいいし、同じものをつくるのは大変だろう。

「どっかのクラウドでも借りるのか？」

「それだと漏れちゃう可能性がありますし。フロントの送受信部分や前計算はサマゾンＳＷＳとかでやって、最終的な結果計算だけは事務所にコンピューターを置いてやろうかなって」

「回線って大丈夫なのか？」

：

「最初はそんなにアクセスがあるわけじゃないですし、帯域も不要ですから。民生用のギガビットや10ギガビットの回線を一〇本くらい引いておけば平気じゃないですか？」

「テストみたいなもんだしな」

「軌道に乗って、利益が出るならちゃんとした専用回線を契約すればいいですよ」

「そうだな」

「それに、この仕組みだと擬装もできそうですしね」

「擬装？」

「先輩……分かってます？　これを一般に販売したら、先輩も測られちゃうんですよ」

ああ！　そうか！　しかもモデルの元だけに、最高の精度で表示されるじゃないか！

「げっ。全然考えてなかった……しかし個人の認識とか可能なのか？」

「データは先輩がベースですし。他の人はともかく先輩だけは認識できるんじゃないかと思いますけど」

「なら、よろしく。形状は、やっぱりメガネタイプか？」

「なんですかそれは、スカウターですか」

「正解。カッコイイだろ？」

「そうかもしれませんけど、隠しスキャンし放題ですよ、それ」

「表示精度を落として、総合値みたいな表示にしちゃえばいいんじゃね？　オモチャ扱いでさ」

「オモチャですか？　人類を一律数値化しちゃう器具ですからねぇ……便利かもしれませんが、差別に繋がらないといいんですけど」

「……確かに『戦闘力…たったの五か…ゴミめ…』って言われるのは嫌だな」

「絶対その遊び、流行りますよ？」

確かに流行るだろう。俺もやる、絶対。

「……やっぱり、スカウター型のオモチャはやめとこう」

「ですね。精度の出る固定設置タイプと、簡易表示のできるスピードガンタイプでいいんじゃないでしょうか。データ通信もwi-fiとデータ通信用のＳＩＭで」

「こなれてるしな。安くあがりそうだ」

しかし、投資か。

「投資したいってことは、融資じゃないんだろ？　増資だと、翠さんのところの株式がどうなってるのか分からないと難しいぞ。ＶＣ（ベンチャーキャピタル）がどうとか言ってたからその気はあるのかもしれないが」

「確か、全然増資してないはずなので、額面一万円で千株だと思います」

「株主が、翠さん一人なら簡単だが、大学や研究室がステークホルダーになってると、株式比率でもめる可能性もある。現在の仕事とさほど接点がないから、別途合弁会社を作ったほうがいいかもな」

「その辺含めて、ちょっと翠先輩と相談してみます。いくらくらい使ってもいいですか？」

「最終的な投資額はともかく、当面十億くらいなら平気だろ。とはいえ、先に今回の数値化に関す

：

るセンサーだけ組み込んだ試作機の開発を優先するのが条件かな」
「了解です。後で相談してみます」
「頼むわ。んじゃ、その資金稼ぎにダンジョン通いを続けますか……あ、資金といえばオークションはどうなった？」

――――

そうだよ。それを確認しに早起きしてきたんだった。
「地味にしか思えない〈物理耐性〉は、思いの外人気ですね」

2,422,000,000 JPY
2,658,000,000 JPY
2,855,000,000 JPY

――――

三個の〈物理耐性〉は、価格はともかく落札者が凄かった。
ＵＳのサイモンとＣＮ（中国）の黄、そして、ＧＢ（イギリス）のウィリアムだ。世界ランク三位と四位と六位ですよ。

五位と七位と八位はサイモンチームだから、こいつらが受け取りに来たら、代々木に二位のドミトリを除いて上位陣が勢揃いするのだ。

もちろん各国の軍事予算なのだろうが、まさにシングルの競演だ。

「全員上位陣だし、それが必要に思えるような状況を経験してるんだろ。ところで、同じスキルを二個使ったらどうなるんだろうな？」

「試してみますか？」

うーん、大丈夫だとは思うが、意味なく試してトラブルになるのも嫌だしな……

「まあ、そのうち、必要に迫られたらやってみよう」

重複使用して問題が起こっても、さほど困りそうにないスキルで試してみるのがいいだろう。何かの探知系かな。

そこで、三好のスマホがピロリと鳴った。

「翠先輩、起きてるんですねぇ……」

三好はそれを読むと、俺に報告した。

「四十三回もやるには試薬が足りないそうです。発注して十九日はどうかということです」

「月曜か。ＯＫって返事をしておいて」

「了解です。あ、それで〈超回復〉なんですが……」

「どした？」

「これ、誰が入札してるんでしょうね？」

そう言って、三好が〈超回復〉の落札画面を表示した。

――――

5,543,000,000 JPY

――――


「五十五億?!　ＩＤは?」

「普通に検索してもヒットしません。競《せ》り合ったのは非個人のＩＤでしたが、落札したＩＤはパーソナルカテゴリーです。代理人ですかね?」

「つまり、著名な軍人じゃなくて、ダンジョン攻略機関や会社組織でもないってことか?」

「そうです。もっとも代理人なら分かりませんが」

「もうＩＤ非公開になってるんだから、落札代理人を立てる意味はないだろ」

「私、ちょっとヤな予感がするんですよ」

「どんな」

「これって、名前が〈超回復〉じゃないですか。しかも未知スキルで効果は不明」

「だから?」

「なんか、凄い難病の身内がいるお金持ちとかが入札してるんじゃ……と思うわけですよ」

「それって効果がなかったら」

「逆恨みされそうですよね。しかもそういう人って、無駄に権力もありそうだし」

そう言われると確かにそんな気もする。

「そういや、〈超回復〉ってどんな機能だったんだ?」

「表面的なことしか分かりません。でも体の調子はいいですよ。徹夜しても気を張っている分には、ほとんど疲れを感じません」

「それって、ヤバいクスリみたいじゃん」

「それに……」

そう言って三好は、机の引き出しからカッターナイフを取り出すと、おもむろに自分の指の先を傷つけた。

「おい!」

「まあまあ、先輩。見っててください」

焦る俺を尻目に、そっとティッシュで指先の血を拭うと、そこにあるはずの傷は、どこにも見当たらず、わずかな痕跡すら残されていなかった。

「ええ?!」

「昨日、車を避けて路肩の看板から出てる釘に腕を引っかけたとき気がついたんですよ。大きな怪我だとどうなるか分かりませんが……段々人類から遠ざかっているような気がしますね」

「……人類を次の位階に連れて行くようなアイテム、か」

一般にスキルオーブに使われている形容が思わず口をついて出た。

「それにその人、凄く急いでいるっぽくて、受け取りの指定日が今日なんですよ」

「今日⁉　これからか？」

もし東京在住じゃなければ、落札前から東京に来てたってことだ。気合いの入り方が違う。

使うヤツが死にかけてるとかじゃないだろうな……

「そうです。約束は十時ですね」

「信じられん！　十分延長で長引いたらどうする気だったんだ？　って、あと三時間くらいしかないじゃん！」

俺たちは市ヶ谷へと向かうべく、急いで準備を行った。

SECTION：
市ヶ谷　ＪＤＡ本部

「こちらが、オーブを落札された、アーメッド様です」

完全にアングロ・サクソン系白人に見える、執事然とした中年の細身の男が紹介した男は、高そうなスーツに身を包み、フルフェイスに近い立派な口ひげをたたえた四十代位の男だった。

アーメッドと紹介された男は、俺たちに向かって静かに黙礼した。

そばには、車いすに座った、オペラ座の怪人を彷彿《ほうふつ》とさせるマスクをつけた女性が、うつむき加減で控えていた。

三好の勘は当たってたのかもな。そう考えながらも俺は内心首をひねっていた。

なぜなら、単に外傷だというだけなら、こんなギャンブルみたいなオーブを使わなくても、ポーションだけで事足りるはずだからだ。

オーブを販売する手続き自体は、鳴瀬さんをＪＤＡの保証人に、つつがなく終了した。

だが、鳴瀬さんが取引終了の宣言を行ったのを合図に、執事然とした男が、突然話しかけてきた。

「アーメッドさんは、あなたたちにもうひとつお願いがあるそうです」

「お願い？」

俺は訝しんで、鳴瀬さんを見た。

鳴瀬さんは、何も知らないとばかりに首を横に振って、話を引き取った。

「申しわけありませんが、オーブの売買取引自体は終了しています。何か問題がありましたでしょうか？」

執事然とした男は、アーメッドと早口でなにかやりとりを始めた。

（三好、あれは何語なんだ？）

（ヒンディーじゃないかと思うんですけど……なんか違う気もします）

「マラーティー語」

それまで黙って座っていた車いすの女性がそう言った。

「え、日本語がお分かりになるのですか？」

「少し」

そう言った後、英語で『英語のほうが得意だけど』と言った。

廊下で素早くゴグってきた三好が、「マラーティー語は、インドの公用語のひとつで九千万人くらい話者がいるそうです」と、代表的な単語と一緒に教えてくれた。

英語はインドの準公用語だから、日本語より英語のほうが得意なのは当然か。

『私は日本語のほうが得意ですよ』と英語で答えておいた。

「でしょうね」

「それで、あれは何をもめてるんです？」

「ダンジョン。連れて行ってほしい」

「は？」

意味が通じなかったと思ったのか、彼女は英語で言い直した。

『父は、あなたたちに、私をダンジョンへ連れて行ってほしいのよ』

なんだと？

「三好、今ダンジョンへ連れて行ってほしいと聞こえたんだが……」

「残念ながら、私にもそう聞こえました」

満足に動けなさそうな怪我人をダンジョンに連れて行く？　そんなの軍にでも頼んだほうがずっとマシだし安全なんじゃないの？

『なぜそんなことを？』

『簡単よ。私はダンジョンカードを持っていないから』

その言葉に俺たちは絶句した。

アーメッドが〈超回復〉のオーブを彼女に使おうとしていることは、ほぼ間違いないだろう。

だが、使用対象者がDカードを持っていない？

『ちょ、ちょっと待ってください』

俺は三好を部屋の隅へと連れて行った。執事然とした男とアーメッドと鳴瀬さんは、まだいろいろとやりとりしていた。

「三好、どう思う？」

「いきなり言われて、Dカードを二十四時間以内に彼女に取得させるのは、常識で考えれば不可能です」

「だよな」

「それをこの場で切り出してくるからには、なにかしら意図があるんじゃないでしょうか」

「それなんだが、あの執事風の男、どう見る？　どうにも偉そうじゃないか」

「そうですね。たぶん、なんですけど」

「なんだ？」

「アメリカかイギリスのエージェントくさくないですか？」

「発音と、マラーティー語とやらを話せるところから、イギリス関係か？」

「あり得ますね。オーブ保存の技術について、私たちってなにも肯定していないじゃないですか」

「偶然だと言い張ってるからな」

「何を他人事《ひとごと》みたいに」

「すでにオーブカウントは確認されています。もし、ここでこの件を引き受けて、二十四時間以上経ってからオーブを引き渡すと、保存できる事実が確定するってことじゃないでしょうか」

なるほど。賢いんだかあざといんだかよく分からないが、保存が可能かどうかを確かめるだけなら良い方法かもしれない。もっとも、俺たちが引き受けなければそれまでなのだが。

「アーメッド氏は、そういう意図に噛《か》んでると思うか？」

「分かりませんけど、あの娘を治したい一心って気もします」

俺は、向こうでもめているアーメッド氏と、車いすに静かに座っている彼女を見て、三好と同感だと思った。

「いっそのこと、このオーブは向こうで消滅させてもらって、もう一個売りつけるってのも考えたんだが……」

「え？　先日先輩が使ったのが最後だったんじゃ……」

「クールタイムは十二日だから、そろそろゲットできるはずなんだ」

「それもありなんですかねぇ。ただどっちみち彼女にDカードを取得させる必要があるわけですけど、できますか？　それ」

三好がちらりと車いすの女性を見て言った。

Dカードは、初めてモンスターを倒したときに得られるカードだ。

このカードの取得ルールはそれだけだが、たったひとつだけ厳密な条件があった。それは『モンスターを独力で倒す』という縛りだ。

一時期流行った取得ツアーで、その条件は徹底的に検証されていた。

そういったツアーでは、主に銃器を使って比較的遠距離からモンスターを倒させる業者が多かったが、その際、銃を何かに固定したり、他人が支えたりしているだけで取得に失敗した。それどころか、弾を込めるのが別人だっただけでNGだったのだ。対象モンスターが他者にヘイトを移しただけでNGになるため、ヘイトを集めて養殖することも不可能だった。

また、罠類は、設置から起動までを完全に一人の人間が行わなければならなかった上に、時間制限まであった。さすがに使用する道具までは、自分で作る必要はなかったが。

一見厳しそうに見える制限だったが、健常者にはそれほど大きな壁にはならなかった。ダンジョンには弱いモンスターもいるからだ。しかし彼女は……

俺は彼女の所へ戻って直接聞いてみた。

『君はどこが悪いんだ？』

あまりにストレートな問いに、彼女は一瞬きょとんとしていたが、すぐに答えてくれた。

『主に右半身ね。右手は上腕が途中から、左手は前腕部の先が。足も右足は膝の上からないわ。左足は大丈夫。顔は左側が残っていただけラッキー』

『事故？』

『まあね』

『このオーブが買えるなら、ポーションを手に入れられるだろ？』

『ポーションはすでに安定している体を修復しないいんですって』

『昔の事故なのか。残酷だがもう一度腕を落としてポーションを使えば……』

『ちぎれた手足を繋ぐくらいならともかく、何もないところから、にょきにょき手足を生やすようなポーションは、仮に存在していたとしても民間人には回ってこないわよ』

世の中にある大抵のものは金を出せば買える。しかし、存在していないものは、どんなに金を積んでも買えるはずがなかった。

センセーショナルだった、最初の上級ポーションの使用だって、あくまでも修復だ。

体の大部分は存在していて、モンスターの顎で切断された部分を修復して繋いだだけなのだ。下半身全体が生えたわけではない。

『そういえば、君、名前は？　俺は芳村圭吾だ』

『アーシャ。皮肉でしょ？』

『なにが？』

『希望って意味なの』

その言いぐさを聞いて俺は決心した。

「なあ、三好」

「なんです？」

「俺は、彼女をダンジョンに連れて行ってやりたいと思うんだ」

「まあ、先輩ならそうですよね。美人に甘いですし」

美人？　そう言われれば顔の左半分は整っている。

ちょっと、カトリーナ・カイフの若い頃を彷彿とさせる容貌だ。ハーフなのかな。

俺たちの話を聞いていた彼女が、驚いたようにこちらを振り仰いだ。

「で、どうやって彼女にモンスターを？」

「太くて長めのストローと、ソールに厚い鉄板を張りつけたブーツでいけるだろ」

「はぁ……しかたありませんね。さっそく手配しておきます」

そう言って三好は、どこかに電話をかけるために、こっそりと部屋を出ていった。

『本当に引き受ける気なの？　インド軍にもイギリス軍にも断られたのに？』

イギリス軍？　なるほどね。

だがまあ普通は断るだろうな。ヘタをしたら彼女の命はないし、それどころかまわりの命すら危険にさらされるかもしれない。なにしろ対象モンスターを他人が取り押さえているわけにはいかないのだ。もちろん麻酔など論外。

『まあ、俺たちに任せておきなよ。藁《わら》より多少はましだから』

『そう』

俺は彼女の笑顔を初めて見た気がした。

さてと。問題は時間だな。

『ただし、ほとんど時間がないから、これから俺の言うことには、必ず従ってほしい』

『裸になって足を開けって言われても？』

『……そうだ。もっともそんな楽しいことを要求したら、あそこで話している人たちに殺されるだろうから言えないけどね。残念ながら』

『わかった、ケーゴに任せる』

『助かるよ』

俺は、鳴瀬さんに歩み寄って尋ねた。

「それで、どうなってるんです？」

「あ、芳村さん。それが、どうも彼女を連れてダンジョンに行ってほしいそうなのです。それ自体は取引と何の関係もないので強要できないと説明しても、頼みます一辺倒で」

「分かりました」

「Shri. Amed」

三好が見せてくれた単語の一覧にミスターに対応したものがあった。発音は分からないが、たぶんシリで合ってるだろ。

アーメッドさんは、わずかに眉を上げた。

「芳村さん。お話は私が――」

執事然とした細身の男が割り込んできたが、俺は無碍《むげ》にそれを切り捨てた。

「オーブの取引は終わったので、あなたの仕事はここまでです。あとはアーメッドさんと直接話しますから。お疲れさまでした」

「は？　いえ、そんなわけには」

「鳴瀬さん、隣の小会議室を使えますか？」

「え？　ええ、すぐに」

ＪＤＡの小会議室は、すべて盗聴防止に電波を遮断する部屋になっていると以前鳴瀬さんから聞いたことがある。

録音の場合は防ぎようがないが、携帯でだって可能なので、それは仕方がないと諦めた。突然使用する部屋だから、あらかじめ何かを仕込んでおくことも難しいだろう。

『では、アーメッドさん、行きましょう』

そう言って、俺はアーシャの車いすを押しながら、強引に隣の部屋へと移動した。

鳴瀬さんが入り口で、通訳の男を遮って、後ろ手にドアを閉めた。そうして、部屋には、俺と、アーメッド親子の三人が残された。

『お嬢さんのDカードを取得するためにダンジョンに連れて行ってほしいということですが――』

『そうです』

アーメッドさんは初めて直接口を開いた。

『それがどれほど困難なことかは、お分かりですよね？』

『取引のオプションなどとは考えていません。新規の依頼で――』

『あの通訳の方がどこの方かは存じませんが、そういう問題ではないこともお分かりですね？』

『……分かっている』

そのとき、アーメッド氏はビジネスマンから父親の顔になったような気がした。

『結論から言うと、我々はお嬢さんにDカードを取得させることにしました』

『本当か?!』

『ただしそれが二十四時間、いや、もう二十二時間くらいか、以内にできるかどうかは保証できません』

『だろうな』

『もしその場合、あなたが高額の支払いをされたオーブそのものは無駄になりますが――』

『なぜ？　あなた方はオーブの保存技術を開発したのでは？』

『通訳の方から、その話を？』

『そうだ』

『そんな都合のいい技術は、たぶんどこにもありませんよ』

『しかし、オーブカウントは、確かに六〇未満だった』

『それは偶然です』

俺は、唇に、立てた人さし指をそっと当てて、そう言った。

『偶然』

『そうです、偶然。神様もたまには仕事をする』

そう言うと、娘のほうが微かに口角を上げた。

『時間の件は全力を尽くしますが、もし間に合わなかったとしても、すぐにもうひとつ入手する予定があることはお伝えしておきます』

『なんだと？』

『もちろんただでお譲りするというわけにはいきませんが』

『それは、そうだろう。で、Dカード取得の依頼料はいくらだ？』

『そうですね。各国の軍にも断られたはずの、このミッションインポッシブル……結構なお値段になるかと思いますが』

『構わん』

『では、お嬢さまが無事Dカードを取得されたら、お嬢さまと一緒にお食事をする権利を頂くというのはいかがです？　もちろんあなたのオゴリで』
　アーメッドさんは、何かを聞き間違えたのかと、眉をひそめた。
『……なにかのジャパニーズジョークかね？』
『とんでもありません。あ、ヒンドゥー教の方ってベジタリアンでしたっけ？』
『いろいろだ。うちは緩くて魚はかまわん。肉も害獣は許されている。たまにはね』
　さすがヒンドゥー教。
　あまりに懐《ふところ》が深すぎて、どんな戒律なのか一言で言えないだけのことはある。
「ではそれで」と俺は右手を差し出した。
　彼は少し逡巡《しゅんじゅん》した後、その手をとると、力強く握りかえした。これで契約は成立だ。

　ドアを出ると、通訳の姿が見えなかった。三好が足早に近づいてきて、状況を報告してくれた。

「先輩。代々木の会議スペースをひとつ借り切って、着替えや装備をそこに運ばせてます。三時間ほどで揃います」

「人を乗せる背負子《しょいこ》をひとつ用意しておいてくれ。レスキュー用のやつがあるだろう」

「了解です。先輩が背負うんですか？」

「車いすに何がくっついてるか分からないだろ。それにダンジョン内を車いすで移動するのは困難だ」

「なんだかスパイ映画みたいになってきて、ワクワクしますね」

：

「そんな派手な活動は願いさげなんだけどなぁ……」

「ぐーたらは遠くなりにけりですね」

「なんだそのいまさら気がついたような台詞は」

「いや、知ってましたけど」

「なら、詠嘆じゃないな。過去になったことだけを言いたいなら『遠くなりき』だろ」

「だから先輩は、そういうところが女性にもてない原因なんですって」

三好は、空気読めとばかりにふくれて、俺の足にケリを入れた。

§

三時間後、俺たちは代々木ダンジョンのレンタル会議室にいた。

アーメッドさんはついて来たがったが、ＶＩＰ用の別室で待機してもらっている。

最後までボディガードを付けたそうだったが、はっきり言って邪魔なので断った。

『それじゃアーシャ。義手も義足も、身につけているものは全部はずして、こちらの用意したものに着替えてください』

『え？　下着も？』

『全部です』

『足を開けと命じられるのと変わらないよお』と、彼女が頬を赤くして下を向いた。

「じゃ、三好、後は頼んだ」

「それはいいですけどー。足を開けってなんですか？」

「あー、よく分からんな。気になるなら彼女に聞け」

「ほー」

部屋を出て扉を閉めた俺は、そこで待っていた鳴瀬さんに面倒なお願いを追加した。

「じゃ、鳴瀬さん。俺たちが入った後、せめて五分間は誰も入らないように、入り口を閉鎖してください」

「え？　それじゃ、ダンジョン封鎖ですよ？」

「入り口のチェッカーの調子が悪いとかなんとか、適当にお願いします」

「ああ、職権乱用も甚だしい気が……」

「危険回避活動だから合法ですよ。他国の連中がついて来ると、いろいろと面倒が起こるかもしれませんから」

「はぁ、仕方ありません……」

「ありがとうございます」

「一応検索してみましたが、外国籍のエクスプローラーは、ここ三時間で入ダンしていません。その前ですと、いくつかのグループが入っていますけど」

「了解」

さすがは鳴瀬さん、手回しがいい。

突然のダンジョン行が決まったのは三時間前だ。

いくらイギリスの諜報機関が優秀でも、そう簡単に日本人の協力者を動かすのは難しいだろう。

会議室の扉がガチャリと開くと、三好が顔を覗かせた。

「準備できましたー」

「よし、行くか！」

俺は早速、レスキュー用の背負子に彼女を乗せると、それを背負って、三好と三人で代々木ダンジョンを降りていった。


『へぇ、ダンジョンの中って、こんな感じなのね』

『まあね。さっきも言ったけど、この中で見たことについては他言無用だから』

『分かってる』

数分で俺たちは、細長い直線の通路のどん詰まりを少し曲がった位置に到達した。

お、いるいる。

三好は早速、ぷるるんとしたモンスターの前に、タゲを取らないよう注意深く分厚いクッションシートを広げていた。

『じゃ、そこに降りて、このストローでその液を吸い上げて、スライムに向かって強く吹きかけるんだ』

『え？　それだけ？』

『まあそうだ。少しなら大丈夫だけど、内容物を飲んだり目に入れたりしないように』

霧吹きも考えたのだが、それを準備するところが銃の弾込めとみなされる可能性がある。

だから俺たちは、最も原始的で確実な方法を選択した。少しくらいなら口に入っても問題ないだろうしな。

「三好は、そっちの角からルートを監視しててくれ」

「了解ー」

ゴーグルをつけたアーシャはシートの上に仰向けに寝ると、片足で蹴ってずりずりとスライムに近づいた。

俺は、何かあったとき、フォローするためにそばに控えていた。

『はあはあ。いいわよ、ストローを頂戴』

俺は黙って、彼女に長めのストローをくわえさせた。

ここから先は、全て彼女が一人で行わなければならない。

彼女は液をストローに吸い上げると、鼻で大きく息を吸ってから、勢いよくストローに息を吹き込んだ。

押し出された「エイリアンのよだれ」は、見事にスライムに命中した。その瞬間スライムははじけて消えて、コアがころりと転がった。アーシャは仰向けで呆然とそれを見ていた。

『なにこれ？』

『凄いだろ？　俺たちは、「エイリアンのよだれ」と呼んでいる』

『酷い名前』

アーシャが吹き出した。

『あとは、そこに転がっているコア――まるいガラス玉みたいなやつだ。を、履いているブーツの底で、思いっきりひっぱたくんだ』

『分かった』

そう言うとアーシャはずるずると体を回して座る体勢に移行した。

そうして彼女は左足で狙いを付けると、座ったまま思い切り足を振り下ろした。ブーツの底に張りつけた鉄板が、コアにぶつかったが、完全には破壊されていないようだった。

「先輩。向こうの角を誰かが回ってきました」

『もう一度！』

『うん！』

再び勢いを付けて振り下ろされた足は、正確にコアを捉え、そうしてコアは砕け散った。

それが件の黒い光のようなものに還元されると、そこには鈍い銀色のカードが残された。

『おめでとう』

それを拾って、彼女に見せる。

『あ、ありがとう。これでオーブが使えるの？』

『そうだよ』

そう言うとアーシャは、俺の首に腕を回して、何度もありがとうと呟いた。

『おい、大丈夫か？』

後ろからネイティブの英語が聞こえてきた。

『何か用ですか？』

三好がそれに答えている。

『いや、誰かがいたから確認に来ただけだ。なんなら俺たちがエスコートしてやろうか？』

そう言ってこちらを覗いた軽そうな男が『おや、なんだかお取り込み中みたいだな？』と口にした。

『いや、ありがたいが、俺たちはもう引き上げるところだ。自分の冒険に集中してくれ』

俺は、彼女の腰を抱いて、レスキュー用の背負子に座らせると、ひょいとそれを担ぎ上げた。

三好は手早くシートとストローを片付けている。

『何だ、怪我でもしたのか？』

『いや。まあ気にしなくてもいいよ。じゃあな』

そう言って、俺と三好は足早に、二人の外国人から離れていった。

「どうやらつけてきますよ？」

「まあそうだろうな。そうだ三好、あれを」

俺がそう言うと、三好はポーチからひとつのオーブを取り出した。

それは彼女の父親から預かってきた、〈超回復〉のオーブだった。

『オーブはダンジョンの中で使ったほうが効きがいいっていう俗説があるんだ。試してみるか？』

彼女は少し考えたが、すぐに小さく頷いて、三好が差し出すそれを手首から先がない左手で触った。

そうして深く息を吸いこむと、目を閉じた。

その瞬間オーブは光となって消え、光は彼女の体にまとわりつき始めた。

『んっ……ああっ』

アーシャが思わず上げた声は、その場を見ていない者を誤解させるのに充分な、あえぎめいた声だった。

俺は焦って素早く横道に走り込むと、彼女を下ろして、三好と経過を観察した。

『あっ……ああっ、ああっ』

身もだえする彼女を見ながら自然と顔が赤くなる。

三好の肘鉄に右の脇腹をえぐられて思わず涙目になったところで、それは起こった。

彼女の体の欠損部分がもりもりと盛り上がり、手や足の形をなしていく。右半身の服に覆われていない部分が薄く発光していた。

『ああっ……』

一際大きなあえぎ声を上げた彼女は、額に玉のような汗を浮かべたまま、ぐったりと俺の胸にもたれかかった。

「せ、先輩。これって……」

アーシャのマスクがずれて、ぽとりと地面に落ちる。

豊かな黒髪がこぼれ落ち、後には、以前思った通り、カトリーナ・カイフの若い頃を彷彿とさせる美女が、荒い呼吸と共にそこにいた。

「オーブって……凄いですね」

「凄いな」

呆然とそれを見ていた俺たちの耳に、誰かの足音が聞こえてきた。例の二人に違いない。

俺は三好に目で合図すると、アーシャを抱き上げて移動し始めた。

「あ、背負子おきっぱなしだ」

「あれにはなんにも残ってないから大丈夫ですよ。むしろ調査してくれる間、時間が稼げるんじゃないですか?」

彼女を抱えているにもかかわらず、おれの腕はほとんど疲れたりしなかった。

先日検査の時に一〇ポイントが追加されたＳＴＲの力であることは言うまでもないだろう。

これ、残りポイントを全部振ったら、本当に人間辞めちゃうんじゃないの？　と少しだけ不安になった。

§

代々木ダンジョンのＶＩＰルームで、それを見たアーメッドは、呆然として立ち上がることができなかった。ドアを開けて入ってきたのは、出会った頃の妻によく似た顔立ちの、どこにも瑕疵《かし》のない玉のような女性だったからだ。

彼女が何を言ったのか、俺たちには分からなかったが、「ピタ」と聞こえた。きっと「パパ」って意味だろう。

アーシャはソファから立ち上がれないアーメッドに駆け寄ると、抱きついて二人で泣きあっている。俺たちは目配せしあうと、そっと静かに部屋を出た。

「お疲れさまでした」

鳴瀬さんがそう言った。

「五分後に、英国籍の二人がダンジョンに入って行きましたけど、大丈夫でしたか？」

「来た来た。会いましたよー。なんか、軽そうな人たちでしたね」

「ストーカーっぽくつけられたくらいで、特に実害はありませんでしたから」

「でも、先輩。あの広い代々木ですよ？　五分遅れで入って、よく私たちの居場所が分かりましたよね？」

「あの辺は人がいないからな。イギリスさんには、何かダンジョン内で人を探す秘密兵器でもあるんじゃないか？」

「おー。Ｑがいるんですかね？」

「さあな。ところで三好、原作にＱはいないんだぞ。Ｑ課は出てくるけどな」

「だから先輩は、そういうところが女性にモテない原因なんですって」

　ふくれた三好は、当てつけなのかとんでもないことを言い出した。

「ま、ダンジョンの中ではモテてたみたいですけどね」

「え、なにかあったんですか？」

「先輩ったら、アーシャさんをお姫様だっこですよ！」

「キャーっ」

　いや、キミたちね……

「それはともかく、芳村さん」

「はい？」

　鳴瀬さんは、いきなり仕事モードに突入した。

「アーシャさんの体のことですけど、あれが〈超回復〉の効果なんですか？」

「それは分かりませんけど、使ったとたんにああなったのは確かです」

「使用時の状況は――」

「ああ、ＷＤＡデータベースの、オーブ効果の説明ですか？」

「はい」

「……あれって公開しないほうがいいんじゃないですか？　もしも現象だけを公開したら、人類の欲望を大いに刺激すると思いますけど」

　俺はアーシャたちのいる部屋のドアを見ながら、そう言った。

ポーションが公開されたとき、世界はパニックとも言える狂乱状態に陥った。

このことが公開されれば、〈超回復〉の出現には、それ以上のインパクトがあることは間違いないだろう。

「不死？」

鳴瀬さんが思わず不穏なことを呟いた時、三好は慌ててそれをごまかそうとした。

「そんな大層な！　ちょっと、疲れにくくなるくらいですよ？　徹夜しても頑張れば一晩くらい平気です」

「え？」

「それから小さな怪我はすぐ治ります。機能報告としてはそれくらいにしておいたほうが――」

「？」

「ちょっと待ってください」

「もしかして、三好さんも使われたんですか?!」

「あ」

おう。三好。脇が甘い。俺は額に手を当てて、天を仰いだ。

「……ええまあ。販売するのに実験は必要じゃないですか？」

あ、バカ……

「って、ことは、他の未知だったスキルも?!」

「ぜ、全部ってわけじゃ……ないですよ？」

突っ込まれた三好の目が泳いでいる。アホか、こいつは。

「や、まあそれはともかくですね。まだ、はっきりとした効果は分かってないんですから、焦らない方がいいと思うわけです」

無理やり割り込んだ俺をジト目で見ながら、鳴瀬さんは頷いた。

「そもそも〈超回復〉の効果が、どの程度続くのか分かりませんし。それに、一度大きく回復したら、その機能が失われる可能性だってありますし」

回復というのはどこからかエネルギーを持ってきて行われているわけだ。

それが無限に続くなんてことは、常識的に考えればあり得ない。ダンジョンに常識が通用するかどうかは分からないが。

「蜥蜴《トカゲ》の尻尾だって、一度切ってしまえば長い間使えるようにはなりません。生物として、そう簡単に不老や不死が得られるとは思えませんし……って、まてよ?」

「どうしました?」

「今、アーシャのDカードってどんな表記になってるんだ?」

俺は三好に向かってそう尋ねた。

「あ!　そういえば、私が拾ったままだ。でもこれ、本人の許可なく見てもいいんですか?」

「内容は全部知ってるんだから問題ないだろ。緊急ってことで目をつぶれ」

「分かりました。これです」

NAME:
Asha Amed Jain

AREA: 12

RANK: 99,728,765

SKILL:
[超回復]

「スキルって日本語表示されるんですか？」

三好がカードを見て不思議そうに言うと鳴瀬さんが解説してくれた。

「Dカードのスキル表示は、見る人のネイティブの言語で見えるんです」

「ええ？　なんでです？」

「分かっていません」

「光だけで知覚しているわけじゃないんだろ……それはともかく」

「スキル名に括弧がついていて、色が薄くなってますね」

「なんだかまるで、現在は使用できないって言ってるように見えます」

「実際そうなのかもな。時間が経ったら回復して使えるようになるのか、もう二度と使えないのか、そこは分からないが」

「あとでアーメッドさんたちに説明しておいたほうがいいですよね」

「そうだな。どっかのアホな国が、スキルの効果を確かめようとするかもしれないからな」

「先輩、それって……」

「ま、ただの可能性だよ」

誘拐されて、実験材料よろしく切り刻まれる、なんてことは考えたくない。もしも三好のことが広まったら、こいつにもその危険があるのか……早いうちに、なんとかしなきゃな。

はあ、平穏な生活がどんどん遠ざかって行く気がする……

二〇一八年　十一月十七日(土)

SECTION：

代々木八幡

目が覚めたら、お日さまはとっくの昔に空の高い位置に昇っていた。

シャワーを浴びていると、ぐうとお腹《なか》の音がする。ざっと身だしなみを整えて、事務所のある一階へと下りていった。


「おはよう」

「おそよーございます。もう十一時過ぎですよ」

「いや、昨日は大変だったし……」

「でしたねぇ……」

あの後、部屋を出てきたアーメッドのおっさんは、サンキューサンキューを繰り返し、俺たちは、無理やり銀座へと連れて行かれた。あげくに、娘が生まれ変わった記念だとか言って、六丁目あたりでシャンパーニュを開けまくって梯子《はしご》しやがった。

「古いサロンにクリスタル。極めつけはクロ・ダンボネですよ、先輩。ああ、夢のよう」

三好はうっとりしながら、昨夜のラインアップを思い返しているようだ。

「ギョームのオー・ドゥス・デュ・グロモンのファーストロットが出てきたときは驚きましたね。銀座って何でもあるんですねぇ」

とはいえ、お祝いで開けるようなボトルですかね、あれ。と三好は首を捻《ひね》っていた。

知らんよ。

ヒンドゥって酒飲んでいいのかって聞いたら、確かに禁酒の町もあるが、全体としてはみんな割と飲むんだ、だと。うーん自由だ。

「んで、今日は？」

「オーブの受け渡しが三件ありますから、ダンジョンはお休みしてください」

「あとちょっとで、〈超回復〉がゲットできるはずだから、早い時間に終わったら少しだけ潜ってくる。そっちはどうなってるんだ？」

「一応、コードは形になっていますよ」

「了解。まあどうせそっちはちんぷんかんぷんだから任せるよ」

「ちんぷんかんぷんって、前の会社じゃ似たようなことをしてたじゃないですか」

「もう忘れました」

「さいで」

ダイニングを横切って、キッチンへと足を踏み入れ、冷蔵庫からエヴィアンを……って、硝子《ガラス》瓶になってるぞ。……シャテルドン？

「三好ー。このシャテルドンってのは水か？」

「あー、そうですよ。先輩、微炭酸お好きでしょ？」

ふーんとスクリューキャップを捻って、グラスについでごくりと飲んだ。おっとこれは……さっぱりしてて美味しいな。

「俺は、オムレツでも焼こうかと思うんだけど、三好も食べるか？」

「どうせすぐお昼ですよ。市ヶ谷で食べませんか？」

「あー、そうか、それもあるか。どこで？」

「鳴瀬さんがこちらに顔を出したら、拉致《らち》って社食って考えてたんですけど、いらっしゃいませんねぇ」

「昨日は大騒ぎだったからなぁ。報告書で死んでるんじゃないの？」

「何が何だか分からないうちに、不死問題まで飛び出しましたからね」

〈超回復〉で不死はさすがにないだろうが、そのうち不死なんてスキルのオーブも登場しそうな勢いだ。スキルオーブ、なんでもありだな。

「三好、電話してみてくれよ。問題なければＪＤＡの社食で会おう的な」

「了解です」

「じゃ、俺は出かける準備をしてくる」

「はーい」

グラスの水を飲み干して、食洗機に突っ込むと、瓶を冷蔵庫に戻して着替えに戻った。

SECTION：

市ヶ谷　ＪＤＡ本部

その日の午後の取引は、黄、サイモン、ウィリアムの順だった。

世界ランキング四位の黄氏は、なんというか寡黙、かつ、せっかちな男だった。

取引が終わった瞬間、自分でオーブを使ったかと思ったら、調子を確認するように、右手を閉じたり開いたりすることを繰り返した。

そうして、いきなり「シャオ　ホウチェン」とか言って出て行った。

「稍後見、ですかね？」

「俺に中国語が分かるわけないだろ」

§

次の相手はサイモンだった。二個目のお買い上げありがとうございます。

先日会ったときからずっと代々木で肩慣らしをしていたそうだ。

どこまで潜ったのか聞いたら、一日ちょっとで十七層まで行って、一日で引き返してきたとか。

さすがにトップパーティは、アドベンチャラースタイルでも他と一線を画している。

肩慣らしって、もっとこう、違うよね？

『昨日はなにやら大変だったらしいな』

『耳が早いですね』

『なにをとぼけてるんだ？　今や代々木は諜報戦の最前線になってるだろうが。ＧＢとＣＮまで来てるじゃねぇか』

『いや、我々はそんな世界と無関係ですので』

『いや……それは無理だろ』と、呆れたような顔をされた。

『だが、代々木は生態系も幅広くて面白いな。特定の資源を探すなら、世界でも屈指の便利なダンジョンだ。それに誰でも入れるパブリックな場所なのがいい。日本ならではだな』

『脇の甘い、日本ならではでしょう？』

そう言うとサイモンは苦笑して立ち上がった。

『それでも人類のことを考えるなら、これが正解さ』

そう言って会議室を出て行った。

「やっぱり、ああいうことを考えてるんですね」

「基本は自国の利益だろうが、地球が滅びれば自国もクソもないからな。パッセージ説が本物なら、余計にそういうことも考えるだろ」

ダンジョンを最下層まで降りたら、異世界に繋がっている？

地球空洞説かよと言わんばかりのトンデモ理論……だった、はずなんだがなぁ。

「ですよねぇ」

「ま、俺たちは俺たちにできることをやるだけさ」

「世界を相手に近江商人ですね！」

「そうだな。で、最後は？」

「因縁のＧＢです」

「あの執事男、現れると思うか？」

「いや、さすがにそれはないでしょう」

§

我々の予想に反して、執事男がドアを開けて入ってきて驚いた。

『英語なら別に通訳は要りませんよ？』

と言うと、苦笑を返された。

『日本のキツネは尻尾を隠すのが巧《うま》い』

『泥の船に乗せられないよう、気をつけてはいます』

あれは狸《タヌキ》だっけと思い返していると、その後ろから、いかにも軍人然とした男が現れた。サイモンのような緩さを感じさせない男だった。

イギリスはSAS（特殊空挺部隊）の下にDCU（ダンジョン攻略部隊）と呼ばれるダンジョン攻略部隊が作られた。そのため、隊員は全員軍の精鋭だということだ。

そして、どうやら彼がウィリアムらしい。

取引自体は、特に滞ることなく行われた。

オーブカウント六〇未満の所で、執事男がわずかに顔をしかめたが、取引終了後は、特に何事もなく握手をして別れた。それが逆に、不気味だった。

「いやー、先輩。緊張しましたね」

「まったくだ。まさか露骨に顔を出すとは」

「何を考えてるんでしょう？」

「さあ？　宣戦布告？」

「やめてくださいよ」

それを聞いて、鳴瀬さんも顔をしかめた。

「まったくですよ。芳村さんって、事なかれなのか好戦的なのか、よく分からないところがありますよね」

「とんでもない、グータラ平和主義ですよ」

「グータラなのは間違いありません。でもここのところは、ちゃんと仕事してますね、昨日とか」

「ちょっと働き過ぎ?」

「それはどうでしょう?」

そのとき、会議室のドアがノックされた。

「どうぞ?」

そうして開いたドアから、アーシャが入ってきた。

「ケーゴ!」

おもむろに抱きつかれた俺は、ものすごく焦った。スゲー嬉しいが、これは慣れん。

『アーシャ、どうしたんだ?』

「約束、果たしに来た」

「約束?」

俺と三好は顔を見合わせた。

『酷い。忘れたわけ?』

そう言って、アーシャはDカードを取得するときに提示した報酬について話した。

「先輩、なんという格好つけ」

それを初めて聞いた三好が呆れて、現代日本文化を摂取しすぎなんじゃないですか?　と突っ込みを入れてきた。あれ、言ってなかったっけかな?

「いや、あのときはちょっとした軽口のつもりで……」

「ジョークだったですか⁈」

「あ、いや、そんなことない、かな」

アーシャは俺の手を取ると、招待状らしいものを渡してくれた。

『招待状です。席があるので、最大六人まで誰か誘っても大丈夫だそうですよ』

『分かった。じゃあ、楽しみにしてる』

『はい！　それでは明日！』

そう言ってアーシャは会議室を出て行った。

「せわしないな」

「この後、なにかＪＤＡで聞き取りみたいなのがあるみたいです」

「聞き取り？」

やっぱり〈超回復〉の件だろうなぁ。ちょっと心配だ。ま、あのパパリンがいれば、無体なことはさせないか。

「ところで先輩。その招待状、見せてくださいよ」

「ん？　ほれ」

「開けていいですか？」

「うん」

三好は招待状を取り出して目をおとすと、すぐに大きく目を見開いた。

「せ、先輩。これ、場所が……『ないとう』ですよ？」

「ないとう?」

「アークヒルズサウスタワーのお寿司屋さんです」

「ああ、ヒンドゥーだから。彼女のうちは、魚はＯＫらしいぞ」

「いや、そういう問題じゃなくてですね……先輩に分かり易く言うと、東京に三軒しかない、タイヤ会社が星三つ付けたお寿司屋さんなんです」

「なんだよ」

「……よく知らないんだけど、そういうお店って突然貸し切りにできるもんなの?」

「だからですよ。予約者とかどうしたんでしょう?　まさか追い出し……十八日?!」

「十八日って明日ですよ!」

「だから?」

「日曜日は、『ないとう』休みなんですよ」

「ああ、それで貸し切りにできたのか」

「いや、待ってくださいよ。飛び込みでお店の休みに営業させるって、アーメッドさんって何者なんですか、先輩?」

「さあ?」

「鳴瀬さん?」

「お客さまのプライバシーに関することは守秘義務の範疇《はんちゅう》です」

　鳴瀬さんは、すました顔でそう言った。

「まあそれはともかく、他人の金で美味そうな寿司を食べ放題だぞ？　三好的には嬉しいだろ」

「もちろんですよ！　あ、鳴瀬さんも行きますよね？」

「え？　私ですか？　いいんですか？」

「そりゃ、職権乱用しまくりで、イギリスのパーティを足止めしたじゃないですか」

「あ、あれは――そうですね。日曜日ですし、ご相伴にあずからせていただきます」

「これで三人か……ま、いいか。三好、誰か誘いたい人がいるか？」

「突然だと翠先輩くらいしか……あ、そうだ、鳴瀬さんって、翠先輩のお姉さんなんですって？」

「翠って、医療機械の会社を立ち上げた？」

「そう。それです！」

「三好さんとなにか関係があるんですか？」

「いま一緒にとあるものを開発しようとしてるんですよ！　楽しみにしていてください」

「こら、三好。まだ翠さんにもまともに話してないんだから、口外するなよ」

「えー？　聞きたいです！　こういうのが専任スパイの役割じゃないですか」

「いや、スパイって……まあもうちょっとお待ちください」

「えー？」

「三好、翠さんに口止めしとけよ。姉ちゃんが探りに来るぞって」

「了解です」

「ええー⁉」

：

その日は結局、女子の世間話で日が暮れたのだった。

二〇一八年　十一月十八日(日)

SECTION : 市ケ谷　JDA本部

　翌日は何の変哲もない、薄曇りの日だった。

　お誘いは夜からだったし、俺は、昨日達成し損ねた〈超回復〉のゲットを目的に、代々木ダンジョンへとやって来た。

「芳村さん!」

　エントランスホールで突然呼びかけられて振り返ると、目出し帽にフェイスガードのすらりとした女性が駆け寄ってきたと思ったらハグされて、まわりが少しだけざわめいた。

　は? は? なにごと?? え……もしかして。

「み、御劔《みつるぎ》……さん?」

「はい! 私、受かったんです!」

　受かったって、前に言ってたコンペかなにかだっけ?

　ともあれ、ドラマの撮影じゃあるまいし、こんな場所でこんな体勢は目立って仕方がない。

　俺は、彼女を連れてそそくさとその場を後にし、いつも鳴瀬さんに連れて行かれるYDカフェの目立たない席へと向かった。

「まあ、これでも飲んで落ち着いてください」

そう言って、カフェオレのカップを彼女の前に差し出した。

「ありがとうございます」

そう言って彼女が、目出し帽を脱ぐと、透け感のある前髪をサイドに流したショートカットの髪がさらりと落ちてきた。

右手でちょいちょいと前髪を直している姿は、以前にも増して洗練されていて目を引いた。

「ふー。目出し帽って便利ですけど、汗をかいちゃうから、お化粧はできませんね」

「そういや、知らなかったけど、御劔さんって有名人なんでしょ？　こんなところで顔出して大丈夫？」

「そんなの。駆け出しもいいとこですから、誰も気にしませんって。あとすっぴんだから気がつかれない」

けらけら笑っている姿すら上品に見える。

これはもしかして、ヤバいくらいステータスアップしているんじゃ……

「受かったって、前に言ってたモデルのオーディション？」

「はい。芳村さんのおかげです！」

「いや、御劔さんの頑張りでしょ。あれから随分潜られていたみたいですけど」

「それなんですけど……」

そう言って彼女が取り出したのは、Ｄカードだった。

ライセンスカードは普通に目にするが、Dカードを見せるのは、相手を信頼している場合だけだ。取得直後ならともかく、それが男女なら恋人だと思われてもおかしくないだろう。

その瞬間、まわりからざわっという波動が聞こえてきたような気さえした。

しかし、まわりが気になったのも、そのカードを見るまでだった。

――ランキング九八六位。

「たった六週間。しかも一層しか潜っていないのに、です」

御劔さんは顔を寄せて囁《ささや》いた。

「芳村さんが、何かしたんですよね」

そう言って彼女が差し出してきたのは、前にお願いしていたスライムの討伐数だった。

一日平均百十八匹。

凄いな、適当にやってた俺よりずっと多いぞ。しかも入り口へ戻りながらか。

一匹五分として一時間に十二匹。一日十時間近く潜っていたってことか。

潜った日数は四十二日。ほとんど毎日だけど……

「こんなに潜って、仕事大丈夫だったの？」

「コンペまでは特訓の日々ということで、どうしても避けられないもの以外は受けないようにしてもらってたんです」

「へー」

一日の平均獲得ＳＰは、２・３６だ。それを四十二日間。トータルで、９９・１２か。

つまり、大体一〇〇ポイントくらいからトリプルになれるのか。

考えてみれば俺が二千匹近くスライムを倒して手に入れたポイントは、わずかに五ポイントだ。連続して倒す限りそんなものなのかもしれないな。

しかし、もしもこのポイントが、ほとんどAGIやDEXに振られているとすれば、すでに超人の域だ。たぶん自分の体をミリ以下の単位で制御できるだろう。そうしたら、あとはもうイメージだけだもんな。

「まあ、確かにコツは教えたかもしれないけど、こんなに早く結果が出たのは御劔さんの頑張りだから」

「お約束通り、私、涼子《りょうこ》ちゃん以外、誰にも話していませんから」

「分かってる。……おめでとう」

そう言うと、思わず感極まったのか、彼女は少し涙ぐんで、テーブルの上の俺の手を握った。

「で、その、斎藤さんは？」

突然のことに焦ったおれは、思わず話題を変えた。

「なんだか演技がめちゃくちゃ上達したみたいですよ。最近はすっかり売れっ子になっちゃって、今ではあんまり付き合ってもらえません」

「え、じゃあ、一人で潜ってたの？　危ないよ」

「じゃあ、芳村さん、付き合ってもらえますか？」

「え？　俺？　ええっと。まあ、時間があえば」

「約束ですよ?」

「あ、ああ」

斎藤さんも同じくらいの討伐数で、三十日くらいは潜ったらしい。

それだと七一ポイントくらいか。それがもしDEX中心に振られているとしたら、彼女も確実に普通の人じゃなくなってるな。

「斎藤さんもそうだけど、御劔さんも、このカードは人に見せない方がいい」

「分かってます」

Dカードを見せ合うのは恋人みたいによっぽど親しい人くらいですよ、と彼女が笑った。

「いや、そういう人にも、できれば見せない方がいい」

「え? はい」

俺の真剣な様子に、彼女も居住まいを正した。

「それで、あの。何となくなんですが」

「?」

「……現在のランク一位は、突然現れた、エリア12の民間人なんだそうです」

「みたいだね」

「それってもしかして……」

俺たちは静かに見つめあった。カフェ内の喧噪《けんそう》が、遠く波の音のように聞こえていた。

「私、この仕事が始まっても、できるだけ代々木に来ようと思います」

「うん」

「あの。連絡先交換してくれますか？」

「いいけど、以前名刺を渡さなかったっけ？」

「ここに涼子ちゃんがいたら『連絡先の交換ってのは、私に連絡してくださいって意味ですよ』ってふくれますね、きっと」

御劔さんは、苦笑しながらそう言った。俺はその言葉にテレながら、連絡先を交換した。

「メールしますね。それじゃあ」

そう言って、席を立とうとした彼女の手を、俺は、思わずとって引き留めた。

「あー、御劔さん。実は今日これから、うちの事務所関係で小さなパーティがあるんだけど、一緒に行かない？」

「え？」

「三好が言うには、アークヒルズの『ないとう』ってお店らしいんだけど。お寿司、大丈夫？」

「ええ、ヘルシーですし。でも、私が行ってもいいんですか？」

「今となっては、立派なうちの関係者だし。よかったら斎藤さんも」

「分かりました。でも涼子ちゃんは遅くまでドラマの撮影だとか言ってましたから。後で聞いたら悔しがりますね」

御劔さんはいたずらっぽく笑った。

「十七時からなんだけど、どこかへ迎えに行こうか？」

「じゃあ、うちの近くの……戸栗《とぐり》美術館ってご存じですか?」

「え、渋谷の?」

「はい」

「松濤《しょうとう》じゃん!」

「あ、いえ、安い賃貸のマンションですから」

「シエ竹尾の通りだよね」

「はい。よくご存じですね」

「三好が食いしんぼだからレストランにだけは詳しくなるんだ」

俺は笑ってそう言った。

「それじゃあ、十六時に戸栗美術館の前でいいかな?」

「あそこは車で停車して待ったりできませんから……」

「じゃあ、うちを出るときに電話するよ。一キロちょっとしかないから車だと五分位かな」

「考えてみたら、凄く近いんですね」

「そうだね」

「分かりました。それでお願いします。では、また後ほど」

そう言って席を立った彼女の背中を見送りながら、メールって……イマドキのコにしちゃ珍しいよな、なんて考えていた。

§

それから急いで十二匹だけスライムを倒し、〈超回復〉を手に入れた俺は、そのまま事務所へと引き返した。

そして、時間がタイトだから、ハイヤーをスポットで借りてみた。当日でもわりとＯＫみたいだ。すぐに検索、ビバ、インターネット。三好にも一緒に乗って行くかと聞いたら、翠先輩を誘ったから、そっちと合流するそうだ。


「女の子を誘って、ハイヤーでお出迎えって、先輩もやりますね」

「いや、たまたまだから」

「でもあの二人、なんだか凄く躍進してるんですねぇ」

「だな。彼女たちがまじめだってこともあったけど、ダンジョンブートキャンプの効果はちょっと凄いな」

「経験値の取得ルールって、どこでどうやって公開するか、難しいですね」

「まったくだ。難しいことだらけだよ」

「ところで服はどうします？」

「鉄板のスマートカジュアルでいいだろ。日本のレストランは、上から下までスマートカジュアルで困ることなんかないよ」

「男性はいいですよねぇ。スラックス穿いて、襟付きシャツにジャケットさえ羽織っておけば、大抵通りますし。その点女はスマートエレンガンスだと浮いちゃうこともありますから。セミフォーマルだと下限で困りますし」

「今日は寿司だし、会場は小さいし、フレンドリーな雰囲気だろうからカジュアルでも大丈夫だろ？」

「飛び込みで『ないとう』を休日に貸し切りにしちゃう人たちですよ？　たぶん常識が違うでしょうし、一応準備を……」

「庶民はいろいろと辛《つら》いねぇ」

「本当ですよ。翠先輩が白衣で来ないか、それだけが心配です」

「……ありそうだな。しかしあのオッサンなら喜びそうな気がするけどな」

三好は、なにかのケースを取り出して、包装していた。

「なに、それ？」

「お祝いですよ。元気になった」

「あ、そうか。御劔さんや斎藤さんのお祝いもいるかな？」

「まあそちらは、先輩がお気持ちで」

「？」

「先輩。アーメッドさんは、私たちが売り出したオーブに五十五億円払ったんですよ？」

「……そういやそうだ。じゃあ、それは？」

「お嬢さまたち御用達。永遠の憧れ。ハリー・ウィンストンのサンフラワー。センタールビーのピアスですよ。お値段なんと二百万円」

「うおっ、すげぇ……」

しかしピアス？

「なぁ、三好。〈超回復〉って、ピアスの穴、あけられるわけ？」

「そう、それなんですよ。だけど丁度不活性ぽい感じでしたし、今のうちなら……ってもくろみもあるんですよ」

「ああ、将来活性化したらあけられなくなるかもしれないから促すわけか。だけど、活性化したら閉じちゃうんじゃないの？」

「それは大丈夫っぽいですよ」

「なぜ？」

「私のピアス穴、そのままですから」

まじかよ。遺伝情報から再現するのかと思ってたけど、そういうわけでもないのか？

「うーん。わけが分からん」

「先輩、言ってたじゃないですか」

「ん？」

「何か形而上的な、意識みたいなものが関係しているような気がするって」

「ああ、〈保管庫〉の件か」

「そうです。あれ、案外当たってるんじゃないかと思うんです」

「だから、ピアス穴もってことか」

「はい」

そのとき俺は、大変不謹慎なことを思いついた。

しかし、科学を嗜《たしな》むものとして、やはり疑問は明らかにしなければなるまい。死して屍《しかばね》拾うものなしなのだ。

「なあ、三好」

「なんです？」

「俺は、個人的に、非常に気になることがあるんだ」

「なにか凄く嫌な予感がしますが、一応聞いておきましょう」

「処女……ごはっ！」

その瞬間、三好の手元から飛来したタブレットが俺の額を直撃していた。

「先輩はちょっとデリカシーというものを覚えた方がいいと思いますよ」

はい。ずびばせんでじた。

「ともかく彼女は、思春期の頃事故にあって、以来ずっとオペラ座の怪人だったわけです」

「そうだな」

「おしゃれを楽しむ余裕なんか全然なかったはずです」

「うん」

「だから、これからは自由におしゃれできるんですよっていう意味で贈るんですよ。お値段もこの辺がお手頃で、気を遣わせなくていいですし。もっと凄いのは彼氏に買ってもらうということで」

二百万のピアスが、お手頃なのかよ！　お前らの常識はどうなってんだよ！

これだからセレブは！　セレブは！　まあいいけど……五十五億も貰ったし。

「だけどまさかパンチも付けるってわけにはいかないだろ？」

「あのパパリンなら、ちゃんとした医療機関で開けると思いますよ。しかし、プレゼントをすぐに身につけられないのは寂しい！　ふっふっふ、抜かりはありません。同一デザインのミニペンダント付きです！」

「ペンダント？」

「今日って、絶対、首元がスッキリあいた装いだと思うんですよね。でも首元のアクセはなし」

「なんで？」

「今まで隠さなきゃいけなかったことの反動ですよ。あんなに美人なんですから、もう絶対です」

アクセがないのは、不要だったから持っていないだろうという予測だ。こいつの洞察力は、ある意味凄いと思う。よく当たってるし。

「だから、先輩、ちゃんとつけてあげてくださいね」

「俺⁈」

「パパにつけてもらうっていうのは、年齢的にちょっと……かといって、あとは全部女性ですから」

そういやそうだ。おお、考えてみたらハーレムっぽいぞ？

「ま、こうやって色々恩を売っておけば……じゅるり」

「おい、こら、近江商人」

「いえいえ、今度は『ノオジェ』あたりを貸し切ってくれるかもなんて考えてませんよ？」

『ノオジェ』は化粧品メーカーが銀座で出しているレストランだ。

リニューアルオープンして、円形フロアの外周をサービスが動き回るという、少しせわしないフロアデザインになったが、それでも日本を代表するフレンチであることに間違いはない。

貸し切る？　まあ俺たちでは絶対に無理ですね。分かります。

「そうだ。先輩。全然話は変わるんですけど」

「なんだ？」

「〈収納庫〉ですけど、あの駐車場にある二十台……全部入っちゃいました」

は？　全部？

「す、凄いな。二〇〇トンはいけるってことか……限界が見えないな」

「あれ、出すときは、多少離れていても、ある程度思った通りの位置に出せるんですね。面白かったです」

「……お前、バスで積み木遊びとかしてないだろうな」

「え？　ええ？　し、シテナイデスヨ」

三好の目が泳いでいるが、ここで突っ込んでも犯罪者が増えるだけで良いことはない。

ミナイフリミナイフリ。

「後は電車かタンカーか……そんなに入るんじゃ密輸どころの騒ぎじゃないし、なにか対策が見つかるまで、収納のオーブは集めるだけで、売るのはやめとくか」

「それがいいかもしれません」

話すべきことも話したし、なんだか時間がぽっかり空いた感じだ。

ハイヤーの時間まで、まだ四時間弱ある。

「よし」

「どうしたんです?」

「まだ昼だから、ちょっと出かけてくる」

「御劔さんのお気持ち用ですか?」

「なんで分かる?　お前はエスパーか?」

「まあ、話の流れで。先輩単純ですし」

「くっ……まあいいか。で、何がいいと思う?」

俺は自慢じゃないが、野暮の自覚がある。

モデルの女の子に送るプレゼントなんて分かるはずがないのだ。えっへん。

「そこで他人に振りますか。専属になったお祝いのジュエリーですよねぇ。ショートの正統派美人だし、ファッションモデルをやるならメインは服だから、ピアスならシンプルに一粒真珠がいいんじゃないでしょうか。大粒なら存在感もありますし、結構ノーブルですし」

「なるほど。真珠ってどこで買うんだ？」

「先輩……初めて買うならミキモトが安心ですよ。銀座四丁目に本店がありますよ」

「よし、大粒、シンプル、ミキモト、だな。さすがエージェント」

「はぁ……滑らないように頑張ってください」

そうして俺は、慣れない世界へと旅立った。もちろん勇者になるのは無理だろうけれど。

SECTION：
六本木一丁目

　アークヒルズサウスタワーに入って、一階へ。「春水堂《チュンスイタン》」の角で丁度下から上がってきた三好たちと合流した。

「ああ！　翠さんが白衣じゃない?!」

「ですよねっ」

　三好が拳を握って賛同してくれる。

「なんだ、お前、理系メガネ白衣女子萌《も》えだったのか？」

「いえ、違います」

「そこでいきなり素になるなよ！」

　翠さんと俺がアホなやりとりをしているあいだに、三好は、俺の隣にいる御劔さんにお祝いの挨拶をしていた。

「あ、御劔さんこんにちはー。オーディション合格おめでとうございます」

「ありがとうございます。今日はずうずうしくもついて来ちゃいました」

「先輩が誘ったんでしょ？　柄にもなくナンパなんかしちゃって」

：

「ちがっ！　対スライムチームの仲間としてだな！」

「ほらほら、行きますよ」

くっ、スルーされた。

まるで行き止まりに見える場所へ進むと、実は突き当たりの手前に左へ入る通路がある。入り口の自動ドアをくぐれば、すぐに会場だ。

しかし、関係ない人は絶対に通らないロケーションだよな、ここ。(注1)

『おお！　芳村、三好、よく来てくれた。お前たちは我が家の恩人だ！』

角まで行ったところで、店の前にいたアーメッドさんが、こちらに気付いてハグしてきた。

このオッサン、結構力が強くて苦しい。

『私たちだけの力ではありませんよ。ＪＤＡの鳴瀬さんには、陰に日向《ひなた》に手厚いサポートを頂きましたし』

『もちろんだ。きめ細かなフォローには感謝している。それで、そちらの美しいお嬢さんたちは？』

『こちらが、鳴瀬さんの妹さんで、翠さん。医療機械の開発会社をやっています。今うちと一緒に時々仕事をしてもらってるんです』

(注1)　**関係ない人は絶対に通らないロケーション**
実はトイレがあるから、そうでもない。

『ベンチャーのオーナーなのかね？』

『そうです』

『初めまして、鳴瀬翠と申します。今日は直接呼ばれてもいないのにお邪魔させていただいて恐縮です』

『いや、あなたの姉さんにはとてもお世話になった。楽しんでください』

『ありがとうございます』

こうして見てると、翠さんってデキル女って感じが半端ないな。スーツ姿もカッコイイし。

「いつもあれだと翠先輩も格好いいんですけどねぇ」

「いや、お前、身も蓋《ふた》もないことを言うなよ。俺もそう思ったけど」

『それで、こちらが御劔遥《はるか》さんです。来年から、fiversityブランドの専属モデルになる新進気鋭のモデルさんです』

『初めまして。まだ、英語がうまくない。すみません』

『それはおめでとう。英語は大丈夫。ちゃんと分かるよ。芳村君の彼女なのかね？』

『だと嬉しいんですが。残念ながら彼女もうちの関係者ですよ』

そのとき御劔さんの頬に、少し赤みが差した気がした。

『ほう、ダンジョンに潜るのかい？』

『はい、少し』

『それは仕事の役に立つ？』

『とても』

『なるほど、関係者のようだ』

アーメッドさんは笑って、店の入り口から店内に入っていった。

店内はL字型のカウンターのみで、結構狭かった。別室もあるみたいだが、もちろん今日は使われない。

『ケーゴ！』

『アーシャ。今日はご招待ありがとう』

「はい、先輩。これ」

「お。了解」

俺は三好からうけとったジュエリーの箱を、彼女に差し出した。

アーシャの服は三好の見立て通りだった。さすがだ。

『アーシャ、全快のお祝い。俺たちから』

『え？　ありがとう！　開けても？』

『もちろん』

『わあっ、素敵なピアス！　今すぐつけられないのは残念だけど』

『ちゃんとしたところであけてもらうといいよ。今日のところは、こちらのペンダントで我慢していただきたい』

『あら、つけていただけるのかしら？』

『仰せのままに』

（先輩、いつから英語でそんな言い回しができるようになったんですか？）

（昨日ネットで覚えた。間違ってないか？）

（定型句ですから、大丈夫ですよ）

　アーシャが向こうを向いて、髪を軽くかき上げたところで、ペンダントのチェーンを回して、おぼつかない手つきでフックをかけた。

　髪を下ろして振り返った彼女の胸元で、ダイヤに縁取られた小さな赤いルビーが美しく輝いていた。

『うん、とてもよく似合うよ』

『ありがとう。大切にする！』

　そうして俺たちは席につくと、大いに食事を楽しんだ。

　翠さんが「うまっ、アンキモすげぇ、うまっ」と言っておかわりしながら、日本酒をきゅっと飲んでいたのが印象的だ。左党だったのか。

「アンコウの肝は十二月頃から肥大するんですけど、ここのところ、早い時期からとれることが多いんですよ。これは美味しくなった走りのものです」とご主人が説明していた。

　鳴瀬姉は、完全にそれを見ないふりで、三好やアーメッドさんと話をしている。

　俺は、アーシャと御劔さんに挟まれて、楽しい時間を過ごしていた。

　二人の会話は、外国人が日本語を使い、日本人が英語を使う、奇妙なシチュエーションだった。

　とはいえ、意外とあるあるなのだ。

「ケーゴ、これ、美味しい。ほら」

『アーシャ、それはあーんというポーズで、意味、親しい』

「したしい？　so good! Do I have to say ‘earn’?」

『私、見せる。手本』

「はい、芳村さん。あーん」

「ちょ、まっ」

「せ、先輩がもてている」

「あれはオモチャにされているって感じですけど」

いい感じにアルコールも入ってますしね、と言って、鳴瀬さんはくいっとぐい呑みを呷《あお》った。

姉の方もイケるくちだったのか。

「それでも、片やボリウッド女優もかくやと言わんばかりの美女で、片やブランドに抜擢《ばってき》された新進気鋭のファッションモデルですよ！」

「改めてそう言われると、凄い気がしますね」

「フォーカスし放題です！」

三好が不穏なことを言う。

こいつの恐ろしいところは、どこまでが本気でどこからが冗談なのか、よく分からないってところなのだ。

§

『今日はごちそうさまでした』

『ケーゴ』

『アーシャも元気でね』

そう言うとアーシャは、こちらに近寄ってきて、俺をハグした。

え、インドって、身体的接触ってありだっけ?? と焦っていると、フイと離れた彼女が『いつかまた、ね』と言った。

『うん。また』と、俺は、すぐにまた会える友達同士のような挨拶をした。

『いまや世界は、会おうと思えばいつでも会える程度には狭いさ』

そう言って笑うアーメッドさんの笑顔はちょっと怖かった。これが親バカパワーというものか。

『今後、何か困ったことがあったら私に連絡してくれ。必ず力になろう』

『ありがとうございます』

そう言ってやたらと豪華な名刺をもらい、ことさら力の入った握手(痛い)を交わした後、アーメッドさんたちと手を振って別れた。

翠先輩は、三好のところに泊まるそうなので、一緒にハイヤーに乗り込んだ。

途中、御劔さんを降ろすところで、用意していたプレゼントを渡した。

大きな一粒の真珠のピアスをお願いしたら、店員が選んでくれたのは、少しモダンなデザインの、Mという文字を模したものだった。

少しの酔いも手伝って、感極まった御劔さんは、ハイヤーを降りたところで、俺にキスをしてくれた。もちろん頬だったのだけれど。

「おーおー、デビュー前にフォーカスされちゃいますよ?」

三好に、別れた後のハイヤーの中で囃《はや》された。

「無名の人間を張るほど暇じゃないだろ」と冷静なフリをしてみせたが、俺はちょっと舞い上がっていた。

二〇一八年　十一月十九日（月）

SECTION：江戸川区

そうして翌日、再びやって来ました、鳴瀬秘密研究所。

「だれが秘密研究所だ。マッドな研究者は――」

「ああ、もういらっしゃったんですね」

そう言って、プリンター用紙の束を引きずった男が現れた。確か、中島とか言ったっけ。

「もう今日はオーラの秘密に迫れるかと、ドキドキで、よく眠れませんでしたよ！」

「――いないぞ、たぶん」

眉間を押さえながら鳴瀬所長がそう言った。

「で、今回も項目は前回と同じですか？」

「ええ、計測は全項目でお願いします」

「そういえば、前回のレポートはよく書けていた。ありがとう。しかし、今回は四十三回だ？　お前ら本当に酔狂だな」

「検査費で約一億ですからね」

中島氏が顔を振って感慨深げに言った。

「うちも潤沢な予算が欲しいです」

「さ、さあ、早速始めるぞ。時間がないからな!」

鳴瀬所長が目を泳がせながら、中島氏との話を打ち切ると、前回の計測器に俺を押し込んだ。

俺は早速メイキングを展開した。

NAME	芳村 圭吾	
RANK	1	
SP	1118.856	
HP	61.00	
MP	52.00	
STR	24	+
VIT	25	+
INT	28	+
AGI	20	+
DEX	26	+
LUC	24	+

とりあえず、ステータスを丸めるか。

代々木で倒したスライムは二千匹を超えていたが、連続で倒したから、一カ月の取得ポイントはわずかに五ポイントくらいだった。

これだと一年で六〇ポイントくらいか? すると三年で一八〇ポイントだ。

トップエンドのエクスプローラーのステータスが、平均的に振られていたとしたら、各ステータスは三〇ポイントくらいだろう。ばらつきがあったとしてもせいぜいが六〇ポイントくらいのはずだ。確たる根拠はないが。

　モンスターの経験値も深いところに行くほど増えるだろうから、倍くらいになっていたとしても六〇ポイント平均で、上が一二〇ポイントくらいか。

　三好と相談した結果、どれかを一気に上げるよりも全体をまんべんなく上げて測ることにした。どれかを突出して上げる人間は、ほぼいないはずだからだろう。まあ、予定では一〇〇までだから、そのくらいまでは平均的に上げても問題ない。

NAME	芳村 圭吾	
RANK	1	
SP	1085.856	
HP	75.00	
MP	57.00	
STR	30	+
VIT	30	+
INT	30	+
AGI	30	+
DEX	30	+
LUC	30	+

「お願いします」

「よし、一発目計測するぞ」

　右腕にちくりとした痛みを感じると、前回と同じく、ゴウンゴウンとＣＴが動くような音が聞こえてきた。そして数分後、計測終了の連絡が来た。

五分で一回を終わらせても四時間かかる長丁場だ。俺は淡々と機械的に作業を進めていった。

そしてそれは、ＳＴＲを一〇〇ポイントにしたときに起こった。

NAME	芳村 圭吾	
RANK	1	
SP	715.856	
HP	235.00	
MP	171.00	
STR	[-] 100	[+]
VIT	90	[+]
INT	90	[+]
AGI	90	[+]
DEX	90	[+]
LUC	90	[+]

「はえ？」

ステータスが一〇〇を越えたＳＴＲに（−）マークが追加されたのだ。

「どうかしたのか？」

思わず上げた声に、鳴瀬所長が反応した。

「あ、なんでもありません。ちょっと待っててください」

しかし、これは……もしかしてポイントを戻せるのか？　もしもそうなら、一点特化で大きなポイントを振って遊べるわけだが……

ゲームじゃ大抵、二ポイント使って一ポイント戻せるみたいなペナルティーがあったりするんだよなぁ。

俺はおそるおそる（－）を押した。

NAME	芳村 圭吾		
RANK	1		
SP	715.856		
HP	234.00		
MP	171.00		
STR	[-] 99	[+]	[1]
VIT	90	[+]	
INT	90	[+]	
AGI	90	[+]	
DEX	90	[+]	
LUC	90	[+]	

結論から言うと、ＳＰが戻されたりはしなかった。

どうやら、ステータス内で、使用するポイントを決められる機能のようだ。

今のところいまいち使い道が分からないが、すごくステータスが伸びて、人外パワーになったとき、手加減するための機能なのかもしれない。

あとはステータスの擬装とかだろうか？　見る人もいないのにそんな機能があっても仕方がないから、そういうものを見られるスキルがあるということだろうか？　擬装した結果、もしも、ポイントを割り振っていない時と同じ状態になるのなら、三好のテストには非常に都合がよいが……ま、今は余計なことをしないほうがいいだろう。

俺はポイントを戻して、「次お願いします」と言った。

そうして五時間後、俺のステータスはこうなっていた。

NAME	芳村 圭吾
RANK	1
SP	665.856
HP	250.00
MP	190.00
STR	- 100 +
VIT	- 100 +
INT	- 100 +
AGI	- 100 +
DEX	- 100 +
LUC	- 100 +

「先輩、お疲れさま」

「さすがに、四十三回はきついな」

計測器を出た俺は、大きく伸びをしてそう言った。

「お疲れさん。結果が出揃《そろ》うのにもう少し時間がかかるから、これでも飲んで待っていてくれ」

そう言って、鳴瀬所長が大振りのマグカップに入ったコーヒーを渡してくれた。

「ありがとうございます」

そう言ってカップを受け取って、力を入れた瞬間――持ち手が粉々になった。

「は？」

割れたんじゃなくて、何かで押しつぶしたかのように粉々になったのだ。

当然、マグカップは中身をぶちまけながら床へ。

「うわっ、す、すみません！」

「おいおい、大丈夫か？　火傷とかしてないか？　もし掛かったようなら、洗面所はそこだ」

「あ、ありがとうございます」

俺は後片付けを三好に任せて、洗面所へと駆けこんだ。もちろんドアノブは細心の注意を払って握った。

洗面所で水を流しながら、俺はおそるおそるポケットから十円玉を一枚取り出すと、親指と人さし指に挟んでゆっくりと力を入れた。すると十円玉は、なんの抵抗もなく、まるでゴムでできているかのように簡単にふたつに折れた。

「うそだろ……加減が全然分からないぞ」

ＳＴＲの影響がこれだけ出てるなら、ちょっと走ったつもりが瞬間移動に見えたり、ちょっとなでたつもりで犬の頭が吹っ飛んだりしかねない。

トッププレイヤーたちは長い時間をかけて徐々に身体能力が上がるから、体のほうがそれに慣れてしまって制御ができるってことか。

「（二）の意味が、やっと分かったぜ」

：

そう呟いて俺は、少し強くなった程度までパラメーターを低下させた。

NAME	芳村 圭吾
RANK	1
SP	665.856
HP	75.00
MP	57.00
STR	- 30 + [70]
VIT	- 30 + [70]
INT	- 30 + [70]
AGI	- 30 + [70]
DEX	- 30 + [70]
LUC	- 100 +

ＬＵＣ（運）とＩＮＴ（知力）は影響ないだろうとは思ったが、〈水魔法〉でやらかしそうなので、ＩＮＴも下げておいた。さすがにＬＵＣは大丈夫だろう。

そう思ったとき、俺の携帯が振動した。慌ててそれを取り出すと、相手は御劔さんだった。

「御劔さん？」

俺はとりあえずボタンを押して通話を開始した。

「はい。芳村です」

「あ、芳村さんですか、御劔です」

「夕べはどうも。どうしたんですか？」

「あ、あの、そのことですけど……」

　彼女の話を聞くと、本当は昨日のお礼を言いたかったんだけれど、あんなことしちゃったから、なんだか恥ずかしくて、連絡しづらかったんだそうだ。

　でも、今、なんだかよく分からないけど、どうしても掛けなきゃって気持ちになったらしい。

　それって、もしかしてLUCのせいか？

「それで、やはりダンジョンでの特訓が作用しているんだと思うんですが、今、技術の部分を教えていただいてる先生に、記憶をなくした一流モデルみたいだって言われました」

　ああ、技術を学んでいないだけで、体は教えられたとおりに完璧に動くんだから、そうなるのかもしれないな。

「それで、思ったよりもレッスンの進みが速いので、年内いっぱい、週五予定だったレッスンが、週三になったんです」

「では仕事を始められるんですか？」

「いえ、具体的な活動は来年からですし、結構時間ができますから、こないだお約束したダンジョンに一緒に行ってもらいたいなと思いまして……」

　え、これってデートのお誘い？

　場所がダンジョンな時点で、ロマンチックのカケラもないけど。

「大丈夫ですよ。二十二日から数日留守にしますけど、それを除けば十二月の予定はまだ入っていませんから。お休みの日を教えていただければ、こちらで予定を調整してお知らせします」

：

「ありがとうございます！　じゃ後でお休みの日をメールしますね。お忙しいところすみませんでした」

「はい。それではまた」

そうして電話を切ったが、洗面所の鏡に映る男は、サプライズでプレゼントを貰った子供みたいな顔をしていた。

もちろん、後から三好には散々突っ込まれることになったが。

三好はといえば、翠さんとなにやらデバイス開発の話をしたようだった。

能力の数値化がもたらす功罪は表裏一体と言えるだろう。社会がそれをどう受け入れるのかは分からない。ともあれ研究者はできることをやるだけだ。その先は運用する人たちが考えればいいことなのだ。

終章

エピローグ

It has been three years since the dungeon had been made.
I've decided to quit job and enjoy laid-back lifestyle
since I've ranked at number one in the world all of a sudden.

EPILOGUE

後日譚

SECTION：

とある社交パーティーで

「あの美しい女性は誰だい？　見たことがないな」

淡いライムグリーンのドレスを着て、会場を歩くその女性は、清楚《せいそ》と成熟の間で揺れるアンバランスな魅力が危ういところで保たれていた。そして、ドレスのしなやかなラインが、少女から女に変わる一瞬の美しさを見事に表現しているようだった。ルビーをあしらったピアスとペンダントが、その華やかな笑顔をひきたてている。

「ああ、あれはアーメッド氏のお嬢さんだ」

「アーメッド？　というと、ムンバイの？　あそこのお嬢さんといえば……なんというか、タブーじゃなかったのか？　兄妹がいたとは知らなかったな」

「いや、その当人らしい」

「なんだって？」

「先日、日本に行って、戻ってきたときにはああなっていたんだそうだ。こっちの社交界じゃ、その奇跡の噂《うわさ》で持ちきりだよ」

「知らなかったな。腕のいい整形外科医でもいたのかい？」

「なくなった手足を作り出せる医者がいるとしたら、そいつは悪魔と契約してるに違いないな」

「移植……か？」

「あんなに揃《そろ》った美しい手足を見つけるのは難しいどころではないだろうし、顔はもっと不可能だ。そんなことができるのならとっくに実行していたろう。仮にそうだとしても回復が早すぎる。一年はリハビリが必要じゃないか？」

「じゃ、ポーションか？」

「以前試したときはダメだったらしい」

「つまりはどういうことなんだ？」


「日本で魔法使いに逢ったんだよ」


二人が話している場に、立派な口ひげをたたえた男が割り込んだ。

アーメッド＝ラフール＝ジェイン。インド有数の大富豪だ。

「アーメッドさん?!　これは失礼しました」

「いや、今はどこに行っても、その話を聞かれるからね」

アーメッドはおかしそうに笑った。特に気にしてはいないようだ。

「それにしても魔法使いとは、何かの比喩ですか？」

「いや、他に形容する言葉がない、というだけかな。とても信じられない一日だったよ」

「一日？　お嬢さんは一日で回復されたんですか？」

「体はね」

「信じがたい」

「まったくだね。心の方は、そのわずか二日後に……まあ、あのピアスとペンダントのおかげかな」

ライトに時折光るそのアクセサリーは、確かにいいものだったが、ハイジュエリーではなく、普通のコレクションのデザインだった。

「ハリー・ウィンストンですか……確かにいいものですが、アーメッドさんなら、一点もののハイジュエリーでも簡単に用意できるでしょう？」

「まあね。だけど、魔法がかかったアクセサリーには、別の価値があるのさ」

彼はそう言って笑うと、手を振って、次のゲストに向かって歩いていった。

「どう思う？」

「日本に行って、魔法使いに逢えば、失った手足や美貌がとりもどせる。ついでに魔法のかかったジュエリーで心のケアも万全だ、ってことだろ」

「そのままじゃないか」

「だから、そのままなんだろ。他に形容のしようがないから魔法なんだろ」

「そんなことができるなら、体や美貌を損なった、元一線級の連中が大挙して日本に押し寄せかねないな。スポーツしかりモデルやアクトレスしかり、あとは軍人もそうか」

彼らの話を隣で黙って聞いていた、小柄な男が、その話に割って入った。

「実は、面白い噂があるんだ」

「なんだい？」

「アーメッド氏が訪日する前、日本で奇妙なオークションが開かれたんだ」

「オークション？　クリスティーズかい？」

「いや、メジャーなオークションハウスじゃないから、特殊な業界以外の人間にはほとんど知られていない」

「なんだか、ずいぶんもったいぶるじゃないか」

「開催された回数は、いまだわずかに二回だけ、取引された商品はどちらも四点だけだったが――」

「が？」

「売り上げはざっと二億ドルなんだ」

「ちょっと待ってくれよ。一点二千五百万ドルもする商品が、メジャーでないオークションハウスで行われたのかい？　よく落札されたね」

「その商品は、世界中のオークションハウスにとっても、垂涎《すいぜん》の的なんだ。ただし、どんなオークションハウスもそれを取り扱うことができなかった」

「どうして？」

「この世界に現れた瞬間から、わずか二十三時間五十六分四秒後に消えてなくなるからさ」

「まさか」

「そう。そのオークションハウス――というより個人の売買サイトみたいなものなんだが――は、スキルオーブを取り扱ったんだ。しかも落札期間は三日間だ」

「そんな馬鹿な……」

「もちろん誰もが詐欺だと思ったさ。しかし、そのサイトはＷＤＡライセンスで運営されていて、今でも閉鎖されていない」

「つまり、正常な商取引が行われているってことかい？」

「ＷＤＡを信じるならね」

「あまり知られていないと言っていたけど、もしそれが事実なら、オーブを買える世界中の金持ちが大挙して押し寄せるんじゃないか？」

「まあね。今は、ミリタリー関係者がほとんどで、大半は様子見ってところだろうけど」

「とても信じられない」

「まったくだ」

「話が面白くなるのはここからなんだ」

「なんだって？　もうお腹《なか》いっぱいだよ」

「まあまあ。少し前に行われた二回目のオークションで、ひとつの未知スキルが販売されたんだ」

「それで？」

「その名称が〈超回復〉。落札されたのは、アーメッド氏が訪日した二日後だ。どう思う？」

最初に話をしていた二人は顔を見合わせた。

その後、背の高い方の男が、割り込んできた小柄な男に向かって言った。

「話としては凄《すご》く面白いよ。だけど、アーメッド氏のお嬢さんが事故に遭ったのは、ダンジョンが現れるより前だろう？」

「そうだ」

「Dカードはどうするのさ。あれの条件は、独力でモンスターを倒すこと、だろ？」

「そうなんだよ。そこがこの話の弱点なんだ」

小柄な男は悔しそうに言った。

両腕と片足がなく、何年も車いすの上で過ごした人間が、ダンジョンに入って独力でモンスターを倒す？

ドーバーを泳いで渡れと言われる方が現実的だ。人の体は海水に浮くのだから。

「きっと日本の魔法使いのチームがどうにかしたんだろうさ」

「なかなか夢のある話だった。そういえば――」

そうして、話題は、EUを離脱するイギリスのごたごたへと移っていった。

人物紹介

It has been three years since the dungeon had been made.
I've decided to quit job and enjoy laid-back lifestyle
since I've ranked at number one in the world all of a sudden.

CHARACTERS

NAME: 芳村《よしむら》 圭吾《けいご》

DATA: man / age 28 / 176cm

本作品の主人公。もと社畜のせいで、世界をやや斜めに見る癖がある。

ほとんど何でもできる能力を与えられながらも、ぐーたらに憧れて、全力でぐーたらしようとしているのに、どうしてもそれができない可哀想な人。ぐーたらに必要なものは、金でも、時間でも、それを許してくれる環境でもなく、そうできる才能なのだ。

考え事する場合は手書き派で、無意識にやってしまうペンまわしはかなりのテクニシャンだ。もちろん何の役にも立ちはしないが。

NAME: 三好《みよし》 梓《あずさ》

DATA: woman / age 22 / 160cm

パーティの代表で、株式会社ダンジョンパワーズの代表取締役社長。

Dパワーズのフロントマンで、世界から芳村を隠蔽《いんぺい》するための堤防役を引き受けたはずなのに、変装させた彼を堤防の上でブンブン振り回すようなことも平気でやっちゃうおちゃめさん。

芳村とは同じ会社で、チューターと生徒の関係だったが、禁断の愛は芽生えなかった模様。

天才肌のわりに常識人だが、趣味の領域では欲望に忠実なダメ女と化す。ひとつくらい瑕《きず》があった方が、可愛《かわい》げがあるでしょうと開き直っているが、実はちゃんと細やかなマネージメントもやっていて、芳村が割と無事でいられるのは彼女のおかげだ。

NAME: 鳴瀬《なるせ》 美晴《みはる》

DATA: woman / age 25 / 168cm

まじめな人間が貧乏くじを引くのは世の常だ。元ミス慶應《けいおう》で、将来はマスコミか？と噂《うわさ》されていたが、そこからまさかのＪＤＡ入り。女子の定着率が最低なダンジョン管理課のフロントで３年も働いている責任感の強さが災いして、Ｄパワーズ専任管理監（課長補佐待遇）に任じられ、常識外れの出来事に翻弄《ほんろう》されることになる。そのせいか、キャラが崩れて素になることが増えていて、気安い態度に課長との仲を噂されたりもしている。最近ちょっと、貧乏くじが快感になってきているのが心配な25歳。

NAME: 御《み》劔《つるぎ》 遥《はるか》

DATA: woman / age 20 / 171cm

頑張って、頑張って、頑張って、もうどうしていいか分からないくらい爪先立ちになってよろけたところを、芳村に支えてもらったせいで、好意を抱いちゃう女の子。

それが、直接人生の好転につながっている以上、多少のことは仕方がないとはいえ、それが恋なのかどうかは作者にもよくわからない。

2019 fiversityブランドの専属モデルに抜擢《ばってき》されるが、専属の仕事をする前にファッションウィークへドナドナされていく、流転するモデル。

あとがき

本書で初めてお会いする方は、はじめまして。ウェブ版の読者の方はこんにちは。男なのに女性の振りをして土佐日記を書いた紀貫之《きのつらゆき》にあやかって、こんな作品を書いてみたところから、之貫紀《このつらのり》になった、之です。


この物語の主人公である芳村は、普通の人です。

長年の社畜人生でちょっとひねくれはしましたが、それはそういった仕事をする人たちに対するエンパシーを強めることになっただけで、心の底から世の中を斜めに見たりしませんし、自分の力の大きさに内心おびえたり懐疑的な考えを持ったりしても、それを受けとめて消化できる程度には、精神的に成熟しています（鈍いともいう）。

そんな彼が、なろう系の主人公らしく、棚ぼたで大きな力を授かってしまったところから、この物語はスタートします。

しかし、現代の、特に自己承認欲求が強いわけでもない大人が、そんな力を持ってしまったところで、それを大々的に振るい始めるとは思えません。その力がどんなものかはっきりしないならなおさらです。大抵は芳村のように目立たず騒がず、日々を安穏《あんのん》に暮らせる幸せに身を任せて、普通に生きるのではないかと思うのです。

突然大きな力を得るということは、高額宝くじにいきなり当選したようなものです。

そして、多くの日本人は、高額宝くじに当選しても、それまでの生活を変えないそうです。もちろん会社も辞めたりもしません。きっと私もそうするでしょう。それ以前に、まずは当たれよ、こんちくしょう。ごほごほ……失礼。

そこにはいろいろな理由や、あるいは打算があるのでしょうが、結局は日本人としての性質が大きいのではないかと思うのです。

そんな彼が宝くじに当たって考えたことは、やはり普通の人と同じでした。

・他人に知られたくない。
・そのことを利用しようとするような人たちとは付き合いたくない。
・でもちょっとは自慢したい。

そして彼はその通りに行動し、三好という2枚目の宝くじを引き当てるのです。

一応（酷《ひど》い）この物語のヒロインである三好は、普通の人である芳村と違って、一種の偏った天才です。非常に論理的かつ勤勉であるにもかかわらず、食への執着をはじめとする、趣味の領域ではそれが一気に破綻してダメ人間になるところが、玉に瑕《きず》だと言えばその通りなのですが、チューター時代に、そういう部分を否定せず、集《たか》らせてくれた芳村を信頼しています。

そんな芳村が退社してしまうのを、一番残念に思っていた彼女ですが、イタリアンでDカードと彼の様子を見せられた時、この人、エージェントがいないと、とんでもないことになるんじゃ、と心配してそれに立候補したというわけです。

彼女は、大学時代にヲタクの先輩たちに鍛えられた結果、だらしなさやいいかげんさを男性のプロパティだと思っている節があります。

そんなふたりが一緒になって起こるケミストリー。

最初は、芳村のやらかしを三好がうまくマネタイズしていくわけですが、それでのんびり暮らすのかと思ったら、これがまったく正反対。ブラックが嫌で退職したくせに、ふたを開けてみたら、その忙しさたるや、ブラック企業とかわりません。会社に属してやらされていれば社畜根性と言われるものは、自分でやれば勝手気ままと言われるようになるのです。

不思議ですよね（実話）。

しかし、割とザルにやらかしまくっているにしては、彼らは意外と追い詰められません。

彼らの能力もその原因の一つですが、そこには、日本という国が、建前以上に個人の権利を尊重する国であることが大きく寄与しています。同じ物語を他国を舞台に書いたら、全然違う話になったことでしょう。

そうそう。本作品はフィクションです。

物語に登場する、世界中に散らばった場所の描写が、ほとんど現実に即していたり、劇中に起こっているイベントが、その日にその場で確かに行われていたり、偉い人の行動が、日時をたどるとそっくりだったりするかもしれませんが。それは偶然です。

そしてリアリティは、世界にあふれている物の名前と切っても切れない関係にあります。

フィクションといいながら、商標をディスらないという点には神経を使いました。ＩＴ企業が架空の名前なのは、（通信速度が）遅いとか、（処理が）重いとか、キャラの誰かが言いそうだったからなのです。編集や法務の方にはご迷惑をおかけしたと思います。改めてここでお礼を申し上げておきます。

登場するお店に関しては、もちろんすべてがフィクションですけれど、リアルによく似たお店は存在しているかもしれませんし、実際にその時期に、そのお店でよく似た料理が提供されていたかもしれません。とはいえ、それらはすべて偶然です。

なお、三好フィルターのおかげで、おいしいお店しか登場していません。だから、リアルのよく似たお店もきっとおいしいことでしょう。東京ほど食にあふれている恵まれた都市はほとんどありません。機会があったら是非訪れてみてください。

この本が商業出版されていなかったら、三好の歯に衣《きぬ》着せぬ食レポ本を書く予定でしたが、出版されてしまっては、無茶もできぬでござるよ。いずれ機会があったら書きたいです。

そして、最後に。ネット上に公開されたこの作品が書籍になったのは、偏《ひとえ》にそれを読んでくださった読者のおかげです。そうして、次巻が発売されるのは、この本を手に取ってくれているあなたのおかげなのです。本当にありがとうございました。

願わくば、あと数巻分お付き合いいただけますことを。

著：之貫紀 / このつらのり

PROFILE:
局部銀河群天の川銀河オリオン渦状腕太陽系第３惑星生まれ。
東京付近在住。
椅子とベッドと台所に強いこだわりを見せる生き物。
趣味に人生をオールインした結果、いまから老後がちょっと心配な永遠の21歳。

イラスト：ttl / とたる

PROFILE:
九つ目の惑星で
喉の奥のコーラを燃やして
絵を描いています。

Dジェネシス GENESIS 01
ダンジョンが出来て3年

2020年 2 月 5 日　初版発行
2022年 6 月10日　第３刷発行

著　　　　之 貫紀
イラスト　ttl

発行者　青柳昌行
編　集　ホビー書籍編集部
編集長　藤田明子
担　当　野浪由美恵
装　丁　騎馬啓人（BALCOLONY.）

発　行　株式会社KADOKAWA
〒102-8177 東京都千代田区富士見2-13-3
電話 0570-002-301（ナビダイヤル）

印刷・製本　図書印刷株式会社

●お問い合わせ
https://www.kadokawa.co.jp/（「お問い合わせ」へお進みください）
※内容によっては、お答えできない場合があります。
※サポートは日本国内のみとさせていただきます。
※Japanese text only

定価はカバーに表示してあります。

ISBN: 978-4-04-736017-4　C0093